跨度新美文书系

Kuadu Prose Series

跨度新美文书系
PROSES THE
Kuadu Prose Series

风会记住花的香

李冬梅 著

中国文史出版社

目录

第一辑 最早醒来的是村庄

第六辑　弦上吟月

第七辑　断舍离

第一辑
最早醒来的是村庄

风，吹过村庄

村庄与树，相互依托，有了村庄的庇护，树木就有了归属感。风，吹过村庄，树摇曳着，巷落——村庄自带的共鸣腔，弹拨出乡村里原生态的田园音律，有春的赞歌、夏的夜曲、秋的和弦，以及冬的狂想曲。

树木是扦插在大地上的一页页标签，如果把树木的年轮撕下来，装订成一部线装本的古籍，每一页字里行间，都清楚地记载着村庄的丰收与荒芜。树木是村庄的灵魂，有树木的村庄才会有历史，老树与村民，喝同一脉水，是同一块土地上长出的庄稼。

村头那株老榆树，把村庄近一个世纪的记忆，刻进了龟裂的老树皮里，如同父母缠着膏药的满是老茧和裂纹的粗黑的手，斑驳沧桑。风里，雨里，她倔强地矗立在村口，任凛冽的北风抽打着脊梁。虬枝下粗壮的树瘤都是曾经的伤口，有时候，治愈伤痕最佳的途径，就是尽快结痂，把伤痕封印在厚重的树瘤下，不必说痛。

近一个世纪的风霜雨露滋润了她，也锤炼了她。老榆树陪伴我们长大，承载了我的童年记忆、青年展望和中年怀想，也见证了乡村的变化。每次回家，远远地望见那株掩映了几户人家的、高大的榆树，我的心里就开始酿蜜，甜丝丝的！

老榆树是长者，她看着我长大。儿时，父亲将一根粗麻绳搭在最粗的树枝上，垂下的两头系着棒槌，一个简易的秋千就做好了。我和隔壁年龄相仿的孩子们，排着队荡秋千。童年的记忆，是榆荫下的无忧无虑，虽然那个年代，日子过得捉襟见肘。

老榆树粗壮的树干，一个人环抱不过来。树顶有个大喜鹊窝，喜鹊不是天天都见得到，它们起得早，飞得远。偶尔喜鹊也会站在树梢上，"喳喳喳"地传唱着喜讯，母亲的眼睛笑得眯成一条缝，我们也都拍着小手，欢天喜地，"喜鹊喳喳叫，必有喜事到！"

夏天，老人们在大榆树下乘凉，一口凉风从南边吹来，榆树荫下，是天然的风场。南来北往的旅人，在树下休憩，顺便讨一口水喝，老榆树汇聚方圆百里的人脉地缘。听多了四方来客说的故事，老树成了精，春夏秋冬，晨昏不定，应和着风，吟诵出节拍各异的诗，时而轻吟，时而长啸。长风萦绕，榆树有时寂静，有时翩跹，让村庄平添几分隽永。

上大学时，父亲帮我挑着行囊，从老榆树下出发，送我去几里外的公路上乘车，老榆树成了希望的起点。参加工作后，回家探望父母，离开时，车开出一两里地，回头远望，父母瘦削的身影，与榆树并列站成三行，眼巴巴地凝望着我离去的方向。此刻，老榆树是我心中的眷恋与不舍。

后来，要修环村公路，院外的人行道宽度远远不够，路边的老榆树影响了道路的拓宽。接连几个清晨和黄昏，父亲独自站在树下，时而狠狠地吸着烟，时而仰头凝望着老榆树，仿佛与榆树商量着什么。

最终，老榆树被锯掉了。新修的水泥环村公路每天车来车往，门前的小菜园变成大花园，栽了花，种了草。少了老树浓荫的庇护，总觉得村庄和屋舍孤单了些。于是，我们决定在院墙边补栽一棵树，庭前院后有树，房子才更有家的味道。

栽什么树，成了全家人热议的话题。母亲说："伢子们，还是栽榆树吧，倘若遇到灾荒年，老榆树真的能救命！"我们没有经历过食不果腹的年代，不知道黝黑的老榆树还能救命。不过，课本中《榆钱儿》一文讲述了榆钱儿能当饭吃。老人们也常说，榆树皮磨成粉

4

做粑粑，味道还不错，就是吃进去容易拉出来难。毕竟，都是木质，只可充饥。我竟怀疑起当年栽种那株榆树的初衷，是不是有意为灾荒年留的后手。老榆树旁本来还有几棵刺槐，槐花也是可以吃的，但因槐树木质粗犷，无甚大用，就趁早砍掉了。不过，我私下里听老人说过，"槐树里藏着鬼，不吉利"，所以刺槐打家具。我当真在老刺槐下反反复复寻找过"鬼"的踪迹，无果。但《天仙配》里老槐树下凭空冒出个土地老儿，猛然点醒了我，我也确信，老槐树里果真是藏着鬼的……

我们都笑了，不是笑母亲的落伍，而是笑能饿死人的灾荒年来临的可能性。什么年代了，还栽榆树？太土气了。

"栽桂花树吧？"我的提议依旧无人应和。自记事起，村中只有一棵桂花树，在村西头王奶奶家天井里，是全村人眼里的宝贝疙瘩，成了镇村之宝。

九月桂树开花，秋风过处，窨香了半个村庄。小孩子们总喜欢排着队到她家讨要桂花，王奶奶总是小心翼翼地用剪刀修剪一穗小枝，却足以让我们心满意足。上大学时，听说城里人出三百元买那株老桂树——三百元，是那时当教师的大哥三个月的工资。不知道什么原因，老桂花树最终没有卖掉，是不舍，还是其他原因，我不得而知。

现在，村中那株老桂花不再是孤品了，家家户户门前都栽了几株。本以为桂花树培育大了，也能卖得一笔好价钱，哪承想，近几年桂花树的价钱一跌到底，跌到村民们都懒得出手了——不缺那几个钱，就让她们在房前屋后兀自芬芳馥郁着吧。

老榆树坑旁到底栽什么树，久未定夺。春节，二舅来拜年，顺便拍了板："就栽紫薇吧！"第二天他便送来两棵紫薇树苗，一株红花，一株紫颜。不识字的二舅也学会与时俱进，祖祖辈辈耕种的田里不种稻子了，几亩地的紫薇花树苗供不应求。古代，紫薇是珍藏在皇宫贵胄深宅大院里的富贵花，如今普及民间，成了寻常百姓家的家常花。

逢年过节，少不了回一次故乡。父亲把血脉亲情深深扎根在泥土里，走到哪里，村庄都成为我行程的圆心。喜欢村头村尾转一转，仿佛在拾掇童年的记忆。村庄早已不是儿时的模样了，我只能问候熟悉的老人，村头运动场上嬉闹的孩子不仔细端详，根本不知道是谁家的希望。

一个缺了大门牙的小姑娘，羞涩又好客地问我："你是哪家的啊？"我笑着逗她："你猜啊！"我笑了，她也笑了。亲人骨头香，我们的骨子里流淌着同一脉血，纵使相看两不识，也不影响我们之间的交流。

很奇怪，当皱纹渐次爬上老人们的额头时，生我养我的村庄竟然越发年轻了：时尚小楼鳞次栉比，庭前花开，院外瓜果香。每逢节假日，村头多了很多车辆，停车场竟有些拥挤不堪。驾车飞奔而来的是时尚的青年人。因为他们的到来，这个熟悉的村庄，我又顿觉几分陌生。年轻人延展了村庄的外延，把家安在集镇上、巢城里、大合肥，让那些看似遥远的城市变得切近。

深巷里柔和的风，把乡情调和得浓稠甘美。乘兴徜徉在村村通公路上，沿途广玉兰林立道旁，绿树环村，远处青山隐隐，近处小园几许，有桃花红、梨花白、菜花黄，尽是春光。

扎根在我心底的村庄，早已旧貌换新颜。缘巷而行，那些熟悉的老树旁边，不知何时，次第栽种下香樟、桂花、紫薇、木槿……一年四季，风吹过村庄，村里村外，都有花香。

儿时记忆里贫瘠清瘦的村庄，不断更新着新鲜的血液，血脉里涌动的新鲜血液，滋养了村庄，小村能不焕发青春吗？难怪，小村如此秀美！

最早醒来的是村庄

一

故乡的清晨，从时令上说无异于别处。只是村中的人勤快，头开得早，一个早晨顶了半天的光阴。一天的时间无形之中被捻长了许多，如同母亲纺纱时手中的棉锭。早晨的光阴可以随心所欲地延长，就看你如何设置起点和终结。"一早三光，一晚三慌"，小时候，母亲总是拿这句话敦促我早起。

土地承包后的夏季双抢，大家抢圆了膀子干。黄麓人有句口头禅："锤棒点两个眼睛都能当人用。"抢收、抢种，节气不等人，误了一个节气，就少了几成收成。家家户户，六七岁的孩子就开始加入双抢大军。凌晨四点多钟，睡眼惺忪的我，就被大人们强拽起来，跟他们一道，深一脚、浅一脚地下地割稻、插秧。那还是三十多年前的事，我早已淡忘当年的痛。

黎明前的那段时间，暮气沉沉，四野死一般的寂静，如同一个沉睡的婴儿。公鸡打鸣是叩开天幕的第一道令牌。启明星悬挂的东方，慢慢呈现淡淡的灰白，混沌天际罅开一道缝隙，白昼如一挂瀑布，又似一片白云，顺着罅隙，慢慢注入天地混元。鸡叫三遍，才是大肆天亮。

母亲是村子里醒得最早的人，急性子的人心里装不住事。天还黑咕隆咚的，她就起了床，爱干净的女人就是比人事多，天生劳碌的命。村头的二爷说，一听到庙塘边上洗衣的棒槌声，就知道我母亲又在干活儿了！……岁数大的说话就是婉转，他不直说母亲的捣衣声吵得他不得安睡，而是变个法，夸母亲起得早。好在，村子里的人都有早起的习惯，人勤地不懒。母亲的棒槌声是起床号，一家一户的灯，从东头到西头，次第点亮。

黎明的到来，是一个"张"的过程，就像夜色聚来，一张一合是昼与夜的交替登场。我总把白天的到来，设想成一天的开张，如同店铺开门。夜来了，客散了，一切又恢复了宁静，只有夏虫在忙碌。

如果说城市是不夜的，那是因为霓虹灯未曾入眠；最早醒来的还是村庄，袅袅的炊烟从村头飘到村尾，此时，村庄已经醒来很久……

二

季节的变迁，发轫于乡村。村庄镶嵌在田野里，最接地气。

春天的到来，是一个冗长的桥段，如同乐曲的"过门"。小草偷偷地在泥土里埋头萌生，你还没感觉到春意时，地已经暖了。地下的嫩草齐刷刷地猫着腰，单等一场春雨，然后一头搔破疏松的浮土，绽开出最新、最嫩的绿。

村前的小山，外形并不太似大象，祖先仍叫它"象山"，不知什么缘由。年少无知时，轻视过它的存在，只把它当作平地里隆起的土丘。冬去春未来，总有那么几天，无论白天黑夜，天空间或有"咿咿呀呀"的鸟鸣，北归的大雁就是从这座山的上空飞回，这是一条雁道。一座小山，和它上空的雁道，严守着经年的默契。大雁沿袭着千年不变的从容，总是保持着优雅的队列，它们的高傲和矜持有别于杂乱无章的鸟雀。"一"字阵和"人"字阵包容不下声势浩

8

大的群体，北归的路匆匆，它们排列成"众"字形，仿佛规模盛大的阅兵式。

看天空"众"雁翱翔，心中涌起的是震撼，不知道当年仓颉造"众"字，是否是从雁阵得来的灵感？

人和动物还蛰伏在春寒的料峭里，东风还没有化开冻土，犁铧是破土的利器。一头耕牛，一位农夫，在一方水田里作画。整整一个冬季休整将息，人和牛都憋足了力气。清亮的吆喝声，是耕田人与牛的交流，回旋在田野的上空；鞭绳无须抽打牛背，高高扬起、甩开，划破凝重空气捎带出来的尖锐的哨音，就有足够的震撼。水牛拖着犁耙，把浅浅的水田，犁出惊涛骇浪。两三个时辰，原本草色微露，闲置了一个冬季的田地，沉浸在静静的水白中。一年的耕种从这里伊始：播种，育秧，拔苗，插禾，这就是春天的节拍。

抬头仰望，雁群喑哑着歌声从空中掠过，此起彼伏，像是在鼓劲呐喊，又像是传递从南方带来的第一封春讯。

侧耳倾听，有麦苗拔节的声音，我的心沉浸在春日的畅想里……

三

村村通工程，很多年前就有过这样的规划，没想到实现得这么快，就像春雨一夜后，疯长的菜薹。

村庄开始脱胎换骨的变革，当年屋后舂米的碓窝，翻盖新房的时候，被父亲压到墙基下。听村里的老人说，村子里当年有三尊碓窝，我家那个青石的，高六七十厘米，上大下小，台面五六十厘米见方，方正、秀气。从一坨大青石，凿成一尊碓窝，到终了，为岁月淘汰，又当作青石奠基墙下。它应该陈列在民俗博物馆，作为记忆的片段，时常提醒我们，老一辈人曾经过的是怎样的生活。

一块一米多长、纤细如腰的赤石石磙倒竖在门前的花园边，做了一盆花的墩石，但我却不知道它的用途，石磙有的有齿，有的无齿，各有用途。询问村里的老生产队长，才知道这是碾米的石磙，他指着村前的方田，说："那块方田，就是当年的碾米坊，后来拆掉了……"这个"后来"具体是什么时间，无人知晓，打母亲嫁入这个村庄，就未曾见过。

村东头那口塘叫"庙塘"，其实庙离塘还有一段距离。前些年，村里玩龙灯，龙是要拜土地庙的，可惜村里早就没有了土地庙。扛龙灯的人，就在庙塘前，象征性地拜了几拜。给我传递了错误信息，以为庙塘的得名，源自附近的土地庙。不听老一辈的口述，恐怕没人知道这些过往。

碾米坊旁边是有一座庙，但不是土地庙，土地庙在村西头的大塘头。它居然是财神庙，远离村庄，坐落在良田中间，正对着花塘湖口。花塘湖口是这片土地上支河岔流汇聚、注入巢湖的入口处，财神庙这样的设计，彻底颠覆了我对原初财神的认知。

我们的祖先，敬畏风水，敬畏土地，最好的方式就是修建庙宇，供在牌位上奉为上上尊，顶礼膜拜。先人敬土地为衣食父母，视风水为财富。这是科学落后的远古，生民们对自然的妥协，用焚香和祷告的形式，来祈求上苍保佑，保佑风调雨顺，保佑土地丰收。

我对祖先辈朴素的愿望和丰富的想象，肃然起敬。

四

门前菜园，现在成了花园，用白色的木头栅栏围拢，有几分欧派风格。

过去，犄角旮旯，任何一小块空白地，母亲都不放弃，见缝插针地栽几棵辣椒茄子，或者南瓜葫芦之类。"饭不够，瓜果凑"，一家人的衣食之忧，是头等大事，母亲不敢懈怠。

如今，房前屋后无处不花草：按照总体设计，我家门前的花园里不栽茶花。母亲央求种植花草的领班，在我家门前栽两棵茶花——她喜欢茶花的红，喜庆。领班思量再三，把两株一人多高，却病恹恹的树栽到花园里，这两株树的树干上没有涂红漆，是淘汰的病苗。没想到，经过母亲的精心打理，两棵茶花都活了，成功地越了冬，春天还开了红艳艳的花。

庭院外沿栽了一溜长春花，这种花花期长，玫红色的小花此消彼长，能开大半年。粉白的院墙，多了一些亮色的点缀。院子里也是个大花园：有两株水红紫薇，正在盛花期；一株橘树上挂满了果实，丫枝都坠弯了；还有一大缸睡莲。大水缸是家中的老功臣，它在当地的名字叫"井缸"，这让老物件更富神韵：为了保护缸体，降低高度方便倒入井水，一般来说，四分之一缸体都会栽进泥地里，使之更似一口井。它在我家的厨房里埋了半个多世纪，缸养熟了，增添了吸附功能，是原生态的净水器。老缸虽好，却跟不上岁月。自来水直通到厨房后，大水缸就下岗了。母亲舍不得扔掉，就用来栽睡莲，一举两得，恰到好处。母亲还托人从集市买了一摞塑料花盆，栽了金钱草、海棠、绣球花……

当年母亲为了能多栽几埯丝瓜、南瓜，挪用了我的小花园。面对我的质问，她反问我：花草能当饭吃吗？……

岁月更替，七十多岁的老母亲也与时俱进，用她割麦插禾的手，侍弄着花花草草。从广种粮食到遍植花草，母亲的思想发生了跨时代的飞跃！

五

大前年，母亲打电话告诉我，村子要改造了，"就跟小岗村一样，漂亮得很"，母亲是读过书的人，在她的心目中，小岗村，那个最先觉醒的美丽村庄，是农村改革崛起的新地标。

迎面的山地遍植林木，用不了几年，就会绿荫如盖。山那边的

11

土地也被整体规划，听说一个大的综合型的绿色康复养老中心将要在此落成。村庄，正以核聚变的速度发生着变化。

母亲成了美丽乡村工程的"监工"，每天向我电话"汇报"工程的进度：巷子里的下水管道的粗细，铺设了几条巷道，村前的植被的栽种……偶尔，母亲欣喜之余，也会神情落寞，长叹一声："你爸爸没有福气哦，看不到这么多好东西，要是他能看见，也不知道有多高兴……"父亲因为脑梗，走得急，成了母亲心头最疼的伤疤，谁都不敢揭。我只得安慰她："现在变化这么快，以后还有更多东西，我们也看不到……"

父亲在世时，每与我提起家乡变化，欣喜之情，无异于童稚。整修村前村后的渠坝时，他每天都去察看。村里几口当家塘清淤扩容，确保旱季农田用水，了却了父亲的一桩心愿。从前雨季，淤泥拥堵的池塘蓄积不了多少水，雨水白白流走，父亲看着滚滚流逝的雨水，跺脚长叹："可惜了，可惜了，这都是白花花的银子啊！"

近几年村庄大兴民生基础建设，可惜父亲无缘一见。环村水泥路的修建、旱厕的改造、美丽乡村建设、村庄的亮化，还有村后的停车场、运动场以及场上运动器械……改革开放以来，乡村剧变，是我们的先辈不敢预见的，以后还将会有更大的变化，大到超乎每个人的想象。

每次回村庄，我都会走访每一条巷落，问候每一位遇见的村人。我想把我的喜悦，传递给每一位乡亲！

那一抹远去的炊烟

乡愁，是故乡晨曦里的袅袅炊烟，一座寂静的村庄，在鸟雀的欢鸣和鸡犬的啼吠中，发轫，醒来。

日暮黄昏，青白色薄薄的炊烟，笼罩着静谧的村庄。一天的辛劳，一天的沸腾，小村、生民、牲畜，一切有灵性的生命，都枕着炊烟入眠，宛如黄昏的睡莲，悄悄合拢花瓣。明天，重复着今天同样的节拍。

人间烟火味，最抚凡人心。曾几何时，一抹炊烟，是身之所系，如今，那抹逐渐淡去的炊烟，成为心灵的皈依。

"老虎灶"还是"老火灶"

关于老虎灶的定义，我查阅了很多资料。各地的解释不一，有的地方专指水锅炉子，卖开水的。

卖开水的店之所以叫"老虎灶"，也是众说纷纭：有人说开水灶外形如老虎，还有诗为证："灶开双眼兽形成，为此争传'老虎'名。巷口街头炉遍设，卖茶卖水闹声盈。"也有人说，担水的伙计凶猛如虎，便以此得名。还有一种说法，是最初烧开水的人姓"傅"，别人以姓称呼灶名，但江南人"h"与"f"分不清，以至于"老傅灶"发音为"老虎灶"。我个人觉得，后两种说法非常牵强，基本没有什么历史的考证。

有的地方，老虎灶就是大锅灶。我总疑心，"老虎灶"是"老火灶"的谐音——在很多地方的方言中，"火"和"虎"的发音是相同的。

向乡下的长者咨询，他们的解释为，老虎灶以柴火为燃料，因为火力猛，张着大嘴巴，像一头大老虎，多少柴火填进去，都能化为灰烬。一个大草垛堆积如山，在老虎灶面前，不过是一碟小菜。水火无情，这是"火"与"虎"的通性。

追溯上海"老虎灶"的历史，不过百年。而民间的大锅灶，却历史悠久。

20世纪80年代，山西太原赵卿墓出土一件珍贵的文物——虎形灶，是春秋时代的生活用具，整体有一人多高。灶体部分并不很大，成虎头状，怒目圆睁，灶门好似虎口大张。乍一看，虎形灶就像一头永远饥饿着的猛虎。虎形灶眼内装有釜，釜上置甑，一套蒸煮食物的灶具就备齐了。灶眼后方还设四节烟囱，为了及时排除炉膛里的烟火。高高竖起的烟囱，宛如老虎的尾巴。虎形灶设计科学，除了烟囱以外，炉膛涂泥，既保持温度，又节省柴薪。

虎形灶在国内的首次发现，有力地印证了"老虎灶"得名于外形的猜想，也证实了老虎灶最初的功能只是用于烹制食物。至于烧开水，应该是后期衍生出来的功能。

由此可见，倘使我们以"老虎灶"作为卖熟水店的专有名词，就是词义的缩小——大词小用，有失偏颇。

灶台上的文化

《礼记·礼运》中，以"饮食男女"泛指人的本性。自古以来，饮食就作为一种文化，源远流长。

灶王爷专司灶火，隋杜台卿《玉烛宝典》引《灶书》称："灶神，姓苏，名吉利，妇名博颊。"灶王爷是老百姓对灶神最淳朴的称呼。

老百姓敬重灶王爷，方方面面都可见端倪。灶台烟囱中间有一个龛位，两边通透，外形如同小屋，以两片小瓦仰面对接，形成"人"字形顶，想当年，灶王爷就是端坐于此，审视着生民家的一箪食、一豆羹。

但我自幼就不曾见过谁家灶台的神龛上供奉灶神，所以，还错以为此处是放置油灯、蜡烛之用。

巢湖当地把腊月二十三日定为小年，这一天坊间要做米粑粑，最初的用意，是为了让灶王爷吃饱，然后回到天庭，能够在玉皇大帝面前给人间老百姓多多美言，以便来年风调雨顺，丰年大吉。这种米粑粑俗称"送灶粑粑"：粳米粉炒熟，开水和面，韧性大，易于塑形作为外皮；馅料有油菜、马齿苋等蔬菜馅的，也有豆沙馅的。邻里之间常互赠送灶粑粑，表达小年祝福。为了表示真心，特意做几个没有包任何馅料的实心粑粑，代表"实心实意"。

这一天，大人们还特意叮嘱小孩子们，不要乱说话，以免得罪了灶王爷。

即便是现今，农村还有人家的灶房里张贴灶王爷的画像。

"有家必有灶，有灶必有画。"灶画对灶台来说，不仅仅只是装饰的作用，还表达着生民对美好生活的向往。我在巢湖边坊四周刻意做了调研，发现越是偏远的乡村，老虎灶保存率越高。但灶画已经被瓷砖代替，纵使没有被瓷砖代替的，也只是用简单的墨线条勾勒，完全没有原初灶画的极致了。彩色的灶画，只有在古民居的老式厨房里还有所保留，但画的内容逐渐摒弃传统元素，更迎合时代潮流。

相对来说，江南的传统文化保留得相对完整一点。江南的老虎灶上，还能寻到一些传统灶画的痕迹。

灶画取材于生活和自然中的可视物象，取法自然，得自然之灵气。匠师们按照传统的审美观，精巧地构思，匠心勾勒组合成精美

15

的画面。

灶画多采用中国传统的图画，普通灶画的内容大致包括年年有余（鱼）、荷花图（和和气气）、菊花图、喜鹊登梅等几种传统的纹样，辅以祥云、"回"字形、"卍"字形等花纹。还有以传说故事为素材的人物纹样：如八仙过海、麻姑献寿、五子登科等。这些图案巧妙地运用人物、走兽、花鸟，结合日月星辰，以借喻、比拟和谐音、双关的形式，表达人们的美好愿望。

梅开五福是灶画最常用的素材，梅花的五个花瓣是五福的象征。竹子、梅花又采其谐音，竹同"祝"，梅同"眉"，一丛竹子旁边的梅枝上站着一对喜鹊，寓意着"喜上眉梢"。三只羊，表示"三阳开泰"；公鸡打鸣，代表"功名"和"大吉大利"等。只要你仔细阅读，肯定能从灶画中读出几分吉祥、几分美好！

江南的灶画有些还是彩色的，江淮之间的灶画已经简化为寥寥几笔墨色的边纹。随着时间的推移，能够绘制灶画的手艺人越来越少了，灶画也逐渐消失在人们的视野中。

李克农故居右厢房里，保留的老虎灶相对比较完整，不仅配有风箱，还有简单的灶画，是墨汁勾勒的简单边纹。烟囱肩部还写着"水星高照"四个字，寓意以水克火，以免发生火灾。小小一方灶台，就包含如此多的文化元素。

风　　箱

"老鼠钻风箱——两头受气"，大家都熟悉这句歇后语，只可惜很多年轻人无缘见识风箱的模样，更无从知晓它的作用。

风箱是老虎灶的辅件，风箱通过抽拉，产生风力，风从进气口进入灶膛，使柴火得到充分燃烧，提高了柴火的利用率。风箱的结构很简单，由一个木箱、一个推拉的木质把手和活动木板组成。

根据灶台的大小，风箱也分为几种规格。大户人家人口多，灶台大，风箱型号也相对增大。一般小门小户的人家，风箱只有二尺五寸。所以，有的地方形容人的个子不高，就用"二尺五"来呼之。也有称呼"二尺四"的，这是灶台的高度。老百姓的语言是丰富多彩的，他们能够巧借其他物件，间接表达语意的内涵。

风箱早于老虎灶为人所弃。街边的铁匠铺里，可偶见火红的灶膛边，还安装着一只大风箱，被人一推一拉，"呼呼啦啦"地喘着闷气。灶膛里燃烧着的煤炭，也伴随着风箱鼓出的风，一起一伏。仿佛猩红的煤炭下，躲藏着一只呼之欲出的小动物。

风箱从选材到做工，每一道手续都有着大学问。首先是选材，根据用途不同，箱和拉杆的选材不同，箱一般用楸木或梧桐木打造，拉杆则需要枣木等结实耐磨的材料。

风箱的机关就在于箱内的皮囊，拉风箱抽杆时，空气被吸进皮囊里；推动抽杆，空气被压进输风管，进入灶膛。风箱的活动木箱上，粘贴了很多鸡毛，大概是起到密封活动木板和风箱之间空隙的作用。

看似简单的风箱里，藏着大学问。往往越简单的东西，越讲究细节。无须铁钉、乳胶，单用卯榫，就能够做出严丝密缝的风箱，其中的真功夫，不是一般工匠能够做到的！

很早以前，我家里也有一个风箱，年久失修，风箱抽杆不灵活，抽拉时，风力也很小。常见父亲将风箱拆开，把活动板上的鸡毛重新粘贴。风箱的结构很简单，但第一位设计者，必定是大智之人——能够巧妙利用木箱空气的吸入和输出，达到助燃的功效。生活的原始积累过程，就是一部发明创造史。

远去的炊烟

《史记·律书》记录的天下殷富："鸣鸡吠狗，烟火万里。"万里烟火，这是怎样的一片安乐祥和！

我回村时，正赶上堂哥家拆掉老锅灶，他把厨房装修得精致时尚，看不到半点乡野情调。走进他家院子，洋味十足。他把乡村庭院打造成豪华别墅了。母亲把他家废弃的烟囱捡了两节回来，说家里的烟囱短了，影响出烟，需要再添一节。

我们已习惯于大家庭里的大锅灶，一大家人团聚，大锅大灶，蒸煮烹炸，满满的生活气息。

家人齐聚，母亲总会在老锅灶上煮米饭，小火微熏，锅巴焦黄，米香诱人。饭锅上再蒸上两样小菜，灶膛里烤几块山芋。这都是我们日夜怀想的童年味道。

当地的一处热门旅游景点，三排灶房里，齐刷刷并列着数百个灶台，景点提供柴火、油盐酱醋及碗碟炊具。很多游客就是冲着大锅灶而去的，带去准备好的菜和米，在老锅灶上做一桌香喷喷的饭菜。尽管老锅灶租金价格不菲，却丝毫不影响游人的雅兴。游客蜂拥而至，与其说是去游玩，不如说是去追忆，大约都想亲近一下童年的烟火味吧！

最是人间烟火气，伴得浮生又一年。"减排、碳中和、碳达标"，这些新概念逐渐为百姓所熟知，老锅灶的消逝或许是时代的必然。对于远去的过往、逝去的物什，或许，我们只可怀念，不必追！

一田白水一阕歌

龙骨水车亦称"翻车""踏车""水车"，简称"龙骨"，是汉族历史上的灌溉农具，流行于我国大部分地区。作为一种古老的灌溉工具，这种提水设施历史悠久，有上千年的历史。

龙骨水车始于东汉，三国时发明家马钧曾予以改进，此后一直在农业上发挥巨大的作用。20世纪90年代，随着抽水机和农用水泵的普遍使用，它才完成了使命，悄悄从人们视野中消失。

一

阅读了一篇关于龙骨水车的文章，作者好奇："为什么是龙的骨？而不是别的动物的骨？"我也被此文误导，以至于很长一段时间，都在查找为什么是龙骨的相关资料，结果一无所获。

一日，观看电影《降龙记》。片首，玉女射杀蛤蟆妖后，跳上它的头部，抽出蛤蟆妖的脊椎骨。看着玉女拖着脊椎骨，我突然领悟，所谓"龙骨"，并非与龙有关，而是就骨头形状而言。查找资料，发现脊椎骨果然又叫"龙骨"。

龙骨水车的叶片，由木轴连缀而成，从上方看，形似龙骨，龙骨水车的得名其实很简单。

巢湖市上李村的李克农故居东厢房里，安置了一台古旧的龙骨水车。可惜东厢房门上了锁，只能探过木窗，去拍摄幽暗房间里的水车。老式厢房除了门，只有窗，幽深的天井使厢房里的光线格外暗淡。我的相机根本无法拍摄下龙骨水车的全景，只能怅恨而归。

记得20世纪90年代，村里还有人家使用龙骨水车。可惜我回村时，母亲告诉我，村中还保留水车的人家，都到外地打工去了。我又无缘与龙骨水车零距离接触，更别说细看水车的构造了。

听大哥说，水车的价格不菲，70年代初，一台龙骨水车价值七八十元，相当于普通工人两个月的工资。在农村算得上是奢侈品，相当于一头大牯牛的价钱。因为价格的原因，一个生产队只置备一两台龙骨水车。

水车看似简单，制作的过程却十分烦琐——需要经过三十多道工序，有数百个零件，包含上百个数据。水车制作的过程简直就是集木工技艺之大成。

首先是选材，根据龙骨水车各部位功能的不同，所选材质也不同。水箱的底板和侧板通常用杉木板，杉木板木质较轻，以此为板，大大减轻了整体重量，方便搬运。一台水车通常由两个人抬，我也见过村里力气大的人，能一肩扛起，另一肩辅以木棒从身后支起水车另一端，分担扛水车肩膀的部分负荷，也起到平衡作用，稳稳地扛着水车，走田埂，过堤坝。他这么一扛，就扛出了传奇，成为村里村外的景仰。杉木板还有一个好处，就是自带特殊的香味，不招惹白蚁。

水车叶板通常选用樟木，长五寸，宽四寸八分，中间厚约三分，四周略薄一点，这样的设计既牢固，车水又活络轻便。水车叶板也有用柳木的，价格略低，但容易变形，远远比不上樟木的结实、有韧性。

其次是制作的工艺，每一个零件都要精确到分毫，这样水车才能轻巧省力、车水速度快、经久耐用。龙骨水车的每一个细节，都是长期劳动经验的积累，也是人们智慧的结晶。车叶全凭手工，是一斧头一斧头劈出来的。很多省时省力的方法，在传统制作工艺中并不实用。

每一片车叶正中凿有一孔，以木轴穿插固定，木轴形似羊爪，老百姓的命名都很直白。两个相邻的木轴交叉相连，并以木榫铆接。羊爪之间的活链接，方便转弯时角度的变化。羊爪也是手工砍削而成，要选择质地坚硬的槲树或者栲树，还要顺着纹理，不能横截，木料纹理通直，才不易产生斜裂。

龙骨水车前后的齿轮是整台水车的核心，转动的地方很容易磨损破裂，通常用木质如铁醋树；骨架则用强度高、耐久性强的坤甸木……一台水车，就是一丛稀有的杂树林。外行人看水车，单看材质和颜色，还以为木料是东拼西凑的。

从选材到制作完成一台水车，一位手艺娴熟的工匠，至少需要一个星期以上。

新水车置办好，需要用桐油拌石灰刮缝，打磨光洁后，再刷一遍桐油，放太阳下晾晒干，再上桐油，如是三次，龙骨水车才可以下水使用。

水车车好水后，都要赶紧清洗晾晒好，归并回仓库，不能置于太阳地里暴晒。冬闲时，水车和家里的木桶、木盆一样，都要再上三次桐油，确保木质不腐朽生虫。使用多年的龙骨水车，每一片车叶，每一根撑子，都包裹了层层包浆。

二

劳动人民的智慧不仅在于他们会发明制造工具，能以他山之石为支点，琢自己的玉；还在于他们会使用工具，简化沉重的劳作，以"其巧百倍于常"之力，将低处的水，运送到高处、远处；更重要的是，他们能从辛苦劳作中，获取劳动的快乐。

龙骨水车有很多种方式运作，一种是脚踏，一种是手推拉，还有就是畜力水车。无论是脚踏还是手推拉，一台水车通常都是由两个人同时操作，两人分别位于水车左右，进行脚踏或者推拉。

操作水车也是一门技术活儿，两个人要协调得好，否则磕磕碰碰的，还是难以顺溜。可能是为了协调劳动的节奏，活跃劳动的气氛，减缓劳动的压力，几个人搭配着一起干活儿的时候，便喊起了劳动号子。

车水歌最初就是一种劳动号子。随着时间的推移，简单的劳动号子历经反复的演变完善后，结合具体的劳动情境，在内容和节奏上演变为个性鲜明的歌曲。车水歌就是车水号子的升级版。

各地的车水歌又或多或少结合了当地的民歌韵味，有浓厚的地方特色。

20 世纪 60 年代的《歌曲》杂志上，就刊登过一首安徽的车水歌："小小呵水车哎哎长又长哎，好比个蛟龙呦嗬嗬，好比那个蛟龙，戏长江那个呀呦呦嗬，戏长嗬江。抗旱呵保收哎有干劲，一年收打呦嗬嗬，一年那个收打，那个两年粮呦呦嗬，两年嗬粮。"

这首车水歌，从唱腔唱调判断，就是我们当地的车水歌，有着极强的地方特色。

龙骨水车，伴随着车水歌，赋予灌溉的农具一定的思想感情，借助车水来表情达意，也让繁重、枯燥的车水劳动有了生活元素。

三

龙骨水车约始于东汉，三国时发明家马钧曾予以改进。在以后的一千八百多年里，都保持原来的样子，说明龙骨水车在发明和改进之后，从结构到功能都十分完善了。目前见到的史料中，龙骨水车最早的出处是南宋陆游的诗《春晚即景》："龙骨车鸣水入塘，雨来犹可望丰穰。"

龙骨水车从动力产生的角度来分类，有牵引式、脚踏式和畜力式三种。江淮大地常用的是牵引式的，将两个手柄套到龙头两边的耳朵上，通过手摇拔带动轮轴转动，让龙骨上的车叶把水汲到高处。

龙骨水车的发明，是农业生产的福音。借助水车，沟渠、低洼处的水，可以传送到更高处，水车一级接一级地传送，水可以到达预期的高度。儿时，曾见过父亲和母亲夜里就到田间车水。清晨，我送早饭到地头时，秧田里已是白水泱泱，不知道父母经过多少圈，才车满这一大田的秧水。田里秧水足了，秧苗可以赶着时节插下去；稻子孕穗时，稻田里车上一田浅浅的秧水，可以确保稻子扬花孕穗，秋季，定是一田好收成。

有时，单用一台水车，不足以将水送到更高处，这时，就充分体现了团队的力量，这也是劳动人民智慧的结晶：一台水车够不到的地方，还有第二台、第三台……水车一级一级地爬坡，将水输送到山脚下的秧田里。白水化成了长龙，从沟渠一直蜿蜒上游，注入最高的田地，这是农耕时代怎样的壮观景象！

两千年来，龙骨水车犹如一条匍匐在田间地头的苍龙，"咿咿呀呀"，不知疲倦地吟唱着同一个节拍，虹吸吞吐沟渠之水，为农业生产提供了诸多便利。

20世纪末，随着电力系统的便利发达，水泵得到广泛使用，龙骨水车像退役的老兵，彻彻底底退出了农业生产的行列。历经两千年的历史，龙骨水车突然消失在人们的视线中。偶尔在民俗馆、名人故居再次相见，还是有如遇故人的欣喜。它淡定地守在角落里，默默承载时光的流逝和时代的变迁，悄悄把属于它的那段传奇，折叠成一股沉寂的清流。

濡滇山下濡滇水

锥山村，又名关傅村，位于巢湖市银屏镇东南角。山村恬静，数百户人家依山逐水而居。村落历史悠久，村庄周围散落的历史遗迹，无不在告示后人，这是一个有故事的村落！

濡滇漫访孙权坞

锥山，又叫龟山、濡滇山。巢湖历史上有"五牛三龟"之说。姥山岛为上龟山，巢湖之滨的龟山公园为中龟山，锥山即为下龟山。濡滇河的老河道和新河道，绕山流淌，锥山恰在水中央。

濡滇河，就是现在我们常说的裕溪河。很长一段时间里，被误传为"濡须河"。现在的《新华字典》里，已经没有录入"滇"（音huì）字。《康熙字典》里"濡"和"滇"都释为"水貌"，这与河水流动相吻合。因为"滇"字比较生涩，加之字典里又查不到，很容易被误读为"须"。久而久之，"须"便上位代替了"滇"。这大约就是我们为什么叫"濡滇河"为"濡须河"的缘故吧？而"裕溪"，只不过是它的谐音罢了。不过，严格地说，从巢湖到长江，相当长的河道中，唯有从巢湖出口到东关这一段才叫"濡滇河"。这段河水承载了从东周时期到三国的众多典故和战事。

钓鱼台是濡滇河上一个重要的景点。"浮丘钓台"是古巢十景之一。河边一块巨石崖依河而立，石上浮丘踞坐、钓竿和足迹，形状

24

依稀可辨。同行的潘老师告诉我们，在遗迹旁边，原本有一座四个八仙桌面大的石碑，上书"浮丘钓台"，相传是宋人所书。还有一尊浮丘公的石像。可惜大炼钢铁时代，当地老百姓误以为红褐色的古碑是铁矿石，遂打破石碑，熔石炼铁，浮丘石像也不知所踪。眼前的钓鱼台，除了河边巨石上传说的浮丘遗迹，浮丘亭和浮丘像都是新近重置的。

石崖之下，还有一个溶洞，长约2.5公里。很遗憾，如今洞口常年为水所淹没，唯有大旱之年，洞口方才显露。

这段河道上，还有一处叫"濡滇坞"的地方，也是一个谜。《方舆胜览》卷48记载"濡滇坞亦名偃月城"。建安十七年（212），孙权为抗击曹军，曾在濡滇山上临水筑"濡滇坞"，后又沿濡滇口夹水建"偃月城"。尽管如此，现代的人谁都没有见识过偃月城的真实容颜，因此无法准确推断出偃月城的位置。

在美丽乡村高空俯视图中，我无意中发现了"偃月城"的秘密。从河东高空俯视，锥山村在新老河道之间，如同横卧的半弦月。一阵惊喜，朝思暮想而无所得的结论，就在眼前。半月形的濡滇坞是偃月城得名的由来。

濡滇河水流经濡滇坞，向南约两公里处，又分为两支，相传，一支为濡水，一支为滇水。濡水与滇水分流后，折向东南，在无为境内流入一支小河，汇合主流后笔直向东流去，经过运漕古镇，故这段河流又称运漕河。河道时聚时散，最后注入长江。

石梁河畔"撞子石"

古濡滇河道从龟山西边流过。这段老河道又名"石梁河"。相传大禹治水，"凿东关石梁为渡漕"。原本濡滇山与七宝山相连，经大禹凿山引流，切割成两个独立的山体——濡滇山和七宝山。

古河道贯穿两山之间，河道狭窄，此处恰好又是一处急转弯，水势更加湍急，遂成一道关塞，因此有东关、西关两地名。此处的冯姓、傅姓村庄，也都以"关"冠名——"关冯""关傅"，可见此处水流之凶险。当地有一种说法，此处为古濡须口。为确保安全，舟船途经此地，需要用纤绳从两岸拖拉，以矫正船行方向。天长日久，原来两岸高耸的石壁上，还保留着当年拉纤时，纤绳在石壁上磨刻出来的深沟。因此，巢湖民间流传一句歇后语"濡须口的纤——达到就背"。

后来河道取直，避开了这段危险的水域，废弃的古河道逐渐淤塞滞留。如今，道路畅通无阻，当年的险塞关口，集高铁、高速路和乡间公路于一体。高速公路和高铁的高架桥交错重叠，从七宝山和锥山之间穿梭而过，时不时有银白色的高铁箭一样从山间的高架上飞驰而过。

曾经的关塞早已杳然，倘使不是追根溯源，我们都无从知晓这些缀以"关"字的地名之由来。

濡须山一侧的石梁河边，有块突兀的大石，形如女性生殖器，当地人称之为"阴石"。传说还有一块与之对应的"阳石"，在东关。当地流传一个风俗，求子不得的人家，就要到石梁河畔求子。方式也很简单独特——捡一石块隔河掷向"阴石"，如果能够碰撞到阴石，预示着求子有回应。缘于这特殊的求子仪式，久而久之，当地人习惯称此石为"撞子石"。随着医学科技的发展，人们早已不再用这种方法求子，"撞子石"现在成了一个单纯的地标。我本想见识"撞子石"的庐山真面目，可惜河道杂草丛生，"撞子石"淹没在杂草丛中。

七宝山上曾有一座气势恢宏的寺庙——七宝烟霞寺。据《巢县志》记载，万历邑侯马公修订的"居巢八景"，七宝烟霞、浮丘钓台都在当列，后"七宝之烟霞亭榭已湮"，七宝山昔日的风采逐渐弥散在岁月深处，只有关傅和关冯的族谱上还封存着当年的繁盛。

山上有石夹，相传是曹操立栅旗杆。曹魏时期，濡须山为东关，

26

七宝山为西关，两关对峙雄踞，扼守江淮水道重要战略要地。曹操曾陈兵西关，并在此留有"插旗石""瞭望石"等古迹。钓鱼台旁边有一个叫"募旗墩"的村子，听说是当年七宝山上插旗石移转，大旗影子映射的地方。

东关村西关镇

据锥山村傅氏家族的族谱记载，傅氏祖先，江西武宁府人，因避元末之乱，族居于此，隶属古巢傅籍，看守先人庐墓至今。

族谱上还记载，龟山堪称中流砥柱，明代建寺于山巅，山上曾有一块几人高的大石碑，上刻"濡溵洵河天锁钥"。

东关，是一处著名的古战场，早在三国时就是魏、吴角逐之地。东关故址在濡溵山上，三国吴诸葛恪筑，隔濡溵水与七宝山上的西关相对，北控巢湖，南扼长江，为吴、魏间的要冲，南北朝时仍为军事重地。

东汉建安十六年（211），孙权接受大将吕蒙的建议，在东关附近建立了"濡溵坞水口"的军事设施，派朱桓等率水兵把守。脍炙人口的"草船借箭"，其故事就发生在建安十八年（213）的"濡溵之战"中，小说中却被作家嫁接到了赤壁，化孙权的神勇为孔明的神机妙算。难怪曹操慨叹："生子当如孙仲谋，刘景升儿子若豚犬耳！"

濡溵河老河道顺水势而成，河道狭窄，屈曲回环，绕锥山西行。后重新拓宽修建的河道笔直，河面宽阔畅通。

老河道不知什么时候改了河道，绕开濡溵山与七宝山之间的关隘，另辟平直、宽阔的新河道。吴廷翰于明嘉靖二十七年（1548）寻访钓鱼台，所作《钓台纪行》里提到"老河道依旧"，说明石梁河这段老河道的改道是在明代以前。

《三国志·诸葛恪传》记载，建兴元年（223）十月，诸葛恪

"会众于东兴，更作大堤，左右结山侠筑两城"。潘老师指着老河道尽头与河对面的散马滩，给我们描述了东兴大堤曾经的位置。新河道避开了七宝山，从锥山东北垂直而下。老河道在锥山西面的平川里成了断头河。东兴大堤也因为新河堤的筑建，早已杳然。

当地人有"东关村，西关镇"的说法。随着濡滇河道的取直，东关村位置由当年的河东变成如今的河西了。曾经的东关村，也就是现在的锥山村，还不及河西的西关繁华。只不过西关如今已杳无踪迹，只在典籍里还有寥寥记载。在新河道东边，又有一座东关镇悄然雄起，成为濡滇河漕运上一个重要的集镇。真可谓"三十年河东，三十年河西"。

缘河东望，濡滇河蜿蜒前行。老河道在新河道西侧堤坝前断流，不远处的山叫"割股山"，名字因何得来，无人能解。与之隔河相对的就是九龙山。九龙山下，是现在依旧繁兴的东关镇。

河边一簇繁密的树林，是一片水边高地，当地人称之为"神墩"，其实就是当年的点将台。与之接壤的一大片低洼地，如今白水盈盈，是当年吴军放马之地——散马滩。

锥山顶古塔

锥山顶上有一塔，名曰"濡滇塔"。山巅西侧，曾有一座规模盛大的古寺，古称"濡滇寺"。

上山的台阶已经修葺一半，这是濡滇塔重修的拓展工程。

濡滇塔又叫"文峰挺塔"，俗称"龟山锥子"，塔身为六角七层砖木结构。塔始建于明代中期，崇祯年间上两层倒塌，因此当地后人误以为当初就是五层。清道光年间重修成七层。在佛教中，七层的佛塔是最高等级的佛塔，故有"七级浮屠"之说。

锥山塔曾经多次遭破坏，文物盗贼从塔基挖了几丈深的盗洞，有没有在地宫里盗得文物无人知晓，但盗洞严重地影响到塔身的稳固。塔顶的避雷装置也被偷盗，导致塔多次为雷电所击，上面三层都被摧毁。2017 年开始对它进行维修保护工作。

站在修复的塔前，却无修复后的喜悦，我心生无限惆怅。一座有近千年历史的古塔，修复的过程中却没有秉承修旧如旧的原则，反给古塔平添了败笔。

塔门上的匾额，只是用水泥雕刻的"文峰挺塔"四个字，灰色的水泥甚是扎眼，还不如留白，至少不会偏离古风古韵。塔身脱落的砖头，也只是用水泥草草地补上，现代的痕迹，一眼就能看穿。最为遗憾的是塔身的飞檐，原本如飞鸟展翅，气象万千，灵动而有神韵，重修后的飞檐蹩手蹩脚，根本不能彰显古建筑之美，整个塔的气势因此大打折扣。还有塔身四周的避雷线，突兀在众目睽睽之下，着实有碍观瞻。古塔却无古韵，仿佛古装剧穿了帮，这不能不说是个遗憾！

重修的濡滍塔的遗憾不止于此。新立的碑文中竟然还有错笔字，"锥子"居然误写成"椎子"。碑文介绍塔为"七层砖石结构"，其实不然。龟山塔身实为砖木混砌，底层每一面都有两个明显的凹陷，木头的纹理清晰可见。塔内每层用木骨填入，既可以增加塔的整体拉力，也可增强挑出部分的承载力量。塔内是砖石结构的塔心柱，自底部一直通到顶端，形成塔中塔，这是濡滍塔的奇妙处。底部柱心对门的一面，设有一龛，旁边一副对联——"锥山顶古塔，河水通江流"。

整个塔高约三十五米，底层登塔无台阶可上，只有塔中间的石柱与塔壁上有错落的石窠，可能是后人为登塔而凿。二层始有台阶，宽只可通一人，台阶狭小，只能容一足。

我们去寻找濡滍寺的踪迹时，无意中发现通往濡滍井的小径旁，有一块断碑，斜依在一棵分岔的老树旁，岔出的树干都有碗口粗细，一左一右欹侧相连。

断碑一米见方，上端呈圆弧状。半圈雕工精细的图案已经严重磨损，两端龙尾依稀可见，栩栩如生。碑上缘的图案是两条头朝上的龙腾空而起，又相互呼应，形成烘云托月之势。

裂纹遍布的碑身上，只有上端呈弧形排列的一行字，字迹模糊。我们围着断碑，从各个方向仔细辨认，只能辨出"全佛寺"三个字。

九十九间半的濡滇古寺在解放大军过长江时被拆，木料用以做船，以供过江之用。古寺的遗址上，三间低矮的平房隐逸在丛林深处。倘使不是寺门口的香炉，还有寺内供奉的神像，你肯定会误以为是山林中的人家。

寺门前的两层石质香炉有两米多高，第二层朝外的立柱上，居然都写着"全佛寺"，但下面的那个字已经被烟熏火燎得无法辨认。这恰好印证了我们刚才在断碑上辨认的三个字。不知道这是不是在告诉我们，曾经人们口口相传的"濡滇寺"，就是眼前的全佛寺？

继续西行数十步，坡下葱茏草木掩映间，是一泓清泉。修路的工人也来此处汲水，他告诉我们，这里的泉水与河道是相通的，河水涨，泉水涨；河水落，泉水也落。泉水似乎取之不尽用之不竭，当初锥山村数千村民、寺庙数百僧众，共用一眼泉水，也不显拮据。《吴廷翰集》中《钓台纪行》记载，濡滇井"乃景泰六年（1455）所凿"。寺后坎巨石为一池，池上题"濡滇池"三字。可惜岁月如刀，已经看不到丝毫踪迹了。

明代晋江人苏茂相吟诗《濡滇坞》："怪却曹瞒见敌愁，风樯云马列貔貅。长江未必雄天堑，生子当如孙仲谋。"我们一行人登濡滇山，看濡滇河，饮濡滇水，也在濡滇塔下，嗟叹天下英雄古往事！

烤　梅

　　江南的冬天温和多了，风里少了一把刀，同样是风，却不似北方的凛冽，吹在脸上，刀割似的疼。深山浅溪，苍山青翠，看不到冬的荒芜，一切都是生机勃勃，绿意盎然。山边路旁，这里一丛，那里一簇，稀疏的花树开得正欢，歙县的梅花随处可见。听说当地有座叫"梅村"的村落，宋代就开始给皇家供应老梅桩了。远山稀疏花树，淡淡一抹，粉的，白的，点缀锈迹斑斑的古村落。

　　位于歙县西北的黄村，是沸腾的。春节是梅花盛开的时节，农田里的庄稼，装回家才是自己的；耽误了时节，梅花开过了头，花瓣随风飘落，采梅就成了"空折枝"。节气，就是农时。

　　印象中，采梅花应该是件很文艺的事情，文人墨客都喜欢踏雪访梅、折梅赋诗。听说家人去山那边采梅，我也尾随而去。山很高，很陡，在二姐夫的引导下，我们沿着比羊肠还要纤细、崎岖的山道，穿过山脚的茶园，又走过山腰的竹林，终于见到山那边的山坳里，这里一片，那里一丛的绿萼梅，宛如一堆堆白雪，恣意栖息在苍山翠林中，绿的更绿，白的越发白了。

　　江南的山态度鲜明、雷厉风行，既命名为山，必然是立马拔地而起，没有缓坡，俊逸峭拔得如同南方清瘦的女子，尽显山的姿态。我们当地的山不能与之相媲美——肥硕、拖沓。现在想想，很多称为"山"的地方，顶多就是个大土丘。难怪古人说"五岳归来不看山，黄山归来不看岳"！我在江南的乡下，几乎没见过身材臃肿、大腹便便的胖子，果真人是受环境影响的？

31

梅花是歙县当地重要的经济作物，山上栽梅花，既不影响其他作物的生长，又能提高山地的使用价值，村里家家户户都有一大片梅林。梅花不单单有观赏价值，还可以作为泡茶饮品，其药用价值很高，常喝梅花茶，有开胃散郁、生津化痰、活血解毒的功效，对咽喉炎有特效。梅花还能提取精油，有清神思、添雅致的作用。梅花用来做美食佳酿也不逊色，酿一樽梅花酒，蒸一盘梅花糕，煲一碗梅花粥，让人快活如仙。有梅相伴的日子，是诗意而浪漫的。

其实，农户采梅花的情形很煞风景，将几块硕大的布，铺在树根四周，再用一根长竹竿用力敲打，高处够不着，就爬上树杈，敲打、震花。也有几户采用了新技术，每次采了梅花后，就将高处的树杈剪掉。

十来年虬曲的老梅桩不到一米高，新枝丛生，站在地上，就可以够得着最高处的梅花。这些梅花采摘的方式就轻松、文雅多了，依旧是在树根下铺好布，顺着枝丫，从上到下用力一捋，花苞、花朵便齐刷刷地掉下来。

我折了几枝花朵攒聚的梅花，平日里赏梅，是不敢随意采摘的。二姐夫见我喜欢，又帮我折了好几枝，作为一个外乡人，我在这里处处受到贵宾级的待遇。

梅花采回来，还只是烦琐程序中的一个环节。烤梅倒是件很有趣的事情。

江南人对房屋格外重视，高宅大院是一个家族身份的名片，当地还保留着相当数量的古宅。如今，江南农村的建筑基本都是现代风格和徽派结构的合体：三层小楼是对原味徽派的突破，但外饰上依旧保留着徽派的风格，如马头墙、古砖配饰。我起先不知道高楼旁边的小屋有什么用途，后来才知道，原来是烤房。烤房的设计很精巧，灶膛两边各有一排一人多高的木架，木架上是活动抽屉，以细铁纱网做底。一边十来个抽屉，层与层之间是相通的，方便热气回流。春天焙茶叶，初夏烤笋干，深秋制菊花，冬天熏梅花，烤房一年四季都不闲着。

采摘回来的梅花还需要除杂，拣出其中的短枝、萼片，将精选出来的梅花平铺在抽屉里，上架后，就可以点火烤制了。我本以为是用火直接熏烤梅花，经过二姐夫的介绍，我站在小木凳上，自上而下看烤箱，才看清了它的构造，原来真正起作用的是里面的铁管，火烧的热气被铁管传送到木架四周，梅花在热气的熏蒸下，逐渐焙干。

一朵梅花的香味，是不经意的，你不刻意是嗅不到的；一堆梅花的香气，会不请自来，无论你是有心的，还是无意的，都会随时随地与她撞个满怀；柴火熏烤中的梅花，香气老到沉郁，像一壶经年的陈酿，不把你灌醉决不罢休。我力排众议，主动接下了添柴火的活计，他们不懂我：在我看来，这不是一件苦差事，面对一炉旺火，添柴退火，掌握火候，烤制梅花，俨然就是在写一首自由诗。

坐在烤房狭小的空间里，灶膛里松木的火舌宛如随时可以脱缰的困兽，它撕咬着，拼命地从四处奔突，最终，松木化为灰烬，困兽化作青烟，两厢都解脱了。一个人静静地坐在花香里，什么都不用想，做简单的事，也是一种快乐。无须多长时间，我和我的衣服都沾满了梅花的馥郁。电视里很多宫廷剧中的嫔妃、小主，为了博得君王恩宠，在没有香水的年代，用花香熏窨衣物，聊以让自己成为花香四溢的女子。看似很简单的事情，其实也是浩大的工程，光是采花这一项，就不是一时半刻能完成的。

我陪着数万朵的绿萼梅，让她们在热气蒸腾中，定型、脱水，把她们定格在最美丽的形状中，我想，她们应该感谢我。书上说埃及艳后死于蛇毒，毒杀她的，不是别人，而是她自己，因为她无法接受美艳不再、衰老的自己。这种疯狂的手段我一直不能理解，打开烤箱，看到烤箱里躺着的一朵朵定型的梅花，我开始懂得，美的东西不应该用时间来衡量，时间里的美，是需要有断腕的勇气的！

经过八个小时的熏蒸，梅花终于烤干了。四斤新采摘的梅花只能烤制成一斤干梅花，一株十多年树龄的老梅树，最多只能生产三斤干梅花，毛利润六百元而已。我没有数过，一斤干梅花究竟有多少个花蕾，但我知道，每一朵花里都有一滴心血……

送八十岁母亲上大学

中秋节那天，是村老年大学开学的第一天。母亲和她们的舞蹈队大炫特炫了一番，连续十个舞蹈，轰动了整个老年大学，各村的支书纷纷邀请她们去村中演出，借此推动村文化的发展。

接下来的几天，母亲都很忙，忙着到周边的村庄巡回演出。她们下一个目标，就是力争在镇上的广场舞比赛中脱颖而出。

年近八十的母亲，活得精气神十足，走起路来双脚生风……母亲笑得灿烂，做儿女的，心才有所安！

今年四月，看到市老年大学李老师微信晒图，是我们当地的老年大学的开办仪式。我眼睛顿时一亮，立马打电话给母亲，询问她是否上了老年大学。母亲说，村干部来打过招呼，只是她自己还在迟疑，七老八十的了，还去上什么老年大学，怕村里人笑话。

"别犹豫，您就应该去上老年大学，我支持您!"有我这个坚强的后盾，母亲的疑虑打消了。为了尽早安排她去上大学，周末，我特意回了趟老家。

母亲是下放知青，她本来是应该上大学的。所以她将心愿都寄托在子女身上，哥哥和我，都是大学生。

母亲恐怕做梦也没想到，快八十岁的她，还能圆了大学梦。我送她上大学，就像当年她送我上学一样——给她准备书包、纸笔、笔记本，还给她买了一个平板电脑，打腰鼓、跳广场舞都需要网上老师亲临指导……

她在笔记本封面端端正正地写着"老年大学"及姓名。翻看她的课堂笔记，每节课竟然都满满当当地记录两三面。一笔一画，非常认真仔细，要不是她岁数大了，有手抖的毛病，字迹会更漂亮。

母亲曾经做过几年的村小教师，村里很多五六十岁的人，都是她的学生。老年大学的校长听说母亲也做过教师，特意邀请母亲给同学们上一课。于是，母亲交给我一个光荣的任务——让我给她准备发言稿。

结合母亲的人生经历和她平时的思想感受，我从她的角度出发，以她的口吻写了一篇文章——《党的光辉照我心》，我想，那些发自肺腑的话，最能代表母亲的心。

大红绸子舞起来，欢乐腰鼓敲起来，火红的绸缎交织着振奋人心的鼓点，在表演的队伍中，我看见母亲笑得很甜很甜！

千年浮丘钓鱼台

距巢湖十余里，沿裕溪河东南方向，即为银屏镇钓鱼行政村。浮丘钓台，当地人俗称"钓鱼台"，为裕溪河、漕河汇聚之地，河道形似圆环，并向三个方向延伸——上起巢湖，下达长江，右接林头，下游支河众多，水源丰富。邻近钓鱼台的古河道是一个巨大的回环，直到 20 世纪六七十年代，才从杨家湾一带取直，直通刘家嘴，使河道畅通，水流畅快，并形成今天的环形水路之大观。

钓鱼台下游的运漕古镇，原本是当年漕运的中转站，水运发达，成就了古钓鱼台的繁华殷盛。康熙《巢县志》记载："台横踞东流，背山临水，石岸峻峭，贾帆渔舸，往来不绝。"

最早的明隆庆邑侯柳公志所订"居巢八景"中，银屏镇就有两个，"七宝烟霞"和"浮丘钓台"。曹魏时期，濡须山为东关，七宝山为西关，两关对峙雄踞，扼守江淮水道战略要地。钓鱼台河道的南面即为望夫山和七宝山，三国时期，曹操陈兵西关，立栅建营攻吴，并在此留有"插旗石""瞭望石"等古迹。

当地有句顺口溜"东关村，西关镇"，言及当年的东关不过只是个小村庄，相对而言，西关镇更为繁盛。真是三十年河东，三十年河西，不知什么原因，当年的西关镇如今已经没落成一个小村庄，此消彼长，东关取代了西关镇往日的兴隆。

锥山所在即为当年的西关，山脚下还零星地散落着断瓦古砖，仿佛给后来人的一枚信笺，多少辛酸往事，已无须文字赘述，你去过，看过，就了然于心了。或许是一场战乱浩劫，也许是自然力的摧折，摧毁一座古镇，剥夺她往日的荣光，不需要太多的理由。被摧毁的西关镇，成了一堆废墟，唯有断壁残垣、青砖碎瓦。人们不愿意在痛苦的记忆上重建家园，于是，东关村就顺理成章地繁盛起来。

与锥山相连的便是七宝山。七宝山曾经树木葱茏，清奇秀拔，明代山上曾建有一寺，名为"七宝寺"。层峦叠嶂，众山扼拱，弥望蔚葱，烟霞无际，七宝烟霞遂被誉为"居巢八景"之一，引无数文人雅士为之吟诗作赋。据史书记载，山有巨石，镌有"烟霞亭"三字。可惜后来七宝寺颓废，七宝烟霞的流光，渐渐淹没在岁月的长河里了。

钓鱼台当年的繁盛，也杳然不见踪迹，唯有仙人的大脚印，还深深地印刻在钓鱼台的基石上，老渔夫的钓竿，横放在身侧。现如今，鱼竿的痕迹，也搁置成浅浅的沟痕。仙人去了，仙踪如旧，古来如此。《康熙·巢县志》有记："相传李浮丘公钓鱼处，三面石崖嶙峋森列，临河一大石，如棋枰，方广平整，上有迹，如钓竿及踞坐形，深可寸许。"

近水石块方广坦荡，当地人称之为"棋盘石"，也有人认为是浮丘公垂钓处。石壁镌有"浮丘钓石"四字，岁久字迹被磨灭过半，明崇祯年代芜湖新柳营守备辛承祚复镌刻，使之可见。《纲目》有注："周灵王时，有近侍授秩浮丘伯，与王子乔友善，后导乔入嵩山学道。"

人人都知道姜太公垂钓于静海，却不知道银屏的钓鱼台，也有一位钓鱼不用鱼钩的高人。只是垂钓之人不姓姜，相传浮丘公姓李，名浮丘，是位道人，曾在河南嵩山修身养性五十年，遍尝百草，济世救人，得道成仙。

浮丘公得道成仙之前，其笃厚修行流传于钓鱼台当地的民间传说故事中。相传东海龙王夫妇途经此地，龙母产一小龙，龙王嫌其相貌丑陋，命龙母将其扼杀。做母亲的，怎么能忍心亲手杀害自己的孩子？于是偷偷放生了这条丑陋的小龙。小龙盘踞处，就是现在的"龙窝"村。因无人管教，小龙性行顽劣，时常作祟扰乱民生。李浮丘为民除害，欲降服恶龙，与之鏖战三天三夜。一时间天昏地暗，飞沙走石，鸟兽四散，最后，浮丘公跳到龙背上，降服并斩杀了这条作恶多端的小龙。斩龙之处遂得名"斩龙岗"。

三年后，王子乔得道成仙，驾鹤而去；浮丘公也离别巢水，云游天下。后人为纪念这两位仙人，将王子乔炼丹的洞命名为"王乔洞"，并列为"天下第十八福地"；将浮丘公钓鱼的地方命名为"浮丘钓台"，为了纪念这位得道的仙人，后人在此修建了东岳庙。

也有传说，范增归里，亦曾在此垂钓。且有诗为证："故里怀前哲，遗迹曲水滨……千秋同一钓，只合老垂纶。"

故事终归是故事，但昔日的钓鱼台的确繁华过。钓鱼台三面环水。古远年代，陆路交通只能借力于车马，行程不便。水路运输大大提高了运送的效率，凡水流经处，必然是商贾云集，繁华富庶。虽然岁月流逝、沧海桑田，到了清康熙十二年（1673）再修《巢县志》时，"浮丘钓台"依旧列为"居巢十景"之一。徜徉钓鱼台，长河悠悠，峭壁攒聚，峭则如壁，聚则如虎。几度乘舟访钓台，浮丘是否钓鱼来？矶头坐石依然在，数片飞花点翠台……

御封天下第一店——吕婆店

　　《巢县志》记载，在县南十里，人烟辏集，有（大）秀山铺，过无为州驿路。这便是"吕婆店市"。《巢县志》所撰"镇市"，辑有"七镇、三市"，"七镇"为柘皋镇、夏阁镇、烔炀镇、中庙镇、散兵镇、鸡鸣河镇、十里河镇，"三市"为吕婆店市、东口市、高林市。由此可见当年吕婆店市集之繁华。

　　东汉末年群雄竞起，袁绍妒贤嫉能，谋士吕范为人聪明正直，屡谏袁绍，袁绍非但不听劝谏，反而忌恨吕范。为图自保，吕范带着妻儿连夜出逃，打算投奔赏识自己的孙策、孙权二兄弟。途经巢湖南岸的大秀山下，妻子吕氏因旅途劳顿，一病不起。吕范只得在岱山脚下寻了一处僻静地方，寻个住处，给吕氏治病调养。

　　但袁绍的追兵紧追不放，吕氏担心吕范被袁绍的追兵抓住，就让吕范先逃，但吕范说什么也不愿意丢下病中的妻子。吕氏劝慰夫君："你安心去江东，我在此处治病休养。即便那袁绍的追兵寻来，我一个内室，从未抛头露面，你若不在身边，他们也未必能认出我，这样大家都安全了。"吕范虽然不舍，但觉得妻子言之在理，又经不住妻子的以死相逼，只好将身边财物尽数交给吕氏，自己轻装出行，投奔江东。只待在江东安顿好，再来接妻子。

　　话说吕范离开后，银屏一带山清水秀，风景旖旎，空气清新，吕氏身体逐渐恢复。她看到往来商旅众多，就拿出全部盘缠，租赁几间房舍，开了一家客店。

吕氏善于经营，真诚待客，宾至如归，名声很快流传四方，招揽了众多往来客商，吕氏的客店越开越红火。

时间如白驹过隙，吕氏长期操劳，也思念江东的夫君，随着年龄的增长，额头皱纹如刻，白发也染上双鬓。她便请人写了一副对联："献策报知恩，黑发远离妻子去；经商为生计，白首常盼夫婿归。"镶嵌在店前的立柱上。

吕范到江东很快受到孙权器重，于是派人回来接妻子。恰在此时，吕范给刘备"保媒"，结果"赔了夫人又折兵"，给孙权造成很大的损失。吕氏担心吕范不能在东吴长久立足，于是断然决定，守住这份基业，以后也好有个退路。于是，她打发来人说："回去禀告吕大人，我这店如今需要人操持，一时抽不开身。"并给来人一封书信复命。吕范接过书信一看，是一首小诗："千里做官只为国，夫妻分开又何碍。但愿为国多报效，白发相见也未迟。"

乡邻这时才知道，老板娘原来是吕范之妻，于是尊称她为"吕婆"，她的客店就叫作"吕婆店"了。

建安二十年（215），孙权与张辽对垒合肥，最终落败，仓皇撤回东吴，途经岱山脚下，人无粮食马无草，饥肠辘辘。吕范奉命筹集粮草，来到客店，见店门一副对联："官人做媒不思妻，事国为先；妇道开店薄收利，便民至上。"原来是妻子在此开店。此时，吕婆店生意正兴隆，很轻松地就帮助吕范筹集到了吴军所需的粮草。

公元222年，孙权面南称帝，想起七年前吕婆帮助筹措粮草，解决了大军的危机，理当论功行赏，决定给吕妻加封赏赐。吕范听了，便道出吕婆的心愿而婉言谢绝，并表明"愿换一纸店名"的心意。孙权听罢十分感动，遂亲笔题写下"吕婆店"三个大字，派钦差专程送往。如今，在吕婆店还口口相传：吕婆天下第一店，原本皇上亲口封。

由于人脉渐渐兴隆，商贾云集，这里的商铺也逐渐多了起来，自唐、宋、元、明、清各个朝代名气渐大，据明弘治《巢县志》记载，这儿后来也叫"秀山铺"，市面人潮如涌，生意十分兴旺。明、清时代这里隶属（古）巢县新安乡堆金堡，那时的"吕婆店"商铺已构成规模，商铺的门面也很辉煌，是名副其实的千年古镇。

如今，吕婆店的居民中，除"吕"姓村民外，还有大姓"韦"氏，相传是太平天国北王韦昌辉的后裔。走访当地的百姓，因为族谱中并无确切记载，众说纷纭，只知道祖上是韩信之子，为避汉时乱，取韩字半边，从此改姓"韦"。隔江而望，是韦昌辉之子及胞弟落户的芜湖，看来，这两处的"韦"姓还是有渊源的，如同江畔垂杨柳，不经意中一两朵柳絮飘飞而至，在这小镇上一生二，二生三，三生万物，也不得而知。

银屏山传奇牡丹

城西南三十里，便是银屏山。主峰508米，算不得高，却是巢湖境内第一高峰。相传山中有一花瓶状巨石，阳光照射，从山下望去银光闪烁，熠熠夺目，故得名"银屏山"。山中有奇花异洞、古寺名亭，又有八仙山四面环拥。登临仙山之巅，南有重岭叠嶂；极目望北，八百里巢湖尽收眼底，蔚为壮观！

银屏山仙人洞上的崖壁上，有一株千年野牡丹，是传说中的神花。对于神花的来历，众说纷纭。有人说银屏山早年野生白牡丹丛生，很多药农上山采挖，晒干入药，导致山中野牡丹数量骤减，唯独悬崖上那株独活，就是我们现在看到的传奇牡丹。

关于牡丹的来历，还有一段源自《镜花缘》的说法。相传一年冬天，大唐女皇帝武则天酒醉后游园，见百花凋零，万木枯萎，勃然大怒："大唐御花园，怎么容得百花凋零？"于是，挥醉笔上苑催花："花须连夜发，莫待晓风催。"并且吩咐下去，到明日百花还不开放，就要连根刨起，架在柴火上烧掉。百花仙子闻讯，急忙召集众花仙子，令其连夜开放，以免惨遭荼毒。只有白牡丹和红牡丹不慑于女王的淫威，趁着夜色连夜出逃。红牡丹一路奔走，最后落脚菏泽；白牡丹途经银屏山，下望银屏一带，山清水秀，景色宜人，本打算稍作停息，但最终还是痴迷于银屏山的旖旎景色，索性扎根在仙人洞上的悬崖上了。

时值数九寒冬，不必说百花开放，就是一片叶子也难以生长。

第二天，武则天酒醒后，想起昨日的《催花诗》，虽有后悔之意，但碍于天子金口玉言，不便反悔，只好硬着头皮再去上苑，眼前景象让她也惊呆了。虽然冰冻三尺，白雪皑皑，但百花盛开，犹如春季。武则天虽未见上苑的红牡丹和白牡丹开放，但见眼前万紫千红，也就没有追究红牡丹和白牡丹了。

如果以北宋欧阳修诗《仙人洞看花》为证，银屏牡丹已有千年沧桑。其到底生于何年，无人知晓。据《巢县志》记载，这株白牡丹已经有一千三百多年的历史了。银屏牡丹虽经千年风霜雪雨，世间风云变幻，就是不凋不败，不蔓不枝；无论冬夏，无论旱涝，白牡丹屹立于悬崖之上，不曾枯萎，千年一貌，这也是神花让人称奇的另一方面。

银屏牡丹是有灵性的。花的开与谢，可以预兆年成的丰歉。当地人还依据花开多少，预测是年水情。花开得早，朵数少，必有旱灾；花开得迟，朵数多，必有涝灾。千年牡丹终不老，花荣叶茂；积天地灵气，开逢谷雨知节气，有"谷雨三朝看牡丹"之说。

听老人们说，日寇入侵时，也想得到牡丹花。无奈，不论是从上面探身寻牡丹，还是从下面攀爬，总是距离牡丹还有一段距离。日寇想方设法，都无法得到牡丹，最后丧心病狂地用炮火轰炸，结果，炮弹打完了，牡丹花还是安然无恙。日寇领教了神花的威力，只得悻悻离去。

银屏山群山叠翠，众仙云聚。山中的仙人洞又叫崔仙洞，传说古人崔子颜、吕洞宾、甜如蜜就在此洞中羽化成仙。仙人洞洞口云蒸霞蔚，雾霭萦绕，果然神仙境地，仙气十足。此洞也是八仙时常聚会的场所，洞内处处有仙迹：仙人们代步的"仙人马""仙人轿"，生活用的"仙人井""仙人灶""仙人桌""仙人床"，还有金山、银山等景观。后来，八仙干脆就化作群山，聚居于此，就形成当地人口中的"八仙山"。

洞内宽敞、曲折，在抗战时期，仙人洞曾经是新四军藏身之处，新四军利用仙人洞位置隐秘、岔道多、容易躲藏的特点，把仙人洞设置为新四军的兵工厂，有一处被熏黑的钟乳石，就是当年新四军制造武器时，熔炉的煤烟熏黑的。

仙人洞门前左侧，还有一棵高大的老柳树，就是传说中的"九桠柳"。倘使细看，只有八个枝丫，怎么缺了一个枝丫呢？当地有句俗语："人无完人，树无九丫。"可这棵树偏偏要冒天下之大不韪，长出九个枝丫，触犯了"树不生九丫"的天命。于是，天降雷霆，惩戒这株古树，击断了其中的一枝。不过，八个丫枝的千年老柳树，也是十分难得的。

银屏山崇山绵延，与巢湖遥遥相对，神仙能在此得道，牡丹也能汲天地之灵气、山水之风韵，修炼成一株有内涵的神花！

岱岫晴云

　　"岱岫晴云"为古巢县十景之一。巢南诸山壁立，从巢湖市区而望，远山如屏，独岱岫一峰昂耸其中。岱山位于银屏镇境内，主峰海拔496米，为巢南诸峰之冠。其山本名曰"大秀山"，因山脚一村落"大秀"而得名，山麓四方原有四座小庙，分别是云秀庵、碧秀庵、乐秀庵、怀秀庵，合称"四秀"。故历代相传：大秀虽小，脚踏四秀。后因清代一文人登临大秀山而小群山，故作诗一首，言及大秀山气势堪比"泰山"，有小泰山之意，大秀山故此又得名"岱山"。说文解字中，"岱"解释为"太山也。从山，代声"。

　　岱山矗立巢湖南，成为一道绿色的屏障，无论阴晴雨雪，都是一道风景。春天草木复苏，野花幽香；夏季景色丰富，时而云雾锁山峰，时而烟雾如练，仙气袅袅，仿佛神仙居所。晴天仰望岱山，佳木秀顾，山林繁阴。新雨初霁，云束山腰，岱岫之峰，更为秀丽。宋代杨杰有诗云："水带平湖千里远，山横大岫一峰高。"游人远眺，可以观岱山之秀，登其山可以俯视云海飘浮。明代巢县县令马如麟将"大秀晴云"载于郡志，标此景为巢县十景之首。古时儒学文人墨客甚称"岱岫晴云"，称为一绝。冬季天降小雪，四周的小雪融化，唯有岱山之巅，仍有白雪滞留，多日不化。四时之景妖娆变化，为岱山增添了更多的神奇色彩。

　　大秀山占雨台，位于山顶，亦称"占雨坛""龙王庙评雨台"。系用石板建成之石室，中供龙王神像。在巢城人们的记忆里，都知道有西圣宫这个地名，鲜有人知晓岱山之巅还有一座"南圣宫"。

岱山传说诸多，有文字记载，南圣宫始建于明万历四十八年（1620），在清朝顺治年间曾立"永远碑记"，原为儒、佛、道三教香火之地。岱山寺现有石垒房屋、殿宇几十间，呈四合院形。石屋建筑极具特色，原始古朴，风格独一。在后殿的门头上，还能清晰地看到"南圣宫"三个金色大字，这是安徽省人民政府在1984年所赠的匾额。后"南圣宫"更名为"岱山寺"。随着时光的流逝，时人渐渐忘记了"南圣宫"这一别称。大秀山作为佛教圣地，素来香火旺盛，信众络绎不绝。山巅晨钟暮鼓，山下木鱼声声遥相呼应。寺东侧的龙潭泉水被信众视为圣水，即便大旱之年，潭水也不干涸。

相传三国时期孙权与曹操在合肥大战，孙权大败后仓皇出逃，逃至巢湖南岸银屏岱山时，前有拦截，后有追兵，眼看已落入绝境，走投无路的孙权仰天长叹："吾命休矣！"在这危急时刻，但见大秀山顶飘来一缕五彩祥云，延伸到孙权的脚下，化为一条山间小径，孙权知道是神灵护佑，顾不得拜谢就踏上小径。他前脚刚走过，身后的小径瞬间消失得无影无踪。曹操的兵马追至半山腰，天空突然乌云翻滚，大雨倾盆，狂风大起，山崖上的岩石纷纷滚落，砸死、砸伤曹操的兵马无数，其余的不敢向前，孙权方才脱险。

后来孙权回到东吴，急命吕范回吕婆店探亲，并在岱山顶上修建寺庙供奉神灵，以报答神灵护佑之恩。吕范不辱使命，在大秀山如期修建好了气宇轩昂的大秀山"天华宫"，又称"大秀庵"。而后大秀山上的寺庙几经战争的焚毁又几经修建，至今一千多年间香火不断，文人墨客时常云游到此，留下许多赞美的诗句，给大秀山增添了几分神韵。

寺庙后面有石窟，传说是汉代留侯张良隐栖之地，所以当地人称之为"张良洞"。楚汉时期张良辅佐刘邦建立汉王朝，功高勋卓。但他看到韩信等人的下场，"云无心以出岫"，张良急流勇退，淡泊自牧，辟谷荒野，采药炼丹，濯影沧浪，结茅起居。"愿弃人间事，欲从赤松子游耳。"其高风亮节、松品竹性,堪称封建士大夫洁身自爱的楷模。据说汉高祖感念张良勋厚旧谊,数次摆驾倒屣恭请,终未能动张良的泉石之心。据《清康熙巢县志》记载,大秀庵前旧有古石刻四言诗一首:"辅佐炎刘,嘉谋嘉遒。圮桥授受,进履情投。除暴灭秦,为韩报仇。此地亡楚,运筹帷幄。解组求退,从至人游。住茅辟谷,白云山头。草衣木食,乐以忘忧。世世相续,万世无休。"此诗是张良隐居于巢湖大秀山的很好凭证,如今当地的老者提起汉朝张良,那可是无人不知晓,有人还能说出许多当地流传的楚汉英雄的故事。

书香古镇黄麓

　　黄麓镇，最初叫"桐阴"。桐荫与烔炀是同一条河孕育出来的，肥东的桐山之麓，是这条桐河的发祥地。河流流经桐荫，与杨河汇集于烔炀。烔炀人常年苦于两条河的水患，想从名字上做文章，以"火"代"木"更换偏旁，希冀以火克水。桐阴人也不喜欢这个阴字，觉得不吉利，于是加了草字头，便成了桐荫，或许也是希望得到桐河更多的荫护吧。

　　桐荫镇的形成，还有一段故事。桐荫镇所在的位置，原本叫"路边张"，是张姓居民聚居的村庄。当地的集市原来在路边张的西南方向的长原，又叫"祠堂张"。前些年，长原村中间还保存着古集镇的旧貌——狭长的街道，青石板路面，街道两边的店铺都有木板门，可以自由上下。长原集市有些年头了，聚居了不少闲杂人员和地头蛇，这些人坐收渔利，经常强买强卖，欺行霸市，让各地到长原做买卖的人怨声载道。有一次，路边张的人到长原做买卖，与长原的恶霸发生了激烈的冲突。经过这次恶斗，路边张人不敢再去长原做买卖了。

　　路边张人有东西不能卖，想买东西无处买，生意不能做，但日子还是要过的。路边张人聚在一起，一商量，唯一解决的办法，就是自立门户，才能解决生计。路边张集市形成以后，因为买卖公平，商贾络绎不绝，小小的集市逐渐壮大了。最后，连在长原做生意的买卖人，也搬来路边张做生意了。此长彼消，桐荫镇的兴起过程，就是长原街市衰落的过程。

日寇入侵时，当地农村普遍种植鸦片，招徕湖广、沪杭客商，镇上商业在此基础上得到畸形发展。有京剧院、道戏院各一座，鸦片馆十余家，赌场内摊、宝、牌、色俱全，时有"小上海"之称。由于集市繁荣，也成为敌伪顽私地方武装争夺的场所，常有战争发生。

桐荫镇是巢西的滨湖重镇，地理位置险要。当时，一个外号叫"小地主"的张疃人，在日本人的扶持下，维持地方秩序。他在张疃村建有大型炮楼，拥有数十家丁，枪支弹药富足。时常假借维持地方秩序为名，为害乡邻，鱼肉百姓。

1945年，新四军第七师组织指挥了一场精彩的"三打桐荫镇"的战斗。1月份，七师沿江支队白湖团团长徐绍荣，率领三营从槐林嘴乘船渡河，装了好几船松枝、柴草，在张疃附近的湖口上岸。白天就派一些新四军化装成卖柴火的农民，把柴火挑到桐荫集镇，假装售卖。到晚上，就把柴火运到张疃的炮楼下，围住炮楼，进行火攻。

当时伪军疏于防范，有些伪军晚上还跑到集镇的赌场去推牌九了，剩下的伪军，基本没有做抵抗。因为柴火堆积在炮楼四周，火一起，炮楼上的伪军就溃不成军，有的伪军直接从炮楼上跳下来，一名从寺后李村抓去的壮丁，虽然摔伤了腿，却保存了性命；有的负隅顽抗，就被新四军消灭了。寺后李村去的还有一个壮丁，当晚正在桐荫镇上赌博，听说张疃炮楼被端了，连夜跑回寺后李。经过这次战斗，新四军七师的威名就在巢湖沿岸广为流传。同年5月和6月，七师在桐荫又打了两场漂亮仗。

自古桐荫崇尚读书，重教兴文，"读书为第一要务"在老百姓的心底生根发芽。这里流传着一句古话："室无隔夜粮，也有读书郎。"父母们教育子女"咬口生姜喝口醋"，"吃得苦中苦，方为人上人"。"十八户唐"中的中份唐村有一座九秀才墩，九位秀才读书的故事至今流传，是当地人耕读传家的写照。

黄麓是遐迩闻名的文化之乡，当地人流传一句话："黄麓地区的文明重现，始于张将军（张元一），兴于张将军（张治中）。"最早将"九龙攒珠"格局带到巢湖北岸的，就是最先在张家疃登岸的"张元一"，他是张家疃家谱中记载的移民初祖。根据记载和传说，张元一精通风水，是个有文化、有实力的领袖式人物。

和平将军张治中是安徽巢湖人，他曾说："我很想把我的故乡建成一个理想中的乐园。"他寄希望于以黄麓学校为中心，构建强大的教育网络，通过现代教育和传统乡土社会的结合，推动黄麓文化之乡的进程。虽然试验乡后来以失败告终，但仍为今天巢湖北岸乡村振兴工作留下了一笔宝贵的精神财富。

紫李熟了

几年前，校园重新规划，原先几栋老旧平房拆掉，取而代之的是一座园林。园子里除了广玉兰、垂丝海棠以外，还有桂花树、紫叶李、紫薇、银杏、樱花、棕榈……花树满园，一年四季都有看头，是学校的核心"景区"，也是众生的乐园。

花树是园林的注脚：广玉兰与垂丝海棠相互辉映，寓意为"金玉满堂"；有学子，桂花树当然少不了，蟾宫折桂嘛！没有栽桃树，紫叶李独自承担起"桃李满天下"的重任。虽然没有学过园林设计，终日围着花园转悠，我也琢磨出其中的奥妙——看似凌乱的园林，其实是有章法的，精细到每一棵树的位置和种类。

"桃李满天下"这一成语出自《资治通鉴》，东汉时期，逢年过节，百姓都会在自家门前悬挂画有门神的桃木片，用以祈福、辟邪。时至唐朝，这种桃木才有了学名——桃符，至于是何人命名，已无从考证。与桃符同样盛行的还有唐诗，尤其是李白的诗，更是脍炙人口，上至耄耋老人，下至三岁小儿，无不朗朗上口。以比比皆是的大唐的"桃符"与"李白诗"，来形容学生数量多、满天下，这个借代的手法实在是高明。

可惜口口相传中，"桃李"的本义被误传了。以讹传讹，不知道从哪朝哪代起，"桃李"被直白地解释为桃树和李树，误导了后世子孙。

李树的种类很多，校园里大多栽种紫叶李。紫叶李性价比相对高一点，不仅冠以"李树"之名，还有很强的观赏价值。紫叶李开花，花势犹盛，密密地缀满枝头，完美地规避了单个花形小的不足。花开时，近看不如远观，满树微粉，似轻云出岫。在早春的微寒中，紫李花是校园里第一抹亮色。

春暖与花开，是互文的，校园里紫叶李第一个盛开时，四月的阳光也逐渐热情起来。紫叶李的花瓣单薄轻盈，如蜡梅，表面有一层蜡质，这是紫叶李花不畏寒的主要原因。最妙的是花瓣飘零的时候，风乍起，如蝶的花瓣，禁不住风的蛊惑，在风中袅娜翩跹，花瓣雨是紫叶李花美到极致的样子。

紫叶李花尚未落尽，树下的垂丝海棠次第绽放，草地上满是盛开的蓝色的婆婆丁，点缀着金黄的蒲公英和紫色的大蓟，还有很多不知名的野花……春天，就是花儿排着队，在春风吹拂的大校场上比武亮相！

五月下旬，李树上的果实逐渐成熟，每一颗果实都经受着无数只火辣辣的眼睛盯梢。或许，已经有人开始目测定位，单等着果实成熟了。

时间过得飞快，花开花落，紫李轻熟，不超过两个月。六月初，紫李红得发紫了，挂在高高的枝头，宛如满树的紫色明珠。尤其是晴朗的日子里，高挑着的果子，被明媚的阳光照射得晶莹透亮。风调雨顺的好年成，瓜果的产量也翻倍，今年树上的李子格外多，枝丫上，紫李一个挨着一个，从树下看去，就是一根根紫李串。

味觉的发端一定是视觉，视觉感知刺激唾液分泌，垂涎三尺，不过是视觉感受的延伸。学生对紫李的垂涎，也只是"眼馋"而已。换一句话说，倘使李子摘下来，堆在面前，任由他们随意拿取，学生们或许会对这唾手可得的果实挑肥拣瘦，说它太小，味道不正……反正，他们会挑出一大堆毛病。每年紫李成熟季，教室里，路面上，到处都有被当作"武器"的紫李，被踩踏，粘在地上，难以清理。这也是校长严禁小顽皮们摘紫李的另一个原因。

从树下经过，一颗紫李"啪"的一声，应声跌落在身旁的青石板上，滚圆的果实，裂了一道口子，似乎在刻意展示它的内涵——我看到果皮里温润的黄色果肉。抬头，一只作祟的鸟，惶恐地站立在枝头。它肯定不知道如何应对眼前的意外，否则，它不会与我四目相望。到嘴的大餐，没了，我能想象到它内心的绝望。

紫李熟了，注定是一场盛宴。

喜鹊骤然多了起来，老人们都说，"喜鹊喳喳叫，必有好事到"。不知道这是鸟的好事，还是人的好事。或许，所谓好事，不过是心想事成而已。不过，在我看来，喜鹊成群结队，未必就是好事。

父亲去世前一年，大年三十的傍晚，早早吃过晚饭，父亲带我和儿子、侄女去看山脚张的网，是否抓到了兔子。野兔多了，也成了害，土地里撒下的种子，都成了它们的美餐。

那是我第一次看到如此众多的喜鹊，山坡上、水电站的横坡上，铺天盖地，数百只喜鹊盘旋起落，叽叽喳喳，吵吵闹闹，仿佛有神力让它们聚集于此。平生第一次看到这么大的喜鹊阵，惊诧，欢喜，我还无知地问父亲："你以前有没有见过？"

我们刚到山脚下，父亲突然让我停下来，说他胸口不舒服。我赶紧坐到田埂上，让父亲靠在我身上休息，过了几分钟，父亲说他好些了，我以为真的过去了，不曾想，这只是预兆，我忽视了这个细节。半个月后，父亲的心脏再次出现问题，永远地离开了我们。这成了我终身的痛，倘使那次我意识到问题的严重性，及时带父亲去医治，可能父亲不会突然离我们而去。偶尔，我也会安慰自己，这都是天注定，那一次遇到的众多喜鹊，就是天兆。经历这件事，我的心中就多了一个臆断：一小群喜鹊可能是来报喜的，但是为数众多的喜鹊云集，就未必是件好事了。

父亲曾经告诉我，被鸟啄过的柿子，肯定成熟了。鸟对成熟的果实散发出来的醇、酯、芳香酊类物质感知能力更强，从这个角度来看，鸟儿才是真正的美食家。紫李还未完全成熟时，各种鸟儿都闻讯而来。

花园是鸟的乐园，浓密的树冠，是它们心安之处。成群的喜鹊围绕着花园中心的老榆树追逐打闹，听不懂鸟语，分不清它们是在打情骂俏，还是为了争夺领地，以口舌之争来酝酿激战前的氛围。身形大的鸟儿总是站在最高处，高大的老榆树上，已经有好几个鸟窝，如果没有自然的力量，没有谁能爬上树梢，问候它们的家园。占有绝对制空权的喜鹊，在花园里，可能也是食物链的最高级，所以它们一个个吃得体态丰满，连鸣叫声都比别的鸟儿高八度。

还有灰喜鹊，当地人叫它"山蛮子"，大约是因为它们的叫声太过粗野，"嚓——"的一声重音蛮语，仿佛一根棍子硬生生地摔过来。山蛮子不受待见的原因都是因为它的一张嘴，不仅话"说"得不动听，还有个"好吃"的毛病。山蛮子的嗅觉灵敏，哪里闻得见肉味，哪里就有它的踪迹。村里人晒的渣肉、咸货，总会被啄食得千疮百孔。它们是空中的盗贼。平日里，它们也会在花园里打家劫舍，不知道遭殃的是哪些鸟。

八哥更多的时候，喜欢三三两两地迈着优雅的步子，在地面上踱步，高处的领空被喜鹊和山蛮子霸占了。身形瘦削轻盈的八哥，只能屈居树下。好在满是落叶的草丛里，藏匿着各种虫子，还有熟透了落下来的果实和种子。斑鸠也是花园里的常客，偶尔也有白头翁、黄雀光临，还有各种不知名的鸟儿。林子大了，什么鸟都有，在这里见到它们，不足为奇。不论春夏，晴朗的日子里，总有一种鸟儿在枝头婉转，嘤嘤成韵。光听鸟的歌声，还以为是珍稀异类，循声细望，发现竟其貌不扬。倘使我预先知道它就是大名鼎鼎的画眉鸟，估计就不会如此小瞧它们了。还有一种神秘的鸟儿，只闻其声，不见其形，激发了我的好奇心，询问了很多人，博学的老师，还有资深的老农，都不知道它到底是何方神圣。不过，机会真的是为有准备的人而来的，一次刷视频，看到杜鹃的分类，才揭开这种鸟的面纱，这种叫声凄异的鸟儿，叫"一声杜鹃"，又名"噪鹃"。

我们的想象力只停留于常见的四声杜鹃，不知道杜鹃还有如此庞大的家族。杜鹃叫声的节奏各异，有一声、二声、三声、四声，还有八声为一拍的。单凭叫声，杜鹃就可以分十多个种类。我也因此领悟了"所见即所得"的道理。

猫也来凑热闹，总是来花园里闲游，它们的目标不是树上的果实，而是树下的鸟雀。别看这些流浪猫平日里呆萌呆萌的，一副乖巧惹人怜的模样，它们捉鸟雀时的犀利，可真让人刮目相看。我看见一只猫匍匐着身体，悄悄向鸟儿靠近，犹如一头猛兽在猎食。不忍见鸟兽之间的残杀，我赶紧跺跺脚，以噪音来终止这场猎杀。鸟儿拍着翅膀，一哄而散。猫见阴谋已暴露，一溜烟爬上树干，似乎想以此缓解尴尬；又像是在展示实力，以此告诉我，假如没有我的介入，它是有能力活捉其中一只鸟雀的。

顽逆的学生才是这场盛宴的主角。

他们不仅摘果实，连树枝都扳断了。校长非常生气，把扳断树枝的女生叫到校长室，准备"请家长"。那个女生是我们班的，"让她家长到学校，她说爸爸在外地打工；让她妈妈来，她说，爸爸妈妈离婚了，妈妈不知道去哪里了……"说这话时，校长头直摇，一脸的心力交瘁。学校是受教育的地方，但家庭教育更重要，绝对不能缺失于孩子的成长过程。像这样家长猫影都看不到的孩子，全靠学校一手承担从身心到知识的教育，学校往往也力不从心。

我知道校长让家长赔偿，只不过是为了杀鸡儆猴，就以退为进，"留守的单亲儿童，有妈养，没有妈教，怎么办呢？你校长不包容一点，又怎么搞呢？"说这话，坦白地说，我是有私心的，想借此博得校长的同情，免除对扳断树枝女生的处罚。她不仅是我们班级的学生，还是我的帮扶对象，就冲这一点，无论她犯了什么错，我都不能坐视不管。

校长叹了一口气，一脸的无可奈何，"我哪里真的要她赔偿呢？还不是怕他们摔了胳膊跌了腿吗？叫家长来，也只是吓吓他们……

树扳断不要紧，人要是摔到哪里了，事情就大了！"我很能理解他内心的压力，学生安全问题无小事。

求情归求情，但对这个孩子的教育还是必须的。乡村里生长的小女孩，野性十足，男孩子爬树摘果子也就算了，女孩子爬树，还扳断树枝，实在是说不过去。不过，批评的话终究没有说出口。她除了不爱学习、个性强一点以外，似乎也挑不出其他毛病。对于父母的离异，作为一个年幼的孩子，她只能被动地承受，我问及她的父母，她语气冷漠，仿佛提及的这两个人与她毫无瓜葛。的确如此，长期与爷爷奶奶生活在一起，似乎让她忘却了父母曾经的温暖。班级里与她一样家庭不完整的孩子还有好几个，我帮扶的四个孩子，都是家庭不完整的。但是，光靠一名教师帮扶，再怎么母爱爆棚，也很难消除家庭缺失给他们心灵蒙上的阴影。看到他们的遭遇，我倒怀念起儿时的时光，虽然生活拮据，但父母都在身边。

她与我说话时，目光一刻也没有离开桌子上的巧克力，这是我上周参加婚宴时的喜糖，本来就是带来分享给学生的，见她喜欢，让她自己挑几块。她也不贪心，只拿了两块。我告诫她，学校的草丛里有蜱虫，平时不要随意往草丛里钻，防止被蜱虫叮咬。见我没有打算批评她的意思，她又顽逆起来，对于我说的"可以致命的蜱虫"，她是一脸不屑，仿佛蜱虫之说是我在危言耸听，目的只有一个——阻止她去摘紫李。难怪有人说，世界上最难的事，就是把自己的思想装进别人的脑袋里。看来，短时间内，我很难彻底改变她。

不过，话又说回来，哪个孩子没有犯过错呢？哪个少年没有过荒唐事呢？我的心底是原谅她的，如同原谅曾经的我。上小学时，我们居住的轧花厂后面，一条马路之隔的水电站的后院里，是一院子的毛桃树，不知道是哪位同学意外发现了这处宝地，于是，我们一群孩子，背着书包，偷偷从一处破损的墙洞里钻进去，每人摘了半书包还没有长成形的毛桃，等不及清洗，在衣袖上擦一擦就啃，不顾桃子满身没有退掉的毛刺。毛桃还是"孙子辈"，没有成熟的毛桃孙子，根本吃不出桃味，但我们却吃得味同仙丹。现在想想，这就是代沟，小孩子不知道大人的苦，就像大人不知道小孩子的乐一样。

中午值班时，偶遇两个高个子的七年级男生，趁着午休校园里无人的空档，正在花园里对着李树下狠手：一个男生用力摇晃树干，另一男生反提着雨伞，接掉下来的李子。男生拼命摇晃，李子"噼里啪啦"落下来，只有少数安安分分地落在雨伞里，大多数还是掉到草地上了。他们见我走过去，赶紧收拾了作案工具，落荒而逃。其实，我只是去上厕所，不小心撞见了他们的"作案现场"。

我没有像别的值班老师那样，大声呵责。作为一名农村中学的教师，我已习惯于迎来送往，今天他们还是七年级的学生，再过两年，他们就要踏入中考的考场。无论他们进入哪所学校，倘使偷摘紫李的情节，能够成为他们学生生活最难忘的一段记忆，也不枉那些被摧折的紫叶李。

现在的学生，课堂、食堂、宿舍、操场，是他们生活的全部，单调得如同白纸，偶有小插曲，成为快乐的记忆，会陪伴他们一生，影响他们一生。

有一次，几名文弱的女生，想摇晃紫李树，妄图摇下来些许希望，可惜力气单薄，根本不能撼动碗口粗的紫李树。看着她们失望的神情，我走过去，用力摇了几下树干，居然掉下来几颗紫李，女生满心欢喜地循声捡紫李，还不忘感谢我。我留意到她们捡紫李时开心的刹那，仿佛捡的不是李子，而是快乐。

上课时，王浩楠递了一枚紫李给我，"老师，你尝尝！"这个小调皮，就像一只小跳蚤，没有一刻闲暇。这样的评价，他妈妈十分认可，说我"讲到点子上了"。校园里哪里有桑葚，哪里有杏子，都在他掌控之中。前段时间，他用黑乎乎的小手，托了一把桑葚送给我。对于学生这样的盛情，我从来不拒绝。他们骨子里是想与我拉近关系的，我怎能抹杀这份情谊呢？

上星期，他还兴冲冲地告诉我："老师，老师，李子熟了……"没想到，这么快他就落实到行动上了。上课前，还是那只不讲究的小手，送来一枚不容拒绝的紫李。此刻，即便拿紫李的手很脏，即便紫李没有清洗过，我也只能笑纳。也有同学大声阻止：

"老师，不要吃！"

"老师，不能吃！"

今天这颗紫李若是不吃，与他们的关系就生分了。紫李尚未熟透，微微有点酸，我故意夸张地表现出酸倒牙齿的惨状，下面的学生笑成一片——在他们面前，老师有时候也需要表现得很弱势，好让他们知道，老师不是高高在上的。教育，最好的方式是融入！

我问班级学生："哪个摘李子的次数最多啊？"答案出乎意料，竟然不是浩楠同学，不过，被曝摘李子次数最多的同学，立即举证了王浩楠："他摘一次，比我们摘五次的都多！"教室里笑声一片。

但愿今天课堂上的开怀一笑，能够给他们的校园生活增添一缕亮色。如果这笑声，能缓解紧张的学习生活，让他们暂时忘却寄宿制学校生活的枯燥无味，何尝不是收获呢？他们应该时常开怀大笑，毫无掩饰，也不需要掩饰，这个年龄段的孩子，应该是未经岁月打磨的纯天然态。

垂丝海棠的树根下，有一堆黑色的鸟羽，不知道是鸟儿不小心撞树而死，还是死于猫的利爪之下。残存的躯体，每天都在发生变化，第一天羽毛还鲜亮着，第二天就有虫子将泥土掩盖在最边缘的羽毛上，鸟的躯体好像矮了一截。每次上厕所，我都忍不住看一眼，最后，泥土彻底覆盖鸟的羽毛时，无论你怎么仔细辨认，都不会知道，这里曾经有一只死去的黑鸟……时间，是解决问题的高手，任何解决不了的难题，就交给时间来做最后的评判吧！

这场盛宴中，风最有话语权。

似乎是天注定，每年紫李成熟时节，未经预约，总会有一场狂风骤雨，或早或晚。冷热气流交汇，不一定会下雨，但风是少不了的。风是和事佬，扯平了双方的恩怨情仇，第二天，风停雨住，又是一个晴朗天。

一夜狂风肆虐，紫叶李上的果实几乎荡然无存。极个别个头小的，或者是躲在枝干当中，躲过一劫的李子，孤零零地挂在梢头，一棵树上这样的剩果屈指可数，花园外围的树上，一颗紫李都没有留下。树梢零星的李子，激发不起孩子们的兴致了。说实话，李子味道其实很一般，本身并不具有诱惑力，但当它们成串高高挂在树梢时，就有了广而告之的效果，成了孩子们的目标。可见，太喧嚣，未必是好事！

踏着青石板，拐弯就是厕所，每天往来多次，紫叶李树旁是必经之地。我可以无数次去打量它们、体味它们。落到地上的李子几乎被鸟雀啄食殆尽，花园里总算沉寂下来。草丛里还有少许残留的果实，散发着淡淡的发酵果香，没有被鸟雀发现的果实，最终都会融入大地。

大地，最具有包容性。无论你是鲜花，还是枯草；也无论你是参天大树，还是飘零的落叶，她都不会无情地拒绝，而是敞开怀抱，宛如慈悲的母亲。有人会埋怨大地是冷冰冰的，那是你没有看到她心灵深处汹涌着的岩浆，炽热得可以轻易销熔世间万物。

李树花开后，果实从成熟到腐烂，看似是个消亡的过程，其实开启了新生命的孕育，生命在果核里悸动，唯有泥土，在任劳任怨地耕作。

紫李败落过后，花园又恢复了往日的寂静。

第二辑

风会记住花的香

风会记住花的香

冬至，因为全家都"阳"了，为了避免感染母亲，我们决定延迟回家拜祭父亲，父亲在天之灵肯定能够体谅我的。因为，您是最理解我的人。上大学时，我买了一件价值90元的大衣，写信回家时，妈妈把"花了90元"，看成"花390元"。那时候，学校每月发放的38元生活补助已经足够我一个月的伙食费了。看着异常激动的妈妈，您认真地读了一遍信，十分肯定地对妈妈说："我的女儿我了解，她舍不得花390元买衣服的……"爸爸，感谢您的信任和理解！

亲爱的爸爸，虽然您离开我们已经八年了，但我总感觉您依旧在我们身边。

昨天早晨排队买油条时，排在前面的老人与我搭讪："听你口音，应该是黄麓那边的人吧?"客居巢湖已经二十多年了，乡音依旧未改。我告诉他我家住轧花厂，他追问道："你是不是全福家姑娘?"我回答是，他竟然满面欢欣，对我说："你父亲是个好人啊，以前我们在厂里扛大包，你父亲非常照顾我们……"亲爱的爸爸，我听到来自陌生人对您的赞誉，已经不是第一次了。

小时候，大哥带我和二哥从黄麓回老家，中途在临湖中学旁边的小店里歇脚，每人买了一瓶汽水。二哥顽皮，不用开汽水的扳子，偏偏要耍酷，把汽水瓶放在桌角磕掉瓶盖，"啪"的一声，瓶盖是磕下来了，但瓶口也缺了一小块，店主要我们赔汽水瓶的钱。大哥向他求情，店主一口咬定"必须赔!"过了一会儿，他问我们是谁家的孩子，大哥说出您的尊号，店主"哦——"了一声，态度缓和了很多，还对我们说："早知道是全福家的，汽水钱都不要你们的！"原来您当年下派到他们村做工宣队工作，全村人都夸您为人厚道，能够助难济困。后来，那个村里老老小小的人都叫您"三爷"。您当年在那里的工作关系，已经演变成现在全村人与我家的亲戚关系。店主越是不要我们付钱，哥哥偏要付钱，还把瓶子的钱也赔了。大哥回来告诉您这件事，您夸我们做得对，还说，别人越是对你好，越不能让人家吃亏！您"吃亏是福"的为人处世之道，虽然不是您亲口传授与我，但自小以来，我从所见、所闻、所感中，已经深得精髓，我也从中得到很多意外的收获。

亲爱的爸爸，感谢您对我一直以来的宠爱。小时候，寒冷的冬天，您总是在我起床前，就把棉衣、棉鞋烘烤得暖烘烘的。从温暖的被窝里钻出来，套上暖和的棉衣棉鞋，让我的童年有了温暖的记忆，也养成了不赖床的好习惯。

前几年，一位年轻的独居母亲外出打牌多日未回家，竟然把关在家里的两个婴幼儿饿死了，审判席上，那个年轻人哭诉着："没有被爱过的人，如何学会去爱别人？"……亲爱的爸爸，感谢您给我的百分之百的爱，从来不曾打骂过我，让我享受满满的爱的同时，也学会去爱别人。我们现在家庭生活幸福美满，亲友同事友善和睦，与您的言传身教分不开！

最最亲爱的爸爸，虽然不记得您牵引我、教我学步的情形，但您陪伴我，与我们一起做游戏的场景，我都常记心头。在我成长的道路上，您就是我心目中最伟大的导师。

高考临近，我变得烦躁不安，您非但没有批评我的坏脾气，反而等我安静下来后，过来与我交流谈心。我告诉您，很多数学题目做不出来，别人却能做出来，这让我心生惶恐。您用书桌上的文具盒和墨水瓶打比方，分析给我听："你数学题目做不出来，别人语文题目做不出来，就像你有文具盒，我有墨水瓶一样。你不仅要看到我手里的墨水瓶，还要看到你自己拥有的文具盒……"天哪，您居然把这个问题分析得如此通透，我的心中豁然开朗，并且不再焦虑不安。后来，我静下心来，埋头一门心思做题目，心无旁骛。那一年高考，数学满分120，我考了119，爸爸，这是您的功劳！

还记得刚刚踏上工作岗位时，是您挑着行李送我到单位报到。一路上，您对我谆谆教导："将人心比自心，家长学生都希望遇到认真负责的老师，你当学生的时候是这样的，现在当老师了，就应该当心目中的好老师……"爸爸，您的话鞭策了我，成为我教师生涯的座右铭。我在教育教学中取得的成绩，离不开您的引导和督促。

这样的事情多得写不完，最最亲爱的爸爸，您猝然离开我们，我感觉我的灯塔倒掉了。在以后的大半年时间里，我每隔两三天就会梦见您。在梦里，您还是那么温和敦厚、善解人意……无论在梦里，还是醒着的时候，我总是分不清，您是不是真的离开我们了。

每次翻看您的照片，我总会禁不住泪流满面。在我的心中，对您，除了无限的怀念，还有满满的敬意和感激，您是一位没有瑕疵的好父亲，我真的太幸运了，今生能够做您的女儿。亲爱的爸爸，我祈求您，来生，还让我做您女儿，好吗？我是不是太贪心了……

愿今晚能再次梦见您！我最最亲爱的爸爸！

父亲坐在太阳地里

一直以来，我都想静下来，静静地想一想父亲，但我又不敢触碰父亲的话题，每一个与父亲有关的字眼，都能刺破我胸腔里集聚的泪泉，瞬间汹涌决堤。

父亲是一面承重的山墙，山墙颓圮，我幸福的小屋骤然变得千疮百孔。四十多年来，我像一只轻盈的小鸟，快乐地飞翔，快乐地歌唱。站立在父亲的浓荫下，享受参天大树荫护，无论阴晴雨雪。可是父亲走了，大树轰然倒塌，我赖以支撑的支点不复存在了。

父亲离去，我的童话王国轰然崩颓了。尽管已是不惑之年，但潜意识中，在父亲面前，我还只是个孩子。每次回家，父亲总是早早地守望着我回家的路，像在守候放学归来的学童；离开时，父亲也要目送我至远处。他总是想方设法往我车里多塞点东西，按照母亲的说法，就是想把老鼠洞里的东西都掏出来给我。

村东头的柿子半熟了，父亲帮我去摘。树高，柿子都挑在高处的细枝上。父亲矫健地爬上树丫，用钩子挽住高处的树枝，我站在树下接父亲抛下来的柿子。我总是忘记父亲已是古稀之年，在他面前，我还是孩子。

山芋还未成熟，父亲说去地里挖几个让我尝尝鲜。他走在前面，我拿着手机，一路拍摄。镜头里有田埂上烂漫的野花，棉花地里成群的喜鹊，山坡上倏然冲起的云雀，山芋垄间弯着腰寻找山芋的父亲。天蓝得像块巨型的宝石，我把父亲挖出的山芋装进口袋里。我

66

想背起口袋，却被父亲阻止："你背不动，别把衣服搞脏了。"我像听话的孩子，任由父亲背起口袋。在我的世界里，父亲是童话里无所不能的国王，我是城堡里的公主。只要有父亲在，我就能无忧无虑。可是，父亲走了，主宰我的童话的国王走了，谁能帮我摘柿子？谁能带我去挖山芋？

不知道从什么时候起，很喜欢和父亲交流，每次见面总有问不完的问题。母亲说父亲是闰土，我完全赞同。自我懂事起，父亲就是无所不知的，能解决我的所有困惑。儿时是这样的，而今同样如此。父亲的肚里装了数不清的故事，我的很多文章，都是他讲述的故事，父亲是我灵感的源泉。他会挖空心思，把自己知道的田间地头的新闻故事、风土人情、物候常识，还有常年累积的切身经验告诉我，我也像得了宝似的。父亲的讲述都是书中没有的，写出来就是一流的文字。父亲走了，带走了我的百科全书，我不知道还能不能继续为文。

在五十多个小时的陪护中，我经历了世界上最大的哀痛，疾病煎熬亲人时的束手无策、无力挽救父亲生命的负疚、骨肉分离的绝望……眼巴巴地望着他的血压一点点地下降，抱着父亲的躯体，却无法阻止他的生命从我的指缝间一点点地流逝。父亲像暗夜里一盏摇曳的灯火，越飘越邈远。揪心，我想造就这个词语的先人，肯定也经历过我这般的悲恸。

父亲的遗像供放在堂屋的案几上，无论站在哪个角落，都能看见父亲笑吟吟地看着我，我知道他也放不下我。怕母亲难过，趁她不在屋里时，我偷偷地把父亲的照片抱在怀里，却再也感觉不到他的温暖了。我的父亲，真的离去了。

春节前，我拉他过马路时，父亲的手是冰凉的，我还寻思着写一篇有关父亲手的文章，可惜一直没写，我现在明白了，父亲厚重的一生是区区千字文难以述尽的。

想父亲想得心痛。无以排解，只能将父亲近年的照片全部洗出来，每一张照片都是一段美好的回忆，想父亲的时候就翻看影集。父亲每张照片都满怀笑意，看着相册，父亲宛如就在我身旁。

送别父亲那天，一把鹅毛大雪，老人们都说，家有福，天飘白。上天也为父亲戴孝？接下来的两天，居然都是大晴天，我在院子里清洗衣被，总能感觉到父亲安静地坐在太阳下的椅子上，看着我，看着我……

插枝梅花便过年

记忆中的年很暖，那时候父亲、母亲还是中年，正是年富力强时。一家人的生活过得比上不足，比下有余。过年是孩子们最大的向往，有压岁钱，有新衣服，还可以大快朵颐。新年的对联贴上大门，孩子们换上新衣服，在一片爆竹声中，看春晚，放烟花，除夕之后，就是一个新崭崭的年。

一进腊月，集市一天比一天热闹，仿佛在为过年预热。尤其是早市时，街上摩肩接踵的人流，让整个集镇都沸腾起来。

每逢此时，父亲总会带我去布店扯些花布做衣裤。我们常去的那家裁缝铺，裁缝与父亲熟识，他告诉父亲，套裁两条裤子更合算。不记得父亲如何回答裁缝大伯的，现在想想，估计是没有做两条裤子的预算，当时，家里只有父亲一个人拿工资，养活全家五口人，母亲常常生病，日子过得捉襟见肘。

裁缝大伯家卖布，却不主张让我们多买布。他给我量了尺寸，说这几天看看是否有差不多大的孩子来做裤子，如果有，就和别人家的孩子套裁。我那时很担心，怕没有与我同年相仿的孩子来做裤子，我的新年新衣裳的梦就泡汤了。我不敢想，没有新衣服的年，会是什么样的感觉。

父亲再去街上买年货时，新裤子就带回来了。从大人们口中，我辗转得知，新裤子是与我们班一个男同学套裁的，都是军绿色的。提心吊胆很久，才知道我是班级唯一知道这件事的人。我不说，没有人知道，这个"套裁事件"才没有被爱嚼舌头的少男少女们编排成花边新闻。

相对村中乡邻来说，我们家过的算得上是文化年。大哥刚好上大学，他回来时，带回学校的文化气息。我们家的年货里，有一样东西是别人家没有的——各色的皱纹纸。大哥把学来的本领都用上了，教我们剪不同形状的拉花。堂屋里四条彩色的皱纹纸拉花，从堂屋中心分别牵引到四个拐角，正中央缀以一朵硕大的彩纸折花，旧宅子就有了新气象。清淡的日子平添了绚烂的色彩，年的喜庆骤然而起。

印象最深的，还是二哥用黄泥巴做的花瓶。他从黄泥塘边挖了一大团黄泥，在天井的青石板上用力甩打，几经甩打，揉熟了的黄泥柔韧性更大，方便塑形。二哥就用黄泥巴做成了两个泥坯的花瓶，等泥胎水分稍干，再贴上白纸，两个白色的花瓶就做好了。倘使不靠近细瞧，这两个花瓶足以以假乱真。花瓶一左一右，摆在堂屋上面的香案上。母亲剪了两个多杈的枝丫，插在花瓶里。我们把折叠、粘贴好的各色彩纸花固定在枝丫上，于是，两盘靓丽鲜活的手工插花就做好了。

大年初一，来拜年的客人无不惊讶于这两瓶插花，这两瓶花就成了新年的主角。这些彩色的拉花和案上的泥塑花瓶，成了我记忆中印象最深的印记。

如今，物质文化生活大大丰富，人们的生活水平也大大提高了，大块吃肉、大碗喝酒的畅快不再只是过年时的专利。一年四季，换季就是换新装，天天日子过得像过年。人们对新年的期盼自然就没有那么热切了，年味也就逐渐淡了下来。

随着年龄的增长，审美观也发生改变，不再热衷于儿时那种大红大绿。家里香案上那对泥坯花瓶，早就换成了青花瓷的。在倡导极简的生活作风时，我们除了沿袭往年贴门对的习俗以外，逐渐适应了新的简约形式的年。新年将至，村西边的一树蜡梅开得正盛，剪两枝蜡梅插进花瓶，就算是为新年造势了。

不过，有时还是会怀念青春年少时的新年，那时候，人人都很卖力地过着年：腊月里就开始熬糖丝、搵糖果、晒腊肉、掸尘、买年货、炸圆子、做年饭。现在的人似乎不太急于过年了，过年就像是打一场没有准备的仗，急匆匆，仓促上阵。就连过年换新衣裳这样隆重的事，也无所谓了。

儿时的新年很长，送了灶神就是年了，除夕守岁，大年初一拜年，正月十三做粑粑，一直要忙到正月十五，年味还会在乡村大戏里持续，直到二月二，才算过完了年。用农村人的话来说：正月过年，二月看戏，三月上会，四月才忙做田。新年的气氛一直要持续到四月才逐渐散尽。现在，过年没过几天，就上班的上班，打工离乡的，也早早订下了返程的车票。

儿时的年，过得有条不紊，年味十足：腊月里，空气中就弥漫着熬糖丝的甜、炸年货的香，还有年底杀猪汤的香味……

我怀念的年味里，有父母忙碌的身影。

春天里的遗憾

春天什么时候来的，我居然没留意。昨日突然发现环城河边的柳条已经抽青了，春色满枝头。搁在往日，我肯定又盘算着呼朋引伴，寻个优雅处所游园踏青。可现在，我的心中毫无春意。

父亲生前，我曾萌生过带他远游的想法。不过，同事提醒我，老人不宜远行。我也怕旅途劳顿，反添了他的不适，于是打消了带他朝山谒水的念头。每每与父亲谈及此事，不无遗憾，父亲却不见怪。他说，明年春天我去银屏山看看牡丹就行了。

我在银屏工作十七年了，可父亲从未去过银屏山。十多年前，同村人约父亲一起来看牡丹花，父亲向来不喜热闹，又怕给我增添麻烦，索性托词婉拒。他们回去后，父亲问，开了几朵花？看花的人个个义愤填膺，你一句，我一句：哪里看见牡丹花呢？到处人头攒动，被人挤上山，又挤回来……他们的话太有震撼力了，以至多年后，父亲对看牡丹花都无兴趣。

难得他能主动提出看牡丹花，我踌躇满志地筹划着此次旅行，本打算让父母欣喜一场，可惜约定的时间还没到，父亲就走了，留给我的是无尽的遗憾！

院子里有一口倒扣着的大缸，以前是家中的水缸，从水井里挑回来的水都贮存其中。自来水接到家后，水缸就闲置了。父亲自有打算：等天气暖和时，去买点莲藕苗栽在水缸里，到秋天就能盘一缸藕！春天已经来了，邻居二林子用三轮车拉回一车黑土，填在他门前的大缸里，他也打算盘一缸藕。看着他一锹一锹地把车里的土铲进大缸里，我的心中又增惆怅，不知道是否果真如他所说，秋天能盘成满缸的藕。他却不介意，至少这一大缸的荷叶，也是一道不错的风景。可是我的父亲不能实现愿望了，他不能亲手栽花种荷，也看不到夏日荷叶田田，更等不到秋日莲藕香，不知道他是不是带着遗憾离去的。

春天里，原本有很多打算。我允诺过一帮文字朋友，等油菜花开时，约她们去我的老家看油菜花。那里虽然比不上婺源，但在我的心里，故乡的原风景是最美的。油菜花开时，我曾无数次站立山巅，极目四望，金色的油菜花一垄连着一垄，绵延远方，仿佛一块铺在地上的巨幅的灿烂的油画。

我只与父亲随便一提此事，没想到他却格外重视，嘱咐我，回家时一定要提前通知他，好上街买菜款待客人。父亲热情好客，平日家中来客，总担心招待不周。他甚至还准备请我姑姑回家烧菜，姑姑是大手笔的厨师，七里八乡家中有喜事的，都要请她掌勺，随便准备十来桌菜，对她来说只是小菜一碟。

父亲是守信之人，却失约于今年春天。

春天来了，本是实现愿望的季节。班长送给我两只手拈小葫芦，父亲第一次看见这么小的葫芦，也很好奇。我给他灌输了一堆葫芦的妙趣——葫芦，本是福禄的谐音。他居然承诺，春天里为我种一埯葫芦。

母亲说，父亲还买了很多铁丝，准备修复破了边的稻箩，春暖花开，父亲还打算播种一田的希望。

可惜早春二月，父亲匆匆离去。这个春天里，留给我的是无法弥补的缺憾。

母亲的年事

年事是一年里最大的事，"有钱没钱回家过年"。你要是没有回家过年，家门口必定有翘首以盼的亲人。

腊月二十四，提前回村一趟，送一些年货回家。父亲去世后，家里的年货都由我来买。肉类和蔬菜要尽量迟点买，即便天气暖和也能搁得住，不会因为时间太久、温度过高而不新鲜。

母亲早早为过年做了准备，大到一面墙壁，小到一把新置的筷子，母亲都认真地筹备着。下午，带母亲去集市上采买一些"小小不言"的年货。"小小不言"是母亲的口头语，其实就是一些零星的小物件，我没有纳入年货的清单，或是遗漏了的东西。譬如几头生姜、一袋食盐以及其他调料，还有年三十祭祖的表心纸。再者，就是母亲的即兴购买。

她从面粉厂里换了十斤面条，粗的五斤，细的五斤。母亲考虑得细，要照顾到每个人的口味。看到面粉厂屋角码得一人高的稻香米，母亲临时决定，买一袋好米，因为"伢子们都回来了"。"好米"是相对母亲平时吃的杂交稻来说的，这种大米口感粗糙，我几次三番劝她买好一点的米，一个月吃不到多少大米。但母亲拒绝了，她总以各种理由搪塞，喂鸡啦，杂交稻米饭松散可以炒饭啦……她已习惯了过至简的生活。

母亲独自在家，绝对不会烧煤炭炉子，说一天至少三四块蜂窝煤，浪费！过年时家里人多，烧开水、炖汤，炉子开足了马力，敞着头烧，母亲也没有嫌弃过。只是我们一离开，煤炉里正在燃烧的便是最后一块煤炭了。母亲精准地做到"人走炉歇"。五十块蜂窝煤，正好一筐，汽车后备厢刚好可以放得下，也正好能烧到我们大家都离开家的时候。

母亲还想去买涂料，被我制止了。厨房里烧大锅，三五年就被烟火熏得蜡黄，尤其是烟囱柱子上。有洁癖的母亲，怎么擦都擦不掉岁月的沉积。我劝她，过年只是三五天的事，不要太劳累了，何苦为了这几天，又要把整个厨房刷白呢？其实，我也是有私心的，平时上班就已经很辛苦，不想回家还要刷墙，把年过得比加班还累。

等我回去后，母亲在家前思后想，还是一个人跑到街上，买了一桶涂料，把厨房刷白了。早知道她这么执着，我就不应该阻拦她。可惜，我来去匆匆的亲人们，未必能留意到家的细微变化，更不会体味到母亲的一番苦心。

回村时，我还没有进门，邻居的嫂子就告诉我："你妈妈天天晒被子，把你们垫的盖的都晒得暖烘烘的，等你们回来！"每次回家，被子里都有太阳的味道。

母亲竭一人之力，铺好四张床，垫单、被套都洗得干干净净。我劝她不要这样辛苦，现在大家都有车，来去方便。但母亲执意要铺床，好像铺了床，就能留得住孩子们了。我们回家过年，也只是小住几天。先生常失眠，为了不产生应激反应，每次回家，我都把他睡觉的枕头带上。但腊月二十八那天，因为太匆忙，竟然忘记了。沿途突然记起，我还为此懊恼了半天。

晚上睡觉时，发现被套竟然也是珊瑚绒的，和我家的一样。这是她托腰鼓队的队友帮她从网上买的。枕芯也是新买的，软硬适中。以前，家里的枕芯都是棉籽绒的。为了这个年，母亲倾尽其力，悉心准备过年的每一个细节。

八十岁的母亲，事无巨细地忙碌着这个年。我们离开时，母亲的话深深地刺痛了我的心："老年人和小孩子一样，都喜欢家里人多，热闹……"

母亲的菜园

老家门口就有一块小菜园，一分地不到。当年，为了避免门口塘埂滑坡，父亲一锹一锹挖了塘里的淤泥，垫衬起来的缓坡，坡下沿河插了一排柳条，如今已经柳枝成林。坡上淤泥肥沃，种瓜得瓜，种豆得豆，久而久之，就种成了一畦小菜地。家门口的菜园，就图个方便。锅里的油烧热了，再去拔几根葱，铲一把小青菜都来得及。

农村第二次土地划分，母亲因为户口迁到父亲的单位，家里最后的农村户口也转成了非农户口，母亲精耕细作的几块地也被生产队收回去了。

门口这块菜地，就成了母亲乡土情结的最后阵地，当成宝贝似的，殷勤打理。土肥地沃，一年四季都有碧油油的蔬菜：早春的菠菜芫荽接茼蒿，一茬接一茬；夏天茄子、辣椒灯笼似的挂满枝；秋天的重阳韭，唇齿生香；就算是大雪满地，雪下一棵棵肥硕的大白菜，一直能吃到来年的春天……

菜地不大，产量却不小。母亲的汗水洒在菜地上，把泥土浇灌成一拨又一拨的收获。一年四季，各类蔬菜都吃不掉，住在镇上的两位哥哥，常常骑着摩托车回来，驮走一蛇皮袋各种蔬菜。我偶尔回家，地里的蔬菜也是大包小包地带回城。

小菜园，既是菜地，也是花园，花有花的艳丽，菜有菜的妖娆。

四月，菜地里除了生菜、大蒜，还有韭菜、莴笋，黑土也肥得流油，菜都长得出奇的壮实。莴笋足足有一米高，高大如小树；生菜也不甘示弱，水嫩的叶片，一片叠着一片，一棵生菜就有好几斤重。最离奇的就是圆包菜了，斗大圆包菜，五六棵就把菜地的一角遮掩得严严实实，像一墩墩梅花桩。

自然就是技术和艺术的综合，圆包菜一片叠着一片，重重叠叠地包裹成旋涡状的绿球。越往菜心的地方，包裹得越结实。外面散开的绿叶，如同翠绿的盘，拖着深绿色的大明珠。

砍下一棵圆包菜，菜地就空出一大片。一整棵圆包菜，足足有十斤重，剥掉外面的衬叶，几乎去掉一半的重量。球状的圆包菜，就是市场上售卖的样子，烹制时，还要剥掉几层外衣，剩下的菜心才是脆嫩爽口的那部分。

母亲把剥见了心的圆包菜装了一塑料袋，递给我，我的心猛地一颤，似乎被什么刺痛了一下。突然觉得自己就是刚才那棵看似风光无限的圆包菜，但回报母亲的，却是剥了一层又一层，最后剩下的屈指可数的那部分。

母亲刚才帮我采砍莴笋时，我要给她拍照，她很顺从地配合着我。母亲老了，两鬓花白，瘦小的骨架，撑不起宽松的衣裳。

圆包菜看着盛大，剥剩下来的菜心不足一半。母亲给予我的，我给予母亲的，就是整个和那棵心的比例，有时还远远不到。

上大学时，除了学费、生活费，母亲总要额外再塞些钱给我，"不能克着（节省的意思）你，在外面没有钱转不开身，我们在家里克一点不要紧！"这是妈妈常讲的一句话。大哥上大学，我上大学时，生活都比别的同学稍微宽裕点，这都要归功于母亲的慷慨。

如今，逢年过节，哥嫂和我们都回家时，能凑一桌麻将绝对不会闲下来，母亲总是忙完了，才会坐在大门口的小凳上。有时她也会坐到我们身边，但我们只顾着自己玩，冷落了老母亲。

或许，跟母亲谈钱是件很俗的事，但我只能用钱去换我的一份安心。母亲今年七十五岁了，她还能再花我多少年钱呢？

母亲的电话

不知不觉中，电话已经打了五十多分钟，难怪手机自动关了机。和母亲打电话，无事不聊，工作中的烦恼、生活中的琐事，都是谈资。偶尔也聊到父亲，提及一些往事。我们煲电话粥的过程大致如此，说一段，笑一段，偶尔也唏嘘伤心一段。但每次的结局，母亲都能快快乐乐的，这就是我想要的效果。

父亲去世后，母亲谢绝了我们兄妹三人的邀请，执意要留守家中。倔强的母亲，一心想把这个门头支撑起来。在她看来，一把锁锁住大门，这个家就败落了。船要人撑，屋要人住——这是她常说的一句话。她想把家打点得和父亲在的时候一样：我们回家时，有人早早迎出来；我们回去时，有人送我们到村头的大路上。

每隔一段时间我就回去探望一下，看看她有什么需要的。初冬的夜晚，虽然才六点多，天空就已经黑得如此深沉。乡村的夜格外黑，站在院子里，没有月色，没有星光，四周是黑乎乎的井，压得人难以呼吸。仰望苍穹，便可感知天地的浩大、人的渺小。屋里透射出的灯光把我的影子拉得细长细长的，此时，我深深体会到母亲一直以来的孤独。母亲在收拾床铺，她问我"睡大床还是小床"，我说："和你一起睡吧！"母亲欣然接受，她很乐意与我抵足而眠。

没有开电视，我们一人靠一头，拥着被子谈心。依旧是从村东头的李家说到村西头的吴家，村里新发生的事，事无巨细，母亲都一一说给我听。最终，话题又回到原处，戳到母亲的痛点，她和我，

78

都沉默了。

母亲说，上次二哥回来，送他走后，独自回来，面对空荡荡的家，突然悲从中来。她很想给我打电话，但拿起来又放下了。我质问道："为什么不打呢？"她幽幽地说："我觉得你们也应该有你们的生活，不能老是打扰你们！"

不知道从什么时候开始，母亲拨打电话时手总是颤抖，摁号码老是多一个数字、少一个数字。父亲在世时，都是由父亲拨号码；父亲去世后，母亲从来没有主动给我们打过电话。直到两个月前，母亲突然打来电话，接到家里的电话，我的心头就猛地一紧，担心有什么意外。问母亲什么事，她居然说："想问问明天什么天气。"爱人也满心狐疑："电视里不是有天气预报吗？"虽然没有责备她，但我还是有点埋怨，打电话问天气，把我搞得心怦怦跳——家里的电话号码，我备注的是"老爸"，一直没有改。

后来，母亲又陆陆续续打过几次电话，多半是问天气的。闲暇时就陪她多聊几句，忙时告诉她天气情况后就匆匆挂了，没有细想，也就没有察觉出她的本意。

听了母亲的话，我才彻悟，她问天气是假，想找个人说说话，才是真。

回来后，我每隔一两天就给母亲打个电话请个安。这段时间特别忙，晚上回来还要整理资料，总是忘记给她打电话，等忙完了，也快十点了，估计她早就睡了。

今天看了一则微信："我再忙，都会跟你聊天，因为简单的两个字，在乎！"虽然说的是男女爱情，但我的心头跳出来的念想却是母亲。于是，我放下手里的活儿，先给母亲打了电话，一直说了五十多分钟，说到手机自动关了机……

合上手机，我的心头唯有文中一句话：再忙，也会抽出一分钟的时间来，给你打个电话……

给母亲发稿费

事物，涵盖了事和物两方面。每一桩事，都是有情感的，或是爱，或是憎。父亲在世时，最喜欢听父亲回忆过往的事情，还有跟村庄田野里的草花树木、飞鸟走兽相关的奇闻异事。父亲犹如一本厚厚的散文集，随便翻到哪一页，都是一段精彩的文字。

我最得意的几篇文章，都是来源于父亲的人生经验和社会体验：稻子还没有成熟，要想吃到新米粥，只需采一把稻叶，放在稀饭锅里烹煮，就能熬一锅稻香扑鼻的新米粥。

除了父亲的直接经验，我还给父亲布置了一项任务，就是请他将村里人或者他熟悉有趣的、感人的事都讲述给我听。父亲接受任务后，尽职尽责。每次回家，我就跟前跟后地围绕着父亲转，听他讲人间故事。可惜，父亲猝然辞世，我失去了一本社会大词典。

一次写作过程中，记起儿时，村里人从山上采来松针和竹叶，熬成汤药，为了吸引小孩子喝略带异味的汤药，生产队还特意在汤汁里添加了糖精。甜丝丝的滋味，足以引诱馋嘴的孩子们。

每天傍晚，村里的年轻人，抬着装着松针或者竹叶熬成的汁水，挨家挨户地发放。那时候，这就无异于糖水，小孩子们都乐意放开肚子，一灌就是一大搪瓷缸，涨得肚皮圆鼓鼓的。可惜那时候年龄小，光顾着喝糖水了，不明白喝糖水的功效。为了写好这篇文章，我只好打电话咨询母亲，可惜她也忘记了。不过，她却承诺帮我询问一下村里知情的老人。

不知不觉中，母亲就成了我的"线人"。村里的大事小事新奇事，她都一样不落地讲给我听，能接触到更多一手资料，我收获颇丰。很多写作的灵感，都是在与母亲的交谈中滋生的。

父亲去世后，母亲一度异常消沉，不愿意跟人说话，热闹的地方她都不愿意去。自从接受我交代的任务，母亲变得爱打听了，也喜欢凑个热闹，村中一些公益事情，母亲还愿意挑个头。每次回家，都能看到她精气神日渐恢复，笑容也逐渐灿烂，我和哥哥们都放心了。

儿时，听大人们谈论事情时，我总喜欢插嘴问个究竟，母亲总是板着脸斥责我："小孩子，要紧睁眼，慢开口，不该问的不要问……"但现在，母亲却乐于将上辈人之间的恩怨情仇、隐私秘闻，一一和盘托出。但凡她知道的，知无不言，言无不尽，唯恐说得不详尽。每次都听得我唏嘘不已，大呼过瘾。

一篇来源于生活的文章，就是一顶一的好文章。很多老人们口口相传的农谚、俚语、生活经验，还有新鲜出炉的新奇故事，跟地方历史相关的历史人物、传说故事，都需要用文字的形式定格下来，非常感谢母亲为我做的"情报"工作。我常常逗她开心："这个不错，能写出好文章，发表了就给你发稿费啊！"母亲把我交代的事，都当成庄严的使命，就像战争时期，接受光荣的任务。每次看到我有所收获，母亲也非常有成就感。

"五一"劳动节回家，母亲拿出几张百元钞票，让我帮她买一个能播放广场舞视频的播放器。我不肯收钱，母亲偏不罢休，要硬塞给我。眼看拗不过，我就笑着对她说："就当是给您发稿费吧……"她先是一愣，醒悟过来后，也笑了起来……

抚摸记忆

今天是清明节，父亲离开我们已经两年零四十八天了。

父亲刚去世的那段时间里，我整个人都蒙掉了：醒着的时候，总怀疑父亲的猝然离去是不是真实的，老是觉得他只是去了远方。他只是出了一趟远差而已，或许会在某一个早晨或者黄昏突然回来。可是，这次父亲真的回不来了。

父亲去世后大半年时间里，我几乎夜夜能梦见他，还是原来的样子——祥和的神情，温善的举手投足，都烂熟在我的脑海里，只是梦里的父亲再也没有和我说过一句话，我却能真真切切地感受到他的存在。"父亲真的去了！"很奇怪，在半梦半醒之间，我居然能这么清醒地劝慰我自己！

父亲安静地走了，仿佛一本书轻轻地合上封底。独自一个人的时候，我整个身心都浸浴在回忆中，他的形象逐渐清晰明朗起来。我甚至清晰地想起记事后，第一次见到父亲的场景。

不记得那时我有多小，小得需要人背着走路。妈妈带我从老家赶到黄麓时，一担箩筐里，一头摆放着行李，一头搁着我。在妈妈扁担"叽叽呀呀"的歌声里，路越走越远。她太累了，让我自己走一段，还跟我说："走过前面的村子，就有一个神仙来背你了！"我很好奇神仙是什么模样。穿过长源村，是一丛树林，周边灌木自然围成一个园子。茂盛的树木，形成浓密的阴凉。远远地，我看见一个戴着草帽的人，坐在树荫底下。这大概就是父亲在我脑海里烙下的第一个印记——我所盼望的、能背我走路的无所不能的"神仙"！父亲就是我生命中的神仙，每次遇到困难时，第一个想到的总会是他，而最能给我帮助的，也是他！

后来妈妈回老家"大生产运动"了，我就跟着父亲一起生活。那段生活，在我的记忆中，印象模糊。只有几个特写镜头，仿佛镌写进石头里一样坚固。冬夜，父亲下夜班回来，用搪瓷缸打了一份馄饨，那是他加夜班的福利。可他自己舍不得吃，却把我从睡梦中叫醒，让我吃到今生最好吃的一次馄饨。……夏夜，吃晚饭时，父亲怕蚊虫叮咬我，让我坐在办公桌上吃晚饭。

若干年后，见到童年的小伙伴，她说我当年头上扎着一对冲天的小辫子，可是我没有印象，那是父亲的杰作！后来在伯父家的相册里，发现一张我们兄妹三人儿时的合影，才还原了当年冲天小辫子的形象。不知道粗手粗脚的大男人，给我梳小辫子的时候，是怎样的一种细腻？

上小学要路过百货大楼的后院。一天早晨上学时，我看见父亲在院子里买氨水。氨水是农田的肥料，当时妈妈在家种地，父亲下班后还要回家帮忙。可是，因为挑氨水的桶歪倒，半桶氨水都倒在父亲的身上。卖氨水的人大声呵责着父亲，父亲只是一味地道歉。我明明看见是那个卖氨水人的错，他却颐指气使地责备我父亲，我真想冲上去，把那个责骂父亲的人骂一顿。可是我没有，只是愣愣地站在那里，看父亲到旁边的一口水塘边清洗鞋子，然后穿着湿漉漉的裤子和鞋子再去买氨水，根本来不及去换衣服和鞋子，要知道氨水具有很强的腐蚀性！

上学时看到父亲不单是这一次。还有一次，学校组织我们高中学生去街上打扫卫生，远远地，我看见父亲走过来。不过，他并没有看见我。我跑过去，父亲却加快脚步，与我擦肩而过。回家后，我笑父亲眼睛不中用了："我走到你跟前，你都没看见我？"他笑了笑，说："我穿了一条打补丁的裤子，我怕你同学笑话你……"那天他刚从乡下干活儿回来。

梳理一下记忆，随处都是父亲劳碌、慈爱的身影。每一个我与父亲的交集，都凝练成一粒明珠，时日越久，越是熠熠生辉。

独自一个人的时候，我就像寺庙里的僧侣，把这些珠子穿成父亲的往昔，一颗一颗地抚摸！

归　心

　　再过两天，儿子就要回来了，一想到日思夜想的儿子就要回来，就感觉心里荡漾着甜丝丝的美，我是带着这份甜蜜进入梦乡的。我想，我是被兴奋冲昏了头脑，一早起来，竟不记得儿子是几点的火车票，赶紧查看手机上的订票信息。不看不知道，真的是一看吓了一大跳——居然没有儿子订票的信息。

　　我开始怀疑自己的智力，担心是不是哪里出了问题。赶紧摇醒梦中的先生，要他帮我寻找订票信息。他仔细查看过后，给我的答案是：没有……

　　不会的，这个回答太让人不可思议了。明天儿子就要回来了，今天居然说没有订票信息！当时送儿子去大学时，就把返程的车票买好了啊。惶恐的我，不知道如何补救。先生催促：还不赶紧买票？

　　买票？谈何容易，二十天前，回来的车票就寥寥无几了，现在还有么？果然早就没有了，怎么办？我都要急哭了。

　　先生沉思片刻问：当时是用儿子的手机买的票吗？经他提醒，我似乎在绝望中，寻到微茫的希望。但这段时间太忙了，太多的信息挤压得大脑转不过弯来，我真的不记得是不是用儿子的手机订的票了。赶紧给儿子发了信息询问，儿子的回答让我安了心，车票的确订好了，所有的担心都是多余的。

　　儿子小的时候，我就莫名地患上了幻听的毛病——儿子不在身边时，耳畔似乎就会萦绕着孩子的哭声，怕他受了凉，怕他摔了跤，一天到晚，就是一个字——怕！一直到他上学时，幻听的毛病才稍微缓解一点。

上学后，儿子就成了我的作息表：早晨五点多，闹铃一响，我就像被弓弹起来似的，烧水、做饭、洗衣、叫儿子起床、吃早饭、送儿子上学……儿子上高中时，为了让他有更多的睡眠时间，我们家的作息表都是精确到分钟。我们家的闹钟都有好几个，生怕一个不灵光，耽误了儿子上学的时间。

总算熬到儿子考上了大学，却发现曾经的都是小怕。儿子小小年纪，就要独自去远方，去陌生的城市，与陌生人交往，还要融入陌生的社会，我担心他不能游刃有余。

儿行千里母担忧，儿子从我的作息时间表，变成了我快乐忧伤的晴雨表。每天看儿子的空间，查看他一天的活动，他快乐，我快乐；他生气，我忧虑……

有一天，阅读文字时，一句话点醒了我："所有的担心，都是诅咒。"儿子成长的道路上，每一个脚印里，都盛满了我的担心。是的，儿子大了，或许我应该把悬着的心归位，收起所有的担心，许他满满的祝福！

门 垫 客

　　暴雨下了一夜，早晨儿子出门扔垃圾时，带回一只水淋淋的小猫。估计刚出生不久，营养不良，毛被雨淋湿，紧紧贴在身上，显得更加瘦小。虽然是夏天，它还是冷得直打哆嗦，"嘤嘤"哀鸣，纤细微弱，圆溜溜的眼睛流露出它内心的恐惧。儿子把小猫交给我，我却有点犹豫，没把握能养活它，它太孱弱了。

　　于是责备儿子："这么小的猫，带回来也养不活，哪里拿来的送到哪里去！"

　　儿子颇感震惊，粗着嗓子驳斥我："它一直在垃圾桶旁边叫，附近也没老猫。送回去肯定要死掉的。你不养，怎么知道养不活它？"

　　我哑口无言。儿子趁势追击："你就是不想养，怕脏，怕麻烦，对不对？一点爱心都没有！"话说到这份上，我还能说什么呢？

　　先找来一只鞋盒子，将它安置在门边。倘使老猫能听到动静，把它带回家，也不是没可能。儿子笨手笨脚地给它找食物，问我："家里有火腿肠吗？""你以为是小狗？要吃火腿肠！"……找来找去，实在找不到适合小猫吃的食物。突然想到冰箱里的酸奶，拿一盒撕掉封口，凑到小猫嘴边。它果然饿了，伸着舌头舔食酸奶。

　　小家伙很不听话，吃过酸奶没有安心睡在鞋盒里，老是在门外大叫，惹得儿子不安心写字，一会儿开门看一次，小东西成了他惦记的心病。

　　第二天，起床第一件事就是看小猫，它抱着头安稳地睡在鞋盒里。吃早饭时，夹了几片鸡蛋给它，它一下来了精神，把装鸡蛋的小玻璃盆舔得干干净净。吃饱了的小家伙精神头十足，一个不小心，就从门边挤进家里，从客厅跑到厨房，东张张西望望。它倒是不见外，把这里当自己家了。

去年冬天，上班路上偶遇一只流浪的小京巴，它见我在吃早餐，挂着口水跟着我跑前跑后。见它眼巴巴盯着我的眼神，实在不好意思，就把手里剩下的半个煮鸡蛋投给它。哪知它却因为这次的得食之恩，一下记住了我。每次远远看见我，就欢快地迎上来。只要手里有食物，我都会给它一些。

有一天晚归，我发现它竟睡在我家的门垫上，不知道这条小狗怎么找到我家的。爱人说狗的嗅觉灵敏，恐怕是跟踪气味而来。它是一条很聪明的小狗，晚上睡在我家的门垫上，白天照样在小区里游荡。但在我们楼前草地上玩耍的时间更多了，每次收拾些剩饭都用塑料袋带下去，只要一声呼唤，它就跑来吃。

我们回老家过春节时，它居然投奔楼上的邻居，做了她家的门垫客。回来时发现它已经长得胖嘟嘟的，见了我，也不如从前那么殷勤了。邻居说，每天都给它吃肉饼汤泡饭。

我不知道眼前这只小猫的结局是什么，是被猫妈妈找回去，还是继续在这里做门垫客？写到这里，我也忍不住开门看它，它睡在鞋盒里，听到开门声不再惊吓。它比初来时壮硕了许多！

沙发客来源于美国青年范特创立的自助游网站，自助旅游的会员相互提供譬如沙发之类的简单居住地。沙发客的世界里没有陌生人，他们的收获是比省钱更重要的信任与温暖。或许有一天，一只流浪猫或迷路的小狗，借住在你家屋外的门垫上，成为门垫客，你会不会感到很荣幸？

雏　菊

立冬已经好几天了，这是一个阳光绚烂的冬日。连日晴朗，绚烂的太阳，暖烘烘地普照着大地，草木酣畅恣情地生长着。

那天她悄悄走到我跟前，轻声问我："老师，下周三我过生日，可不可以带个蛋糕到学校来，跟同学们一起过生日？"我还没有反应过来，不知道如何去答复，她又补充了一句："我跟陈校长也说过了，他同意了……"她是体谅我的，懂得不给我出难题——寄宿制学校，对学生的作息时间和所带食物都是严格控制的，显然，蛋糕不在其中，学生过生日，更没有这个档期。

但她，是特殊的，必须同意，即便校长不允许，我也会悄悄变通的。

开学时，同事告诉我，班级来了一个成绩优异的学生。对班主任来说，这无疑是个大喜讯，我期盼着她的到来。接到她后，我发现传闻和现实之间，永远是有差距的。她曾经是个品学兼优的学生，一场突如其来的疾病，差点让她失去了生命——小脑畸形血管瘤，晕厥的她被送到当地医院，医院因其病情危重，不敢接收。无奈，只好转到上海的大医院。本来贫穷的家庭，因为突如其来的疾病变得更加贫困。好在天无绝人之路，她父亲打工的公司得知这个情况，发动全体员工为她捐款，上海市市民也给她捐款，一个贫病交加的孩子，因为这场疾病和热心市民的捐助，成为上海电视台一则新闻的主人公。

对于她的过去，我了解的就这么多了。给她报名时，要求她本人签名，可她竟踌躇半天，写不出自己的名字，手术挽救了她的生命，但她的语言功能、记忆力和行动能力，都受到极大损伤。

她成了一个特殊的孩子，休学了，还要到学校来，原来还有更多不为人所知的隐情。陆续听周围的人提起她的过往：很小的时候，父母就离异了，父亲在上海打工，是爷爷奶奶抚养了她。因为家庭原因，还有疾病导致的后遗症，让这个本该进入高中学习的孩子，一度染上抑郁症，休学，再休学……这就是今天的她，佳琪。

还是要感激班级的学生，他们是懂事明理的，早读课趁着佳琪还没有到校的空档，我要求大家：不要跟佳琪闹，也不要嘲笑她口齿不清、行动不便……然后，佳琪在班级享受的就是女王级待遇，上下楼梯时有人搀扶着；别人写作业，她可以不写；别人考试时，她可以阅读书籍。没有孩子拿她作为参照来给自己找托词，孩子们无条件地接纳了她。她的姑姑打电话时也说出了佳琪的变化：话多了，总是喜欢跟前跟后地说个不停……

她还是个热爱读书的孩子。有一天，她说表姐要过生日了，想给表姐买几本书，要我推荐几本图书。她还带了很多书籍到班级来，我也借阅过她的《摆渡人》……

还是趁她不在班级的时候，我向同学们提出了希望：佳琪同学过生日是特例，希望大家能理解，别人不享受这样的特权。没有一个孩子提出异议，真的感谢他们慷慨的爱。他们的大度，时常让我感动不已。

生日聚会选择在午餐后的休息时段，为了不影响其他班级的学习和休息，孩子们小心翼翼地准备着这场欢宴。校长来了，授课教师也来了，他们都为这个特殊的孩子带来了最真诚的祝福。校长亲自为她点燃十六岁的生日蜡烛，为了定格这温馨的瞬间，我拍摄了很多照片。看着这些春天般的笑容，我的心也融化了。

人生有很多际遇，相信经历过这次生日聚会的孩子们，会更懂得珍惜；经历过这些事，我知道人生虽然有厚薄，但心怀慈悲的冬天不会太冷，我喜欢冬日里普照的阳光，它能让雏菊绽放！

大山里的春晚

每年除夕看春晚，逐渐成为中国老百姓过年必备的节目。现如今，更多的人已经不满足于单纯地守着电视看春晚了，越来越多的乡村、社区春晚，如雨后春笋般脱颖而出。春晚的忠实粉丝们，居然纷纷走上舞台、走进屏幕，成了春晚的表演者。这事对我来说，却不新鲜，早在三十年前，爱人就成功地组织过一次乡村春晚。

那还是 1990 年，爱人还只是一名高中生。就读于县城高中的他，越来越感觉到歙县南山老家的贫穷和闭塞。彭泽尖属歙县深渡下辖，是新安江两岸绵延山脉中最高的山峰，海拔近千米。新安江就像一条玉带，傍山溯洄，将彭泽尖缠绕在怀里。三面临水，水汽充足，彭泽尖常年云雾缭绕。

邻近山巅处那个叫牛角凼的小山村，就是爱人生长的地方。这里山清水秀，交通闭塞，通信受制约，山里人的文娱生活极度的贫瘠。正值血气方刚之年，特别有责任意识和担当意识的他一心谋求改变家乡穷困落后的面貌。

首先，他召集村中年轻人，整合各家图书，在小学的校园里建立起乡村阅览室，所谓图书，大多只是连环画而已，还有极少数的杂志。他坚信，知识可以改变一切。为了丰富村里年轻人的文娱生活，他们还在村中募捐，这家五元，那家十元，用募捐的钱，买来羽毛球拍、乒乓球拍和象棋等文化用品，让那些往日里只会靠着山墙晒太阳、侃大山的年轻人，也可以打打球、下下棋了。在此基础上，他还成功地组织了一次几个村年轻人的象棋和羽毛球比赛。

第二年，他已经不满足于组织比赛了，因为比赛时参与的只有年轻人。为了让村庄的除夕更热闹，他召集全村十五六岁到二十多岁的年轻人，让他们根据自己的特长，积极报送节目。因为平日里娱乐活动少，大家一听说要举办春晚，个个摩拳擦掌，一个下午，报送的节目就有二十多个，有唱歌、唱黄梅戏的，有跳交谊舞、霹雳舞的，还有演小品的，爱人还追加了朗诵、拉二胡等节目。

为了提高春晚的质量，爱人首先整合了节目单，筛选出一批优秀的节目。节目单确定下来后，每一位演员都加班加点地排练节目。村子里大队部还有平时演戏的戏服和道具，这次也派上用场了。经过半个多月的积极筹备，一台响当当的春晚，就在大山里上演了。

本来会跳交谊舞的只有一位女孩子，在她的精心传授下，很快教会了一群人，并选出五队参与春晚集体舞表演。

大姑子带头支持爱人导演春晚，所以她既报名唱歌，又报名跳舞，可惜舞跳得实在不咋样，爱人也不心慈手软，"咔嚓"一下，就删掉了她的舞蹈。歌曲是大姑子的保留节目，广播上的每周一歌，曲曲她都会，是村中小有名气的金嗓子。

小品是现学的，模仿1989年央视春晚陈佩斯小品《胡椒面》，让观众捧腹大笑。那个年代，没有电脑，没有网络，仅仅是去年看过一遍，就只凭着记忆，在众人的集思广益下，两个年轻人在舞台上再现了二人的《胡椒面》。小品演员也实在是拼了，为了模仿得逼真，大冬天，在没有空调的情况下，仅穿件黄棉袄，中途还脱掉棉袄，光着膀子表演。台下观众哄堂大笑的同时，也十分钦佩演员的敬业。

春晚还没有上演，牛角凹上演春晚的消息，已经像春风一样，吹遍了边坊四邻。除夕下午五点是春晚闪亮上演的时间，还没有到四点，村前村后，老老少少，都扛着板凳，陆续赶到大队部，看山里人自己的春晚。正式开演时，大礼堂里居然来了二百多位观众，前排有坐着的、蹲着的，后面有站着的，再后面还有站着板凳的，观众里三层，外三层。就连爱人也惊诧——没想到山里人的春晚，竟然如此火爆！

......

两个小时的乡村春晚，在众人的期盼中精彩纷呈。就这样，爱人带着一群年轻人，上演了一次大山里的春晚，让文娱活动贫瘠的大山人大饱眼福。

每年春节回家，爱人都会和村里人津津乐道地回味那年的春晚。小姑子还悄悄告诉过我，那年春晚过后，爱人就成了当地的文化名人，也成为当地年轻女孩子倾慕的对象，经常有邻村的女孩打着借书的幌子到他们村，就为了在人群中，多看他一眼！

猫咪 "来福"

　　猫咪来福是一只英国短毛蓝猫，品种还算纯正。本来是儿子大学宿舍的小伙伴合伙买来豢养的。随着猫咪一天天长大，尤其进入了青春期，蓝猫每天都叫个不停，严重影响了这群男孩子的睡眠。于是，蓝猫的命运发生转折，我做了接盘手。虽然我很喜欢小动物，无奈因为居住楼房，不适宜养猫啊狗啊的。平时工作也忙，无暇去遛狗、逗猫。但是，又担心如果不收留它，它的未来就不够乐观了。

　　来福是我给它起的名，一次与儿子视频中仿佛听到唤它"福满堂"。总觉得这个名字太满，所以退而求其次，叫它"来福"。

　　儿子知道我们叫它"来福"，非常生气："人家是有名字的，你们为什么要乱改名字啊？"我真的不知道它叫"多多"。好在无论我们叫它"来福"还是"多多"，它都是一副高冷的模样，从来不理我们，叫"来福"或者"多多"对它没什么影响。

　　对我来说，来福带来的不是福气，而是一场灾难。

　　我在微信里说："自从这个大爷被派送回来后，我们的生活开始下雪，又开始下霜了！"居然还有朋友愿意领养。我是万分无奈，儿子宠猫，当儿子一样宠。儿子的"儿子"，就是我老子了，我就算再忙，再辛苦，也要好好侍候，哪敢擅自做主，把猫送人呢？

　　但这家伙实在太可怕了。第一天到家，还算乖巧，大小便都在猫砂里解决，趁着夜幕，吃好喝好后，就躲到我们找不到的地方。下班回家，犄角旮旯都找了一遍，也寻它不得。看着窗户大开，以为它越窗而逃。心里暗喜，跑就跑了吧，省得多一个"主子"侍候。正在跟儿子汇报"猫情"时，小家伙居然在书房门口探头探脑，羞羞涩涩地看着我，我稍有动作，它掉头又跑。

为了讨好它，我用一根火腿肠引诱它，它走走停停，"喵喵"地向我靠近。一根火腿肠就打动了它的芳心，它愿意与我亲近了。

晚上，家里就有莫名的异响，仿佛一个东西在地上滚，或者有东西撞击的声音。第二天早晨一看，原来，我买的萝卜被来福当成玩具，滚得到处都是。任何一个东西都可能成为它的玩具，它总是歪着脑袋，一脸的好奇。

这个小魔头，白天我们上班，它埋头睡大觉，晚上我们睡觉，它就开始骚扰我们。把家里东西搞得"砰砰"响，这还都是小事。深更半夜它跳到床头大叫，吵得我们无法入眠。更让我抓狂的是，它居然到处小便，大门口和卫生间门口的门垫，成了它专门小便的地方。每天都要清洗门垫，家里还是猫尿味熏人。这个破坏分子还把真皮沙发的皮抓坏了。每次它抓沙发，爱人就会对着我喊："打它!"

硬碰硬肯定是不行的，它毕竟是个畜生。爱人出差时，偶遇一位精通猫性的人，他说，猫以为垫子就是它小便的地方，建议撤掉门垫。还有，它到处小便，其实是在圈领地。小猫犯错误，需要大声呵斥，让它知道，谁才是这个家里的老大，禁止它肆意妄为。

前几天，爱人从网上发现了猫语解读，通过各种不同的叫声，我们能判断它的意图。没事时，我就仔细研究猫语，果然十分见效，一下拉近了与来福的距离。

大致能了解它的想法，训导起来，就不那么难了。猫喜欢干净，为了让它有干净的环境，我们总是及时清理猫砂，还隔三岔五地给它清洗，消除它身上的异味。每天拖几次地，保持家里无异味。把猫砂端进卫生间，远离它吃饭的地方。这些都是根据猫性来做的。猫咪果然减少了"圈地"活动，也与我们融洽许多。

来福越来越可爱了，能够与我们和谐相处，喜欢绕膝撒娇、求抚摸。晚上我们看电视时，它端坐在椅子上，目不转睛地盯着屏幕。晚上，它宁愿蹲在冰冷的椅子上，也不愿意到窝里睡觉。我就将它的窝放在床对面的案几上，它很乖巧地跳进去，安心地入睡了。

　　原先对这只猫，爱人最常说的一句话，就是"打它"；现在也喜欢它了，还时常逗引它。

　　猫亦有道，原来理解是这么重要！

第三辑

雨后空山

瀑布，是一条站立的河

一直以为，山与水是相互成全的。幽深的大山，没有水的点缀，就像缺少灵魂的躯体，羸弱又苍白。正如哈里梵萨所说，倘使缺少鸟雀鸣叫的居所，就恰似烤肉缺少必备的佐料，寡淡索然。连碧千山，同气连枝。

连日高温、无雨，连绵的大别山，血脉贫瘠，树木、藤蔓、山草，憔悴了容颜，萎蔫在太阳窠里。群山逶迤，如同我贫血的父母，日渐衰老消瘦。无人愿意朝觐干瘪的山体，我憧憬浸润在雨水中的重峦叠嶂，如同放大版的盆景，共浴山水的和谐。

六万情峡，我更喜欢她的本名——六万晴霞，无关儿女情长。凭借着山的旖旎、水的跌宕，身披一袭灿烂的晚霞，傲立在霍山古八景的史册里。

与我们一同到来的，还有午后的一场未经预约的暴雨。雨点如豆，撒豆成兵，千军同忾，万马齐喑，把太阳的怒火熄灭在幽邃的六万情峡。雨后的六万情峡，扑面清凉。跟着感觉，独自行走在湿润润的峡谷中，溪水两岸，壁立万仞，险峰掩映。大别山，凭借着男性的伟岸与沉稳，汇聚亿万年的日月精华，凝结成山的高峻、岩的冷峻。在风霜雨露的岁月梵音里，修炼成生命的道场。

山，是亿万年前的山，屹立如初。水，却昨是今非。源远流长，昨日的源头早已汇聚成海的浩瀚，今天，是另一个话题的开始。清泉玲珑，随性嬗变，卧水盘龙，二分群山。溯流而上，在六万情峡的更深处，我看见一条站立起来的河流。山，用自己的脊梁，把河流高高地悬挂在半空。

瀑布，是站起来的河流！仰仗山的坚实，得以把水的阴柔跌落为万丈豪情，抑或把山泉涂抹成轻灵的薄纱，尽管这都是人力所为——山的沟壑里掩藏了汲水的管道，不绕到山后还发现不了其中的奥妙。从谷底转场山巅，清泉借着山势，疾速飞奔，改写了前世今生，于是，你的眼前，是一壁晶莹剔透的瀑布。

倘使我是瀑布，请别叫我跌水，这个称呼配不上我此刻的伟岸。我是黄河之水，从天上来；我是九天飞客，从遥远的山巅，有纵身一跃的果敢和豪迈。飞流直下，化身一挂瀑布，以我磅礴的气势和震耳的轰鸣，来见证我的力与美。我，是一条清流，让所有的观者，满怀崇敬，像朝觐圣者一样，手捧赤诚，仰头遥望，这是我作为瀑布的荣耀。

瀑布敲打着峡谷的脉搏，振奋了山的精气神。水，沿着石壁上每一根山草，渗透进山体，如毛细血管，在山的胴体里循环往复，滋润了山的肌肤，青了乔木，绿了苔藓。

但我，更愿意做匍匐于山脚下的一汪清泉。纵使浅滩，却拥有游鱼的欢悦、野草的婀娜、山花的点染；或者，蜿蜒成一条涓涓的河流，轻吟低唱着属于自己的千千阙歌。沿着山谷的走向，恣情奔突，冲出重重藩篱，浪荡成世俗画作里最自由不拘的水墨！

不论是春水青绿，或是夏水襄陵，我终为我。秋水美眸善睐，在不经意的顾盼之间，把爱恨情仇托付给东逝的江河，流向不知名的远方。流经的轨迹，蜿蜒成一曲曲诗意的乐章！

日暮黄昏，游人散去，禽鸟归依。站立的瀑布，渐次消了行迹。瀑布放低了身段，湮没了白天的喧闹，融化成夜阑深处一条静静的河！

在西栅，错过木心

平日里旅游，为了获取更多的人文知识和旅游趣闻，总喜欢步步紧跟导游。有导游的介绍垫底，眼里的风景就更加丰满了。在西栅，导游也一再强调："先听我介绍，等会儿有时间给你拍照片！"听信了她的话，路过木心美术馆和晒染坊时，也没作停留，打算把好景致留在最后细细把玩。

一步不离导游，匆匆穿行于西栅的大街小巷。到了白塔寺，导游解脱了似的，撂下一句"你们自由活动吧"，就不知所踪了。

西栅的水多，桥也多，导游说有七十二座桥。对我们这样的外地客来说，就形同迷宫，分不清东南西北，找不出桥与桥的差异。尽管拿着地图，跟着人流，还是弄错了方向，时不时走到路桥尽头，只好掉头回来找出路。

不知不觉中，夕阳掩藏了荣耀，好不容易绕回晒染坊，已是院门紧锁。隔着一条窄窄的河，依稀可见长长的布幔，悬挂在高高的晒架上，在对岸的晚风里，随心所欲地吹拂着。本想像众人一样，在那个写着古旧的蓝底白花的蜡染坊里拍个照，留作纪念，现在只能隔着栅栏，把憧憬揉碎在黄昏里。

突然想到木心美术馆，那个拥有木心所喜欢的"风啊，水啊，一顶桥"的建筑，如同一个连着一个的盒子，每个盒子里摆放着木心的作品，游人可以听着音乐，从一个盒子走到另一个盒子里。无暇懊恼，赶紧追寻下一个目标——木心美术馆。

与晒染坊不同，美术馆的铁门设在溪水这边，把我与美术馆的距离隔得更远。没有比这更糟糕的了，我错过了一直追随的偶像，错过了那个自称"乌镇的古希腊人"的木心。

　　木心是孙璞的笔名，号牧心。但他不喜累赘，"牧心"简化成笔画更为简洁的"木心"。就这样，他把自己牢牢钉在十字架上，成了大写的人。

　　因为一曲《从前慢》，因为那句"从前的锁也好看，钥匙精美有样子，你锁了，人家就懂了"，我满世界寻找木心，看他的书籍，看他的专访。犹如寻找前世的姻缘，寻到他的只言片语，都会欣喜不已。

　　初见木心文中配图，就被这位贵族气四溢、优雅的男子摄了魂魄，还以为是旧时的大牌明星照片。喜欢他的帅气，喜欢他的才情，更喜欢他的乐观。因为政治原因，他先后入狱四次，讲述受过的苦难经历时，他总面带笑容，没有仇恨，没有怨诽。他贵族的骨子里，有打不倒的气质。即便提及母亲时，"最后我爬起来了，可是妈妈不在了，早就不在了"，也是面色从容，仿佛是在讲述别人的苦难。他是多么哀伤的人，又是多么善于克制哀伤的人。

　　木心是一位左手绘画、右手写文章的文艺大师。他的画，画里画外，满满的都是静，静雅得让人无处可站，无处可依，无处有我。

　　每一个有建树的人，都不是随随便便成功的。木心作为一名作家，每天手写一万字。"文革"时期，在狱中，他把别人给他写悔过书的笔墨纸张，拿来写文章，正反两面都写满了，密密麻麻的。关他的房子窗户破旧得他可以爬进爬出。爬出去的他，觉得外面的动荡还不及破房子里安宁。于是，他自己又爬进去，继续写他的"坦白书"，直到洋洋洒洒的 65 万字 The Prison Notes《狱中笔记》完成。

　　真正的贵族，落寞后越发显得高贵。音乐是他用来发脾气的一种最惬意的方式，狱中生活苍白孤苦，他用白纸画了钢琴的琴键，在纸上琴键，无声弹奏莫扎特与巴赫的作品。"但识琴中趣，何劳弦上声"，这就是木心的一种生活态度。音乐中的木心，快乐得如同水里的鱼！有时，偶尔遇到过不了的坎，一想到木心的纸钢琴，我就释然了。他成了我生活中励志的亮点。可惜，今天我与他擦肩而过。

我错过了那个像风一样率真随性、目光深邃的男人，成了我西栅之行最大的缺憾，也成了西栅在我心头蒙上的牵挂！

看不够的绩溪

总想去江南看个尽兴，却怎么也看不尽那里的旖旎风光。一年四季，那里都有我们追随的焦点，春天的油菜花、夏天的云海、秋天的红叶、冬天的炊烟……还有一年四季都看不完的江南古文化。江南的文化太厚重了，如同一本经典古籍，每翻一遍，都会有新的发现。

一

一拨又一拨的淘金者，成为古迹遗风的欣赏者、探索者和传播者。他们背着"长枪短炮"，踏着曲曲折折的青石板路，见花拍花，见草拍草；门前的老人、屋顶上晒的秋，都定格在他们的镜头里。一只慵懒的狗，安静地趴在太阳地里，见惯了外地的客人，头都懒得抬，半眯着眼睛，享受它的阳光浴。

江南的一山一水、一草一木都有文化的韵味。车在狭窄的县道上缓缓前行，犹如舟行河中，两岸青山，挺拔俊秀。事实上，路走到哪里，路旁的小溪就跟到哪里。有小溪做伴，无论走到哪里，眼前都是青山绿水。水清得见底，让你想弯腰掬一口喝。踩着鹅卵石，捧起一抔水。山中清泉，清冽跳脱，时时想挣脱你的指缝。潺潺溪水滑过大大小小的鹅卵石，山随势转，就是溪流的模样。甘甜清澈的泉水，给江南这块福地打了个底，让这块风水宝地，更富玲珑生气。

清秀江南，仰仗青山，也仰仗碧水。水的灵秀与山的空寂，互为增补，山更秀气了，水也越发灵动了！

二

江南的一座村落、一片山峦、一株树、一条河，都蕴含着文化元素，也让人百看不厌。

行程中有一处叫"棋盘村"的，同去的导游竟然也不知道具体的位置，高德地图上也找不到。询问制定路线的陆老师，他的话让我抓狂，"我也没有去过，听别人说，是去上庄的路边……"棋盘村尚未开发，还是块处女地，地图上没有标注是很正常的。

人在旅程，没有导航，就是两眼一抹黑。就在我们迟疑，是不是删减掉这个景点时，地导的话让我们欢呼雀跃："我知道棋盘村在哪里，不过，她好像不叫棋盘村……"

顺着地导手指处，在接近上庄的路上，左手边有一座古风犹存的小村庄。她非同寻常的气质，让人瞬间确认了眼神，这就是我们寻寻觅觅的地方——棋盘村！

果然就是棋盘村，北宋开国元勋石守信后裔十五世石荣禄迁到此处，聚居为村。全村人都姓石，大家都习惯称呼它"石家村"，这也是我们在地图上找不到棋盘村的原因。

步行大约二百米，浅浅的小溪上横卧一座小石桥，桥头有亭阁，分别谓之"南山桥""魁星阁"。旁边有碑，标注这两项都是受保护的文物。两重飞檐、屋顶瓦松、杂草丛生，风吹雨蚀，阁门窗漆色斑驳，一看就是有年头的。

村中房舍全部坐北朝南，因为当年石守信和赵匡胤私交甚深，结为棋友，村人为了纪念祖上荣光，以房舍、巷道、池塘、溪流为棋盘。尽管时隔千年，村庄仍旧保持原貌，我们也因此有幸观瞻。

村前的小溪是棋盘上的天然河界，村中有一塘，名曰"帅印塘"。荷塘中间有一土墩，意为上"士"的交叉点。导游怕我们不能理解，用导游旗的一端在地上描述棋盘对应的位置。

好几户古宅门前，都有两个一米高的、泛着苔痕的灰黑色椭圆形石鼓，我以为是棋盘上的棋子。导游指着石鼓中间的圆孔，告诉我，这是插旗帜用的旗杆石。不看古宅，单看这两个大旗杆石，就知道是大户人家。

车一路走，随便遇到一座村庄停下来，走进去，都会有意外之喜。沿途，我们还意外地发现才女曹辰英的坟墓，得遇这位江南第一才女。江南是一个安静而祥和的地方，山清水秀，是生养将息的绝佳处所。

三

因为地理原因，闭塞悠远的江南，少有战火涂炭。自古以来，常有落难的大户人家隐逸于此，他们居住的村庄也都有千年历史。光阴流转，深宅大院关得住岁月的沧桑，却掩藏不了当年的尊贵奢华。

古徽州自古以来崇尚耕读，明堂上的木雕，题材多为渔樵耕读。胡适故居的厅堂里，八仙桌两侧端坐两尊塑像，读书幼童是胡适，椅子上加了一个垫子，坐在其上，才勉强够得上桌面。这个小小的细节，足以看出江南人对读书的重视——读书，从娃娃抓起。桌对面端坐着他的母亲，正在纳鞋底。这幅陪读图，着实让我感动，胡适后期能够取得三十六个博士学位，这位陪读的母亲功不可没。

文化江南，自古文化名人层出不穷，小小的朱旺村就出了九个进士。徜徉在上庄的巷道中，无意中看到墙壁上张贴的几张村委会告示，都是用毛笔书写的，无论从运笔的节奏，还是墨韵的变化上，一看就知道书写者是"喝过墨水"的。在墨乡，能写一手好毛笔字的农民，算不得什么稀奇事。

四

江南是精雕细琢的，石雕、木雕和砖雕充分体现出徽派建筑的精致和典雅。白墙青瓦，是徽派建筑的底色。以青砖、古木和石头为材料的徽派建筑，处处都有精雕细琢的痕迹。

绩溪的八卦村的砖雕最有代表性。太极湖村迄今已有八百多年的历史，村前的石门河呈"S"形，横亘村前，把村庄和田野分割成阴阳两极，是典型的"狮象把门、日月当关、龟蛇拦水"的太极古村落。

村中徽派砖雕门楼有二十多处，雕工精细，内容丰富，运用平雕、浮雕、镂空雕等多种雕刻手法。江南人非常重视家宅的建设，一座建于清末的两进宅院，大门上方饰有上楣式砖雕门罩。砖雕铺排着一个个流传已久的故事，还有九只小狮，寓意"九世同堂"，旁边还有吉祥花果。听导游介绍，光是门楼上的砖雕，就花费了一百两白银，七个工匠，用时整整两年。

时隔数百年，砖雕生动如初，岁月的包浆丝毫掩饰不了精湛的工匠技艺。作为"五绝"之一的砖雕，需要工匠们静得下心，沉得住气，用得起时间和精力，去精雕细琢，才能造就经得住时间考验的奇迹。

江南太有魅力了，清代乾隆皇帝六下江南，我们这些人如同蜜蜂蝴蝶，有过之而无不及，居然每年一次乃至数次下江南。

吃午饭时，地导又开始"引诱"我们："从这里有一条路直通仁里，非常近，那里也非常不错哦！"倘使任着性子漫游，再给两天的时间也未必能看尽绩溪山水。仁里成了此次行程的缺憾，却成了明年的一份念想，明年春天，第一站，就是仁里！

鹞落坪的早晨

鹞落坪的早晨，静得只剩下鸟声、泉声，还有秋叶坠落的声音。

山城岳西

位于大别山腹地，岳西素有"八山一水半分田，半分道路和庄园"之说。一走进岳西，满眼都是山，近山连绵，远山隐隐，山外还是山。

乡村是最原生态的城市，多个村庄聚集就可能汇成镇，城市和乡村，如影随形。从地图上，我发现一个有趣的现象，岳西县下属的村庄大多以"弯（湾）、岭、冲、屋"冠名。"岭"字就不必赘述，单就这"冲"来说，指的是山中平地，地域性非常明确。至于以"屋"为名的村庄，我想，或许当初交通不便，人烟稀少，村庄的原型只是大山深处的一户老屋。村名质朴，彰显山区特色，由此可见，岳西，的确是一座名副其实的山城！

去岳西采风，就是看山。同是看山，各处有各处的看法，或望峰，或寻泉，或观石，或探幽，大别山最宜看山色，大别山的底蕴是红色的。春天到大别山看映山红，杜鹃花红遍万山，层林尽染春红色；秋天的岳西林壑犹美，苍翠林莽间点缀着金黄色的秋叶，还有红似二月花的霜叶。三黄两翠五分红，最是揽秋好时节！

寂静山花

还未到青云峡，汽车依山而行，山边依稀可见一丛丛野花，淡淡的一抹紫，水彩一样，这儿一笔，那儿一笔，随意晕染着山坡。我很好奇这是什么花。

越往青云峡深处走，野花愈加繁密，宛如散落在青云峡的淡紫色的梦。我用"形色"软件，与一束紫花对白，探寻她的前世今生——是紫菀，以"其根色紫而柔宛"得名，又名紫茜、青菀。俗称马兰头花，通常生长于湿润的河边或山溪旁。早春二月新生的马兰头，是一道可口的佳肴，马兰头有很高的药用价值，可治多种疾病，《斗门方》中谓之返魂草。看来多吃山肴野蔌，还有强身健体的功效。

常见的野生马兰头矮小瘦弱，花开得也稀疏，零星的几朵。山中一草一木，暗示了土地的厚薄。大别山的土地是肥沃的，紫菀开得浓烈，满山都是，茎秆粗壮，足有半米高，枝节上多分杈，每个枝杈上都挑着一簇花。紫菀是雏菊的一种，金黄的花蕊，淡紫的花瓣。光照强度和时长直接决定了花色的深浅。幽居大山中，林深树茂，青云峡的紫菀大多都是那种与世无争的淡紫色。

我喜欢山野里恣意盛开的花，无拘无束，下接地气，上承雨露甘霖。

春看花红，秋赏红叶。如果说春天的花开得娇艳，那么，秋天的花应该是开得浓情，满怀深情，却从不喧嚣。秋花沉淀着静秋之美，蜡质花瓣质地坚实，能承载秋霜风寒。

青云峡两岸的山林里，除了成堆的紫菀，还有灿烂的野菊花，如同夜空中的群星。导游提醒我，野菊花的香味还可以预防晕车，让我折几枝备用。山路上七弯八扭的颠簸，把我折磨得苦不堪言。

一路取景拍摄，有幸发现几串蓝色的铃兰花，还有一种从未见过的植物，百度一下，名字也很独特——杠板归，结的果实也是蓝色的。秋花秋果，大多都是冷色调的，在寂静的山林里，寂静着……

细嗅芳草

十里桃花溪，溪水一路轻歌曼舞，活脱跳跃，轻纱一般漫过浅溪里的沙子和鹅卵石。倘使去掉流水声，隐去水纹，拂去随水漂流的落叶，你根本觉察不到它的存在，这里的溪水太清纯澄澈了。

导游讲述岳西的特产时，说到茶叶、茭白，却没有提及岳西的山中雅士——兰花和蒲草。

岳西跨北亚热带向暖带过渡地带，气候适宜兰花、蒲草生长。这里的兰花资源丰富，品种多，品质佳。岳西深山富含野生春兰、蕙兰，一茎一花为兰，一茎九花为蕙。兰花盛开的时节，循着幽静的芳香，很轻易就能寻到一丛盛开的兰花。

据史料记载，明崇祯九年（1636），与李自成齐名的明末农民军领袖张献忠率部攻打岳西，看到岳西兰花遍生，于是送岳西一个美称——兰花县。岳西的名茶翠兰、小兰花，都得益于山中的幽兰。

文友看到山涧旁的麦冬，以为就是传说中遍地滋生的兰花。从叶片上很难分辨兰花和麦冬，但单从根系的外形，就可以很轻松地区别兰花和麦冬：兰花是肉根，根系白净粗壮，如白茅的根；麦冬的须根上有肉瘤。

蒲草随处可见，泉水流淌的河道边，处处有蒲草的芳香。大鲵是大别山的一大特色，我们都知道，大鲵对外界环境和水质要求很高，可以说，大鲵是优质环境显示剂。蒲草是文人草，有文人的气质和清高，对环境的要求也很高，污浊的水潭边长不出心气高的蒲草。十里桃花溪，泉水淙淙，溪边蒲草丛生。第一次见到溪边随处可见的蒲草，葱茏茂盛，生长旺盛的有一尺多高，根茎粗壮虬曲。

祖露在泥土外面深绿的根茎上，新生的细小虎须，叶细如针，青翠诱人。拔了几茎，就着潺潺的溪水洗干净，放进包里，细嗅，手中留清香……

鹞落坪的早晨

北纬 31°，东经 116°，这里就是鹞落坪。南北过渡，襟带东西，动荡的地质历史，复杂的生态环境，形成了鹞落坪独特多样的生物资源及自然景观。

汽车像螺丝刀，绕着盘山公路，拧了一圈又一圈，到达鹞落坪时，不记得转了多少圈。也不知道鹞落坪的海拔高度，不过温度会说话，地势每升高 1000 米，温度就降低 6℃。岳西全县平均海拔高度是 600 米，从这一点来说，岳西是一座有高度的县城。高处往往不胜寒，出行前，导游提醒我们要多带衣服，山里温度低。虽然多带了一件毛衣，但还是敌不住晚来的寒意。

到达鹞落坪已是黄昏，晚风习习，雾岚与炊烟萦绕，鹞落坪沉浸在酽酽的薄暮中。红二十八军军政旧址与我们居住地的距离，仅仅是一座吊桥。吃过晚饭，四处转转，山深雾气重，大山里的暮霭越发沉重，影响拍摄效果；山里晚秋的寒气格外浓，一时难以适应，只好打道回府。我把对鹞落坪无限的遐想和渴望，寄托于明天清晨！

鹞落坪的早晨来得比别处早，太阳总会最先照耀到最高处。为了御寒气，我们把能穿的衣服都裹上身。沉静了一夜，鹞落坪的早晨格外清凉，空气清新，晨露洗涤过的青山绿树，都是新崭崭的，远山也好像被拉近了，山上根根松树，清晰可见。

鹞落坪的早晨是安静的，山涧的泉声更加欢愉。这里是江淮分水岭，得名于鹞落山。传说曾有鹞鹰栖息山中，当地人不想雄鹰飞走，把山唤作"鹞落山"，盼望鹞鹰长留此山中。展翅欲飞的鹞鹰化成山峰，栖息在多枝尖上。面向北方，昂首振翅，似乎风一吹，就能乘风而去。不知又因何羁绊，它暂停了最后的腾空一跃，定格成一个永恒的背影，让南来北往的游客平添了无数遐想。

鹞落坪片麻岩岩面广泛分布，岩石风化严重，给雨水、山泉注入地下开启了一扇扇方便之门。大山饱蘸泉水，涵养不住的山泉沿着山谷潺潺流下，有飞泉，有瀑布。溪流是深山的血脉，山泉奔涌犹如血脉通达，山便活了，有了无限的生机。一路前行，耳畔是溪水的欢鸣。有户人家门前的水池边，水龙头竟然一直开着，水细细地流着，注入缸里，细线织成一缸白色的布锦。细细打量，原来是从山中直接引下来的泉水，以手探之，清凉彻骨。水是活的，经年累月地细细流淌着，流淌成山民的滋养生息。

泉水清冽刺骨，但土地是热的。滚热的土地，把能力转化成浓密的植被。山势此起彼伏，低处翠蔓蒙络，高处松树林立，负势竞上。那些松树的根茎或裸露在泥土外面，或深深扎进石缝里，每一根深黑色的根茎都展示了无限的生命力。

时值深秋，山外的群山秋色尚浅，山中红叶还未红到最深处。绕着盘山公路，山越深秋色越浓。鹞落坪自然保护区里，晚秋的轻寒已经把山尖染红，好像地火渐次引燃了山头……

一株消息树

聂家老屋旁边，有一株高大的银杏树。早起的游人惊起枝头栖息的乌雀，鸟儿惶恐，"呀"声惊呼，遭劫一样，迅疾遁入附近的丛林，但又似乎放心不下温暖的窝，旋即飞回来。发现树下的游人依旧，他们欢呼着，捧起地上金黄色的银杏叶抛撒向空中，金色的雨沸腾了沉寂多年的老树。热闹仍然是他们的，无奈，乌鸦只好把家园暂时腾给他们，长叹一声——"呀"，围树梢绕了半圈，径直飞走。

两株融为一体的银杏，远远望去，完全就是一株千年古木。两株银杏树，相依相偎，历经几百年的风霜考验，躯干、树冠乃至灵魂早已融为一体，分不清枝干到底隶属哪一棵银杏。两株老树，站立在同一个高度，朝着同一个方向，各自以二三百年的年轮，凝聚成五六百年的沧桑。二木成林，两棵树昂首挺胸，并肩屹立，以两棵树的力量筑成一片森林的庄严！

二三百年的历史，算不上久远，银杏树的惊艳之处不在于年轮，而在于传奇的经历，这是一株充满革命色彩的神树。战争年代，这是一株消息树，放哨的少年站在高大的银杏树上，登高可望远，一旦发现敌情，就砍断高高悬挂着的树枝。树身高大，信号能够迅速传递。它以高大的身躯，保护红二十八军指战员的生命安全。如今，它只是一株风景树，深秋的落叶把半个山坡都染成金色，映衬着这片浓情的红色土地。

抬头仰望参天古木，回望李先念亲笔题写的英雄纪念碑，树和纪念碑都印证了大别山的革命历史；山涧的那边，是大别山的今天，把红色文化写进自然风光，把普通村舍打造成特色民宿。

岳西揽秋，红色七分，秋色三分，而我的心中有十二分欢喜！

雨后空山

　　传说中的江南很美，风景韵味十足。你说她有豆蔻的娇羞，她就尽显轻灵毓秀；你说她是古稀的龙钟，她就越发古旧沧桑。无论何时，你若能来，都会遇见一个不一样的江南：春季的烟雨江南，杏花粉，菜花黄，行舟两山间，人在画中游；夏日百年老屋，庄重古朴，清凉古雅；秋到江南，层林尽染，古道悠长；冬虽微寒，群山葱茏，风轻水止，静气中透着几分灵性。

　　此行，到徽州大峡谷也是恰到好处。昨夜的一场雨，赋予今日行程以新意：山中雨水丰盈，悬崖上的瀑布活了，"轰隆隆，轰隆隆"，气震山林。山涧的溪流自由自在地弹唱着，时而欢快，时而低回。雨后，苏醒的不仅是山泉，还有山中的一草一木。

　　"雨后山中蔓草荣，沿溪漫谷可怜生"，秋雨的滋润力不亚于春雨，空山，一片欣欣向荣。

　　落叶掩映的一段枯树菌菇丛生，乳白色的山菌微微张开小伞。雨后苔藓丰茂，种类也很多，有鹿角形的，有羽状的，还有一朵一朵的。采了几丛苔藓，带回来敷在盆景假山上。才发现这随手的采撷，居然带回来好几种苔藓：金发藓簇拥在一起，像一座微型的森林；也有土生的纽扣藓、地钱、鹿角状的蛇苔、凤尾状的白发藓。摆放在浅瓷花盆中，简直就是一丛微型原始森林，高高的乔木，丛生的灌木，还有匍匐地面的植被，都是苔藓一族。没有想到，徽州大峡谷里，就连苔藓的种类也这么繁多。大峡谷中，悬崖、溪涧、古藤、枯树无处没有苔藓。也许，峡谷空等了太久，时光不忍，于是，给山中万物镀上一层厚实的绿锈，不让空山憔悴。

太多的看点羁绊，我很快就掉队了。山涧泉水奔流，跌碎在山石中，一大片飞花碎玉；溪中蒲草丛生，掐一片叶子，指尖草香氤氲，挥之不去。缠绵于山水秀色，因一片红叶驻足，为几缕树挂惊奇……行走在原生态的林莽间，光靠眼睛是看不够的，一会儿取一张静景，一会儿拍一段视频，一会儿采一朵山菊，又担心掉队太久，一路小跑，我真的是眼忙手乱了。

山是空的，因山雨、疫情的影响，山中幽径罕见游人。没有充分开发的徽州大峡谷，更多地保留了自然的本真，看山还是山，看水还是水。同行的伙伴，背影已消失在转弯处，狭长盘曲的石阶上，前后不见行人。好在上山只有一条路，我不用担心迷路，但心中还是有点落寞。峰回路转，远远看见三两身影迎面而来，在这清寂的空山中，倍觉亲切。

便问他们："到山顶还有多远？"

"快了，加油！"空山拉近了我们的距离。

人与人之间的心理距离往往取决于外部环境。在拥挤的大都市，人们总想尽量远离他人，保留自己一份私密空间；但在荒郊野陌，却都想凑近一点，天地寰宇的空旷，更容易使人心生孤寂，唯有近处的身影，才是心灵安全的依托。

山真的很空，秋虫早就隐匿了行踪，好像飞鸟也很少见。或许是我专心寻觅悬泉瀑布，忽略了它们，抑或，它们一大早就飞到山外觅食去了，刻意把整座山林留给我们。

山林深处，居然有一户人家，三间平房掩映在竹树之间，柴扉紧闭，主人不在家。几只肥硕的母鸡，悠闲地在草地上觅食。山道一侧的菜畦一丝不苟，每一道边都用碎石精心垒砌，水灵灵的青菜行列有序，大蒜葱茏碧绿，菠菜也有一指多长了。这个繁华浮躁的时代，仍能够安心于孤寂的深山之中，不知道主人家的心，到底有多空!

空山疏朗，悬泉飞瀑成了山中主角。瀑布因山形而异，有的纤细如练，有的空蒙如纱，袅娜轻盈地悬挂在凸起的巨石上，山石行迹丝毫不曾掩饰，风吹过，素纱微动，仿佛有人掀动了雨帘。有的从天际跌跌撞撞地转了几个弯，才注入山涧深潭。最壮观的是天瀑，从山顶飞泻，四百多米的落差，让人有瀑布从天而降的错觉。山，果真是空的，无论远近，唯有水声，在各个音阶上跌宕。

山中不仅瀑布迭生，还有各类的小花，好似夜空中的繁星，不胜起眼。白色的茶花、黄色的野菊，还有淡紫的紫菀，都开得清寂闲适，自在而不张扬。倒是乌柏的叶子，红得色彩斑斓，十分打眼，火红色、酱紫色、橙黄色，在绿得纯粹的山谷里争奇斗艳。山菊、紫菀、茶树花满山遍野，还有很多不知名的野花，点缀着山的寂寞。

独自走进峡谷中，山越发空旷。空谷回响，瀑布声在峡谷回荡、叠加，整座山都浸润在瀑布和山泉的天籁里。山外听不出这样的效果，不独是距离的原因，更重要的是山外的人难以入境。人在深山行，看的是山，听的是泉，满心都沉静着大山的情结，心与泉同频共振，听觉发挥到最大值了。

水声如筛子，拂去思绪的尘杂，让人静寂，没有独处的恐惧，也没有急功近利的焦虑。空，是安静下来的心境。

行走在山谷之间，犹如山涧溪流，漫过碎石细沙，愁绪和浮躁都被过滤掉，澄澈如山中泉水，带着空山的宁静和高远，一直流向远方！

空山，原来不空……

雅舍，诗意的栖居

出西南大学一号门，左转，沿林荫大道，步行不到十分钟，便是梁实秋先生的旧居。门前壁立一巨石，上书"雅舍"，绿色字迹比石上青苔稍显鲜亮。拾级而上，门楼两侧一副对联："鬓发催人惊岁月，文章小技挟风雷。"出自友人赠予梁实秋的诗，概括了梁实秋半生业绩。走进厚重的木门，又是十来级台阶，苔痕上阶绿，草色满眼青。

院子里铺着绿色的人造草坪，雅舍后面一树撑天，笼罩着屋顶，树林荫翳，鸟声上下。碧树绿草翠色辉映，雅舍更加幽清了。汉白玉的梁实秋雕像，优雅地坐在雅舍前。眼前的雅舍已不完全是当年的旧置了。

抗战时期，梁实秋与友人吴景超合资购买了一栋六居室小院落，并以友人妻龚业雅之名命名。梁实秋夫妇只居两间，条件之简陋可想而知。《雅舍》一文中，较为翔实地记录了雅舍当年的面貌。

简陋。四根砖柱撑起的木头架子，屋顶铺瓦，四面是抹了泥灰的竹篦墙，有窗无玻璃。风来则洞若凉亭，雨来则渗如滴漏。屋内地板依山势铺陈，所以一边高一边低。鼠患、蚊虫也格外猖獗，让人防不胜防。

偏僻。梁实秋之所以要在路口的梨树上挂一块写有"雅舍"的木牌，就是因为此处太过岑寂荒凉。木牌是为邮差和来访的友人指路的。雅舍位于半山腰，前有稻田，后靠荒僻的榛莽丛生的土山坡，旁边还有竹林和高粱地。从山下公路沿土坡向上，是七八十层的土阶。

如此这般，先生居然也可以安之，并对其产生好感。

雅舍是简朴的。对梁实秋来说，尽管只有一几一椅一榻，但酣睡写读，均有了着落，便无他求了。寓居雅舍八年，在这种极其简陋的环境下，梁实秋翻译了《呼啸山庄》和部分莎士比亚作品的同时，还在重庆出版的《星期评论》写专栏，以"雅舍小品"为栏目写散文。他去台湾后积集成册，多次出版，凡有华人的地方，都有他的《雅舍小品》。从这个角度来说，尽管北京、青岛、台北都有梁实秋旧居，但真正意义上的雅舍，只能是重庆北碚的寓所。即便梁实秋也曾说过：住在何处、身处何处，何处就是"雅舍"！

雅舍是清雅的。雅舍地势较高，易于赏月。络绎不绝来访雅舍的文人墨客，都是不嫌路远的真朋友，应了《陋室铭》中一句"谈笑有鸿儒，往来无白丁"，雅舍是高雅人的清雅地。

雅舍是有个性的。从某种角度来说，雅舍与和县的陋室，是有一比的。寂寞荒凉处，月色更清纯；细雨蒙蒙之际，推窗展望，若云若雾，俨然米氏章法；屋顶灰泥突然崩裂，如奇葩初绽。只要主人说"何陋之有？"那便是雅舍！

为避战乱，一群文化大咖来到当时的大后方。于是，这座连名字都没有的嘉陵江畔小镇，成了文化中心。蛰居雅舍，按照梁先生自己的话来说："人在有闲时，才最像人。"手脚闲下来了，头脑才能动起来。《雅舍小品》就是在这样的情形下应运而生。

雅舍，从当年的重庆典型的自建平房，变成了如今的日式风格建筑，似乎格调更为高雅了；屋内的地板也不再是一边高一边低，行走于雅舍，更加舒适平坦了。但我的心里，还是怀念它曾经的模样。或许修缮者没有真正明白雅舍的文化内涵。也不会懂得，一个文化朝觐者，此行的目的——不是看屋舍的华美，也不是来看景色的怡人，我只是想静静地感受一下雅舍经久不去的文化气息。

重庆印象

　　重庆给我最初的印象来自电影《雾都茫茫》，这是一部经典反特片，缘起一双绣花鞋。具体的内容已经记不清了，但"雾都"一词，从此定格为我对重庆的印象。

　　初到西南大学，接待我们的领导说，重庆是个好地方，雾大，阻隔了大量的紫外线，纵使夏季烈日下，也不必担心会被晒黑。并且，重庆湿气也大，吃火锅不上火，可以放心大胆地吃。我脑海里跳出来一句俏皮的广告语——重庆和火锅很配哦！

　　乘动车去重庆，第一印象就是山多，山如连环，一环套一环，山外还是青山。难怪重庆又被誉为"山城"。动车如同一条白色的钻山虫，不断地穿梭山洞，手机基本处于无信号状态。

　　重庆也是一座水上威尼斯，襟怀两江——左嘉陵江右长江，汇聚朝天门。整个重庆夹于两水之间，从朝天门对面看去，如同一艘航行的军舰。一边水流急，色浊，是长江之水；另一条绿色的是嘉陵江，嘉陵江水面和水势远不及长江之水。不同水质、不同颜色的江水汇聚在一起，两水交锋，江面呈现出曲曲折折的锯齿状，犹如一柄柄利剑，以最直白的方式迎接着对方。

　　山与水，最能涵盖风景的最高境界。重庆是一座有个性的城市，除了山多水多，桥也多。第一次到重庆的感觉，就是城里城外，处处都是桥。如果你左边有一座桥，毋庸置疑，你的右边肯定也有一座桥。江面上，大桥、小桥，长桥、拱桥，远近高低，鳞次栉比。

重庆的确是一座桥城。听大巴车驾驶员说，有1000多座桥。后来查了相关资料，竟然是4416座，还是2013年的统计数据。目前，重庆是国内桥梁轨道交通数量最多的一座城市，难怪，放眼看去，满眼都是桥。这里的公路准确地称呼应该叫公路桥，公路与桥二体合一，沿嘉陵江畔蜿蜒前行。万州长江大桥是世界上跨度和规模最大的砼拱桥，巫山长江大桥是一座创世界纪录的特大跨径钢管砼拱桥，重庆桥梁建设已达到国际先进水平。

在解放碑前准备合影留念的。但方老师在手机地图里又找了一个解放碑的标识，我想，或许有更加伟岸的解放碑。沿着路线一路寻找，转了一大圈也没有找到目标，只得问当地人。好几个人都说，只有一个解放碑……

听说洪崖洞景点不错，距离解放碑、朝天门都不是很远。到一个陌生的地方，除了问路，还有一个秘诀——手机导航。缘坡而下，转了几个弯，就到了江边，千厮门大桥横跨两岸，是"一桥飞架南北"的通透。临江环顾，左侧不远处有一个醒目的标牌——洪崖洞大酒店。洪崖洞应该不远了！

重庆是个好客的城市，对外来客没有戒备心。去很多陌生的景点，都是靠一路询问当地人才顺利到达的。有些城市人的防范心太重，一旦你靠近，还没来得及开口，对方会立即警觉起来，把你当瘟神一样躲避。重庆人给外来客的感觉非常好，无论是谁，都会耐心给你指路。

可这次问了好几个人，都没有得到满意的答案，询问路人："洪崖洞怎么走?"对方无不诧异地回答："这就是洪崖洞啊!"我以为他没听懂我的话，于是手舞足蹈地比画着："不是那个酒店，是景点!"不远处亭子里有一位保安，问他应该没问题。听了我的反复陈述，保安终于给了我一个明确的答案：这个区域都叫洪崖洞。原来洪崖洞是一个集旅游、休闲与观光为一体的商圈。以具有巴渝传统建筑特色的"吊脚楼"风貌为主体，依山就势，有2300多年的历史。吊脚楼、集镇老街、巴文化，是洪崖洞的三绝。从千厮门大桥旁边乘电梯，到洪崖洞民俗老街，居然要下九层楼，这里到江边，还有一层楼的高度，重庆是一个有高度的城市。听说这里还是《千与千寻》的取景地。夜晚的洪崖洞是一座金碧辉煌的宫殿，金色灯火的掩映，造型奇特的楼阁，呈现出吊脚楼独具情味的风格。

原来我们满天下寻找的洪崖洞，并非想象中的绝壁上的洞穴。怪自己功课没做好，要是来参观前，能查阅相关资料，就不会出现这样的笑话了。

天气炎热，走过长长的批发市场，又下了极陡台阶，又到江边，吸取了洪崖洞的教训，我们转了一遭后，最终得出一个结论："洪崖洞不是洞，朝天门没有门。"但这次，我们犯了经验主义错误——不仅有朝天门广场，还有朝天门古城门。就在码头下面，只是我们嫌天热，没走到头就折返了。距离朝天门只有几百米距离。

朝天门是有门的，可惜我们错过了。朝天门是重庆的水上门户，位于嘉陵江和长江交汇处，是一座古城门。乘客轮观赏重庆夜景，白天的朝天门在摩天建筑中不甚显眼；夜晚的"朝天门"三个字，在周围辉煌、炫目的霓虹灯映照下，显得异常昏暗低小，稍不留神，就被忽视。

原来看风景也是有讲究的。真的应了一句话——会看的看门道，不会看的只能看热闹了！

云上人家

　　齐云山素有"黄山白岳相对峙，绿水丹崖甲江南"之称，虽然它的名字不及黄山响亮，但山中奇峰怪崖、幽洞曲涧，诸如此类天开神秀，让人流连忘返。李白、朱熹、郁达夫等文人墨客都曾登临此山，给齐云山晕染上一层文人雅气。

　　过了一天门，摩崖石刻、洞天福地，络绎不绝。象鼻山下，第一个就是八仙洞，门口站着一位神清气秀的道人，见我们一群背包客蜂拥而至，并不多话。探身进了八仙洞，看到洞里陈列的八仙，情貌与别处无异，旋即折返。

　　齐云山最大的特色就是道教文化和摩崖石刻，与周围的自然风貌融为独特之景。山中气候湿润，岩壁上青苔、虎耳草、蕨类吸满了水，把叶脉涨得绿莹莹的，水洗一般绿得逼你的眼。

　　高山上的天气如同小孩子的脸，刚才还是大雨瓢泼，走着走着，便云开雨散了。黄昏时分，夕阳普照。余晖洒在对面的香炉山上，金光灿灿，鎏金的亭子，更加辉煌了。朝西的悬崖与落日映照，灿若红霞。西天金色的光芒，把周围的天空染成橘黄，远山愈加静谧、邈远……

　　晚上入住月华街，古道观与民居缘山而建，交错相依，形似新月。道士与村民杂居于此，听说这里的村民都是道士的后人。上善若水，柔弱不争，是道教为人之道，先人们择高山而隐逸，足可窥豹一斑了。

齐云山道教属正一派，尊老子为师祖，组织比较松散，戒律也不是很严，很多道士有家室，可以算是兼职的道士。平日里男耕女织，只待节假日或者特殊需要时，才换上道袍，做做法事。平素与普通村民并无两样。无处不在的生活气息，体现出道教土生土长的乡土气息，并无玄虚之感。

道教仿佛深山里自生的一株幽兰，素净优雅、特立独行。同伴问我佛教与道教的区别，我的理解很肤浅：佛教讲来生，道教谋现世；佛教求赐福，道教图避祸。在我看来，或许最初的法事，只是生民自救的一个方式。需要消灾避祸时，村民便放下农具，拿起拂尘，如掸灰一般，去妖魔除鬼怪，久而久之就定格为一种信仰。

晨起，下楼泡茶，主人非常客气，操着一口乡土味十足的普通话问我："怎么不去看云海？"居然有云海——行走的过程中，总会遇到出乎意料的惊喜。

昨晚用餐的饭店，有个响亮的名字——浮云餐厅。餐厅的老板憨厚淳朴，不是那种一看就满腹"生意经"的精明人。餐厅门前一株高大威猛的古黄连木独占鳌头，屹立于村中最高处，有六百多年的历史，树干背阴处青苔丛生。站在一天门，远远就能看见这株大树。历经乱世沧桑、盛世太平，这位老寿星居高望远，揽尽远处山外青山、近处楼外楼。

云生烟，烟似云，山上看云，云似流水。放眼眺望，远山如湖，贮蓄着纯白的云流，从淡青色的山缝隙里，缓缓流动着、翻腾着。"白云出岫本无心"，随意率性。云无脚，能游天下。山上山下，鸡鸣声隔着云层仍旧清晰可闻。

一位朋友说坐在飞机里，透过舷窗，看到脚下白云朵朵，就想用脚踩一踩。我也有此心——山间云雾缭绕，轻柔绵薄，如丝，如幕，忍不住想伸手撩拨。

山下人仰望山上，定是山与云平齐，料想山名由此而来。云如潮水，轻笼碧山。朝阳升起，浮云渐淡，渐行渐沉，如潮汐退去。

从我居住的接旭楼，上行到玉虚宫，不到十分钟的行程。玉虚宫是齐云山的精华，最能体现道教的道义——化生万物的本原，师法自然。玉虚宫位于紫霄崖下，由明代养素道人汪泰元创建于正德年间。宫依山而设，依崖而建，是"天道自然"的绝妙体现，为中国道教建筑的典范。

宫前建四柱三层楼阁式石坊一座，坊高十七米，以红色砂岩镌成，古朴典雅，独具特色。宫左侧一座石碑——玄帝碑铭，也是山中一宝：江南才子、明画家唐寅撰文，书法大家戴炼手书，篆刻名家汪肇篆额，号称"三绝碑"。是唐寅仅存的传世碑铭，俗称"唐寅碑"。碑体为红砂岩，高大巍峨，石龟负之，以栅栏围四周。一只黄犬依卧于碑旁，甚是温善，见我造访，只是略略抬起头，丝毫没有吠叫之意，大约久居道观，也得了几分道行。

山间的蝉，叫法也有异于别处，散淡、随意。同一座山上的蝉，声音大小、音调高低，也不尽相同。朋友说这里的蝉没文化，不会扯破嗓子喊"知了"，我倒觉得这与道教道义正好契合——清净寡欲，自然无为。

下山时，同行的伙伴不嫌累，特意装了一大瓶水，还笑盈盈地说："带点天上的水回去！"乾隆皇帝赞誉齐云山为"天下无双胜境，江南第一名山"，一点不过分。大旅行家徐霞客也曾两次登山，能让他两次登临的山不过四座，可见齐云山对他的影响之深。离开齐云山，我的心中也有大大的缺憾，山上拐拐角角都是景，总觉得还没尽兴。其实，这已经是我第二次登齐云山了！

春到三河

巢湖距离三河，不足百公里，但我还是头一次来三河，尽管心里头早就埋下了无数茎憧憬的芽。

四月中旬，去三河采风，和一帮文友。好在，三河没有辜负我和我的厚望。其实，春天也好，秋日也罢，这里都是最适宜游弋的——三河的季节特征并不明显。

青砖、红柱、飞檐、阁楼，还有高高挂起的大红灯笼，这就是三河，古风犹存，却如故垒上一抹新绿，让人耳目为之一震。

排列有序的青石板，宛如一串省略号，氤氲在老街更深处，散发着蓝靛色的沉香。三河的古往和今来，都刻写在磨得发光的青石板上了。土红色的木门板业已洞开，沿街铺面热闹非凡。来三河，寻一场艳遇，是眼睛和口腹双重的艳遇。老街是一定要细细品尝的，一路走，眼和口都不闲着。

我的心游走在老街的人河中，如同一条穿越古今的鱼。胳膊上挎着刚买的小玩意儿，手里的筷子上搅拌着晶莹剔透的麦芽糖——是让人回味无穷的儿时味道！……走着，走着，我与众人走散，三河真是个媚惑人的地方……

三河，顾名思义，是三条河的汇聚。（我事后查资料才得知——丰乐河、杭埠河、小南河。）根据经验，古往今来，河流汇聚的地方商贾繁荣。水路交通方便，容易成为生意的集散地，也是兵家必争之地。鹊渚，是三河古名，它还有一层含义——"银河"，二者有无相通之处？是天上人间的？

鹊渚廊桥是一道风景，听说三河大大小小有十二座桥，难怪走散的朋友相约在桥上会合，却是久等不来。原来桥太多，我们隔桥相望！

在那条"三不管"的桥上，我们足足等了半个多小时。陆续赶来的朋友，向我们展示他的收获——一杆尺把长的袖珍小杆秤，是三河特有的手工艺。原来他的女儿下半年就要出嫁了，按照当地的风俗，女儿出嫁，陪嫁里要有一杆小秤，寓意着"称心如意"，还是从此就要"柴米油盐酱醋茶"，样样要精细？不得而知。结果有女儿、没女儿的都蜂拥购买；去的人中，最年轻的，她女儿不过十多岁，等她姑娘出嫁时，小杆秤大概也成古董了！三河，太有诱惑力了！

老街，古桥，是我印象中三河的关键词。当然了，美食是少不了的，很多游客就是冲着三河的美食而来。

可惜我们经验不足，没有提前订餐。晌午，该吃饭了，可镇中心的饭店都已爆满。来过三河的朋友建议去河那边一户张姓人家的饭店。虽不是闹市区，大概因为店面租金相对便宜点，伙食也相对实惠点。老板娘热情，会做生意，招揽了很多回头客。三河，是一顿宴飨！

古河自然离不开古桥，还有古街里的古民居、古茶楼、占庙台……沉淀在两千五百多年的水煮风涤里的三河，那短短一年的斗转星移，怎能奈何得了她？春夏秋冬四季更迭的变化太过轻微，挥不去翠娥春无限。

难怪，三河是没有季节特征的呢！

穿越一亿年，与你相遇

去恩施旅游，在微信中晒图，备注"世界硒都——中国恩施"。一个粗心的学生好奇地问我："老师，恩施很晒吗？为什么是世界晒都？"

其实，恩施一点都不晒。第一天去的恩施大峡谷，沿着云龙地缝行走，浓荫密布。深谷壁立，瀑布重叠，岩壁湿润清凉，有的地方水滴如水帘，一点都感觉不到夏天的酷热。

到恩施大峡谷，沿途山峰绵延，山巅在云间，仰头看山尖，几乎成90度。这让我真正体会到高山仰止的原初意义：人在山前，抬头仰看，山就在头上。大自然如此雄伟壮阔，人是如此渺小！

远看山峰形状各异，有一处连绵的山峰犹如一尊卧佛，准备拍下来时，峰回路转，错失了良机。只好端着相机，耐心地等待下一个转机，却不料横看成岭侧成峰，变换了一个角度，再也找不到那尊卧佛了。

云龙河的"漳谷"是喀斯特地貌的专业术语，是指谷坡陡直，且深度大于宽度的峡谷。峡谷壁上的石帘是最大的风景，如藤蔓，如垂根，又如巨大的石帘，悬挂在崖壁上。石帘是从洞壁裂隙中流出的渗流水沿壁流动而形成的碳酸钙淀积物，简而言之，就是钙化了的瀑布。这个钙化的过程往往要经历数万年。很多人知晓水滴石穿，叹为奇观，却不知瀑布也能钙化成石帘。《文子·自然》："往古来今谓之宙，四方上下谓之宇。"在时间的纵轴上，只要有足够的耐心，一切皆有可能！

据导游介绍，云龙地缝两岸形成的年代相差约一亿年。有人说，地缝是地球的伤痕，抬头仰望两边悬崖，它们遥遥相对，又近在咫尺，这是何等缘分？一条铁索桥横跨两岸，走过去，就是穿越一亿年。很多游客都在吊桥上流连荡漾，尽情享受穿越的浪漫。为了避免人数过多，过这座桥还需要限流。

无意中从景区的标识牌中发现，这是一个美丽的误导。并非峡谷两边形成年代相差一亿年，而是漳河自谷底到谷坡、谷顶，出露二叠系和三叠系，相差一千多万年。也就是说，从谷底走到谷顶，才是一场穿越！难怪导游说，风景是"三分靠长相，七分靠想象"，一开始我们就被那"七分想象"误导了！

恩施到处都是山，被称为"八山半水分半田"，高铁一路钻山洞而来，恩施新城就是削山而成的。靠山吃山，恩施素有"华中药库"之称，其中药材资源种类占湖北省近八成，除此之外，还有全球唯一一座已探明的独立硒矿床，被誉为"世界第一天然富硒生物圈"——这里啥东西都是富硒的，富硒玉米、富硒稻子、富硒茶叶……富硒土豆最高卖过二十八元一斤。导游骄傲地说，我们这里的"妹娃子"都是富硒的！

返程途中，先生问我，恩施富硒，那当地人应该长寿才对吧？百度一下，果然是长寿的地方。先生就说，以后就网购恩施的大米吧，反正米吃得不多。千里迢迢到恩施，居然与这里结上了缘！

雾失空山

从地图上看，绩溪 X087 公路，即家朋乡到荆州乡那段乡村公路，曲折缠绕，有的路段几乎是缠络在一起，零乱如麻。导游说，绩溪得名于《元和郡县志》："县北有乳溪，与徽溪相去一里，并流离而复合，有如绩焉。因以为名。"意思就是说，两条溪流交织如麻线。不过，看了家荆公路图，我倒觉得，绩溪交织如麻的，不仅是乳溪和徽溪，还有那段"青藏线"。

最高处路面海拔一千多米，为安徽省公路最高点，全长约四十公里，路面海拔落差千余米。从山脚，你可能在不经意地一抬头时，惊讶地发现对面的山顶上居然有车在行驶。共有弯道三百多处、掉头弯二十多处，弯道最小半径仅有十几米，全是蜿蜒而上的大坡度盘山路，堪比青藏线！从更高处远望，那些盘山公路如纽带，似项链，把山围来绕去，缠绵不休。沿途徽派古村、古民居、梯田、峡谷、瀑布、云海，风光无限，令人沉醉。盘山公路，车子如梭，织布似的，在曲折回环的山道上辗转反侧。车在路上行，人在画中游！

家朋乡是为了纪念中国人民志愿军黄继光式的英雄人物许家朋而易名的，家朋乡的梅干岭，是摄影家最喜爱的地方。观景台上，一块两人高的巨石矗立在观景台旁，上镌红色大字"梅干岭"。登临梅干岭，居高临下，看梯田层层叠叠，倘使春天油菜花开时，该是多么妖娆！

山下田塍，仿佛被海风吹皱的波纹，粗粗细细的波浪，在冬的荒原上打着褶，又静止凝滞在那里。或许，若干年前，这里还是一片海，水波荡漾，随着海水的消退，梯田就自然天成了。

一条弯弯曲曲的小路，蜿蜒伸向远方。曲径通幽之处，是一座寂静的古村落。梅干岭的指示牌上，标注那个叫"幸福村"的村庄，青瓦粉墙。深山大洼里，忽见一座村庄，也算是山重水复疑无路时，让人眼前骤然一亮。村名起得极好，是满满的祝福。同行的文联何主席，大约是想看看那个村庄有没有亮点，背着相机独自沿着曲折小路直奔村庄。看着他的背影渐行渐远，眼前是一帧寓意深涵的画面：通往幸福的道路总是曲折蜿蜒的，只要方向正确，坚持不懈地走下去，路的尽头必定是"幸福"！

与梅干岭正对的绵延山峦，当地人称之为"大页岭"，属于天目山脉。我们没赶上春暖花开的好时节，却也误打误撞，遇到雾锁山岚。山形瞬息万变，一会儿整座山都迷失了，眼前一片混沌；一阵风过，山又露出一角。云雾中，山越发远了，如水墨山水中最远的那一抹。已而，太阳在山那边亮了光辉。

梅干岭有很多观景台，每个观景台看到的景致各不相同。风吹云动，时而山巅裸露，时而云烟如带，缠绕山腰。倘使不留意，还以为是山在云中游。忽而山迷失了，忽而又露出山肩。本想让同伴帮我留个影，等我选好拍摄点，唤来同伴，雾气又突然掉转了方向，冲散身后的美景，好像与游人逗乐。

雾气弥散，把山峦淹没在混沌中。风起，云雾流动，山峰在云海里荡漾。看得久了，不知道是山行，还是云涌。雾气是真真实实的，铺天盖地地填满山谷和沟壑；但又是缥缈的，伸手却没有碰触感。随着气流起起伏伏，雾气恣意地流淌着，溢散着，好像调皮的精灵，在山和风的约束下，变化万千，飘忽不定，你的心也开始在半透明的混沌中逐渐迷失。

雾失空山远，所以看不清它的真面貌，不知它到底有多么险峻。停车场偶遇一名当地山林救援队员，他声称自己一夜没有休息，就是为了寻找救护一对户外登山遇险的夫妻。顺着他手指的方向，依稀可以看见峭拔的山峰，当地人叫它"草鞋靶子尖"，是绩溪三大险峰之一。因为奇险，常常吸引很多登山队员来探险体验。

　　为了看日出，我们凌晨四点半就起床，赶在太阳升起前，到达家朋山。八点多，太阳中午挣脱层层迷雾的纠缠，在山顶露出半个笑脸。大山也渐现轮廓，远山套近山，重重叠叠，渐远渐淡，最后，与天空完美融合了。美好的事物，往往只在瞬息，邂逅是最美好的遇见。雾气逐渐消散，暗自庆幸我们特意起了个大早，赶上了好景致！

芽庄印象

从地图上看越南，细长狭窄形似站立的海马，芽庄就在"海马"的腹部，丰富的海洋资源，孕育出这座风景优美的滨海小城。依傍着大海，浸浴在海天一色梦幻般的蔚蓝里，芽庄越发安静、祥和，但这里也是一个容易让人犯迷糊的地方。

芽庄给我的第一个深刻印象就是当地的小费文化。越南曾经被法国统治近一百年，西方的小费习惯也根深蒂固地扎根在当地人的生活环节中。导游要求我们签证时，护照里夹十元人民币作为小费，这样可以加快签证的速度，以免对方故意刁难。听说过给侍应生小费的，却没听说过给国家公务人员小费的。不过，入乡随俗，谁也不愿意因为十块钱的缘故惹上麻烦，耽误时间不说，影响了旅游心情，那就更得不偿失了。

越南的钱面值很大，动辄百万，最小的面额是一千盾。在机场，我把1000元人民币兑换成320万越南盾，爱人笑我："一转身就成了百万富婆！"即便腰缠万贯，但我始终感受不到百万富翁的荣光：拿着一沓印有胡志明头像的塑钞，虽然不必担心是假币，但还是被钞票上一大堆"0"搞糊涂了。

第二天早晨，按照导游的交代，需要在房间里放一张一万盾的钞票，作为打扫房间的小费。看似非常多，兑换成人民币，也只有三块多钱。我小心地从一堆花花绿绿的钞票里抽出一张，压在桌上的茶杯下。儿子无意中瞥了一眼，拿着钞票嚷嚷着："老妈，你搞错了吧，这是十万盾……"我认真地数了数钞票上的"0"，果然搞错了。每次消费，总要来回数几次"0"，才敢放心使用。本以为只有我这样一个对数字不敏感的人，才会如此纠结，等到同行的游客熟识了，我发现他们对越南盾的困惑不比我少，就连来芽庄已经一年多的地导，兑换给我们越南盾时，也会犯糊涂。

如果说不识字就是个睁眼瞎，到芽庄来，我就不仅是睁眼瞎了，还是一个板聋子——越南字一个不认识，越南话一句听不懂。好在还有一个中间桥梁，导游说，当地很多人能够使用简单的英语。晚餐都是自理，我们在宾馆附近的餐厅落座，服务员立即递上菜单，挑了几样价格适中的特色菜，突然想起来没有点饮品，于是叫住服务员，好不容易憋出两个单词"two juice"，小伙子居然用汉语问我："两杯果汁?"天哪，这个越南人能说流利的汉语，我竟然撇着腔调跟他说英语，太尴尬了！

瓦片烤肉是越南的特色饮食，"道具"就是一个尺把高的小炉子，炭火烧得旺旺的。上面顶着一个瓦片，比国内的青瓦稍大一点，食物就铺在瓦片上烧烤。客人坐在小板凳上，面前的桌子也非常矮小。团队里一个六七岁的男孩子，听说晚上去吃"瓦片烤肉"，兴奋不已，跟我们说："我还没吃过瓦片呢!"这句话成了我们调侃他的趣点，每次见到他，都会问："今天吃到瓦片了吗?"

在黑岛海滩上，有很多白色的奇形怪状的石头，有的细细长长如手指，有的状如"7"字，还有的温润如玉，我捡了几块最有特色的石头，准备带回国。导游一句话让我像泄气的皮球：这些石头是死掉的珊瑚，你带不回国的，这是人家的国有财富……只好将它们送回到大海里。

时间总是让人犯糊涂，芽庄和北京时间相差一个小时，我总是调整不过来，大约是习惯于北京时间了。最后一天早晨为了赶飞机，我把闹铃定在五点半，闹铃一响，就赶紧催家人们快速起床，等一切安排停当，爱人才发现，按照芽庄时间，才四点多钟……

慢节奏的芽庄一天，是在川流不息的摩托车流中开始，又从摩托车流中结束。作为一个外国人，我眼里的芽庄宁静、美丽又有趣味。

早晨从咖啡开始

芽庄是个慢城，早晚的交通拥堵期，摩托车是主打元素，除了载我们这些外国游客的专用旅游大巴，其他车辆很少，红绿灯就贴在水泥电线杆上，交通现代化程度比国内低了一大截。

越南人的生活节奏很慢，我来芽庄的第一天就见证了，一杯咖啡能打发掉半天的时间。每天早晨、晚上，沿街的大小店铺面前，摆放着一列白色或者红色的塑料矮桌子、小椅子，这是越南街头的一个亮点。晚上是供人吃烧烤的，芽庄是海滨小城，盛产海鲜。早晨，当地人坐在小椅子上一边闲聊，一边喝咖啡。越南人喝东西同时用两个玻璃杯，深褐色的那杯是越南本土特色的"滴漏咖啡"，淡黄色的那杯是兰花茶，都是浅浅的半杯。有时还会加一个"法棍"，其实就是夹心长面包。一天的时光，就是从这杯咖啡开始的。完全和国内不同，我们早晨上班时，常常会见到很多人拿着被称作"早点"的食品赶车，"早点"大大提高了用餐人的时效，这是我们两国饮食文化的不同。

越南的滴漏咖啡已经成为一种文化。"滴漏咖啡"是越南独有的，把磨碎的咖啡粉放在滴漏壶里，杯子里加入炼乳，开水倒入滴漏壶，咖啡慢慢滴进杯子里，与炼乳充分接触。滴半杯咖啡，需要很长一段时间。如果你想喝咖啡，又不想久等的话，就要提前十分钟下单。很多地方咖啡都是热的，但在越南，却是加冰块的。

咖啡像沙漏里的沙子一样，一滴一滴滴到下面的杯子里，倘使用时间来衡量咖啡的价值，势必滴滴金贵，难怪滴漏咖啡又叫"滴滴金"。在越南，咖啡的价格并不高，普通街面一杯滴漏咖啡，价格也只有五到七元人民币。去过越南的朋友告诉我，一定要体验一下越南的滴漏咖啡。根据当地人的收入水平，即便是五元，也是一个不小的数字。查阅了一些资料，我才知道，咖啡是当地的特产，自家产的，难怪越南人家家都有喝咖啡的习惯呢！据说，越南咖啡产量及出口量均排世界第二位，他们已经把喝咖啡提升到文化层次。

去芽庄旅游，有一个环节就是品尝滴漏咖啡。我们还在等咖啡滴下来的时候，一位同行的大嗓门中国大妈，居然用小勺子，把滴漏壶里的咖啡渣，一勺一勺吃了下去，牙缝里都是黑黑的咖啡渣。我以为她有异食癖，后来，她看我们喝下面的咖啡时，才嚷嚷着："我以为是吃上面那个的，要不，他们给这个小勺子干什么的啊？"她还振振有词，估计是从来没有喝过咖啡的人。

心目中，喝咖啡是个很优雅的生活方式，最佳的喝咖啡场所应该是装饰考究的咖啡厅，一边听着音乐，一边小口饮啜，和志趣相投的人谈论着阳春白雪。越南人喝咖啡不拘泥于形式，随时随地，和我们当地人喝茶类似：既可以是儒雅的人，泡一壶工夫茶，在优雅的环境里闻香品茗；也可以是重体力工人，泡上一大塑料杯茶水，在工地上豪饮镇渴。

越南诗人佩志荣曾经比喻"不分敌我他，言之咖啡也"，很大程度上概括了越南人的咖啡文化。越南人还从喝咖啡中，衍生出诸多人生哲理，如"咖啡要趁热喝，不要等凉了再加温。重新加热的咖啡会失去鲜美的味道，还会变得更苦；人生要珍惜当下的拥有，过去的就让它过去吧，不必反复咀嚼痛苦来加倍折磨自己"，"咖啡苦靠糖弥补，我命苦拿什么补？"……

越南人的慢生活，是通过滴漏咖啡体现出来的——咖啡滴得慢，喝咖啡的时间久。就连我们到越南旅游，也受到慢节奏的影响，早晨八点才出发，北京时间已经是九点了，下午四点多就结束了一天的行程。不像我们在国内旅游，赶场似的，马不停蹄。记得去上海世博会游玩时，导游要求我们四点钟就起床，为的是能排在前面，早点入场。越南地导因为不懂越南话，找了一个会说汉语的越南助理，他性格徐缓，让我再次见证了越南人的慢！

　　或许已经习惯了快节奏的生活，忙并快乐着。看着沿街坐着喝咖啡的大老爷们无所事事，我竟为他们而迷惘！

第四辑

乡愁，村庄里长出的藤蔓

花　间　遇

城西南三十里，便是银屏山。主峰 508 米，算不得高，不过山中有奇花异洞、古寺名亭，还有八仙山四面环拥。古迹遗风招徕南来北往客纷至沓来，叩山问石，朝仙觐迹。登临仙山之巅，南有重峦叠嶂；极目望北，八百里巢湖尽收眼底，蔚为壮观！

我与山水，也有前世今生的缘！

觅　仙

山行，车盘旋而上。山道不窄，硬生生被行道之人碾得曼妙细长，如同山风里一袭飘飞的丝绦。夹道丛生的野花丛树，散发着馥郁的草香味儿，吸进去，呼出来，心肺为芬芳洗礼，清凉熨帖。

进入正门，一径叫觅仙道的天梯直通谷底。四面环山的谷底集仙花、仙洞于一统，成为风景的核心地带。顺阶而下，心中突生好奇，问导游台阶到底有多少阶，答三百六十五，不必赘述，我已明白，一年三百六十五天，再好不过的寓意。

道旁奇树参天，翠草葱茏。蝉隐匿于山林深处，深一调，浅一调地吟唱着。没见过这么抒情的豪放派歌手，既当歌手，也做听众！密林深处除却蝉音，便是禅寂。

昨夜雨疏风骤，空气中弥散着浓酽酽的雨意。树叶花草饱蘸甘霖，顿长精神。绿透了——四周的树木是绿的，石壁上的绿茸是绿的，地砖上的苔藓也是绿的，空气也被染绿了。镜头里的背景是一片澄澈鲜嫩的绿，映得人倍觉清新。

青苔如茵，浓密妖娆，光鲜明澈地来，未染半点尘滓。这里就是微缩的密林，你会感觉找不到落脚的地方，实在太完美了，脚踩在哪里，都觉得不合适。踮着脚尖，绕道登上观花楼。可惜不是赏花季，一把铁锁锁得住距离，却锁不住风光无限。倘使三五朋友共坐观花台，再添上一壶上好的银屏山野生绿茶，拂古琴一曲，那曲子必定是《高山流水》。历经唐宋的千古风物，必是知晓音律的！

木质紫黑色的回廊窗棂，凝重古派，屋顶上蒙络着明亮的翠绿色植被。几须纤细蓼蓝，悬垂在青黑色的瓦花边，随风摇曳。藤萝掩映，青瓦飞檐、画廊木窗，组合成一幅古韵江南园林图。仙人洞出口上方的崖壁上，也零零落落地飘摇着几茎细藤。细藤与巨崖，刚柔并济，刚的愈刚，柔的愈柔了！

四面水声淙淙，探头四望，渠中却无水影。原来地下有河，暗流奔涌。泉如血脉，石似骨骼，植被是山的肌肤。水让山更富灵韵，血脉活络，山体也愈加雄浑健壮。

观花楼的对面，依山的石壁旁，我终于找到了龙头。一泓清泉从石缝间奔突，它终于抑制不住内心的激越，破石而出。如同一曲欢快的歌曲，积年累月，经久不息。泉水清冽，伸手触碰，水柱玉碎，倏地，在指缝间点化成一朵朵飞溅的白牡丹……

寻　花

山气嵘嵘，峭石嵯峨，石壁势如刀削，左高右低，形成天然洞府。洞口上方五六十米的罅隙中，一蓬牡丹枝叶葱茏。

有史记载，这株牡丹已是一千三百多岁的老寿星了，可谓"花王之王"。当年文武双全的大文豪欧阳修贬官滁州太守，庐州太守李不疑邀请他游览银屏风光，醉翁题写处女律诗《仙人洞看花》，今人镌刻于右面崖壁上："学书学剑未封侯，欲觅仙人作浪游。野鹤倦飞为伴侣，岩花含笑足勾留。饶他世态云千变，淡我尘心落半瓯。此是南巢招隐地，劳劳谁见一官休。"遥想当年欧阳修下临石壁，仰观岩花，千般劳劳，万般愁绪，瞬息淡作半瓯茶……花还是那一株花，只是观花的人已不是那个人了。

相传当年武则天挥醉笔于上苑催花："花须连夜发，莫待晓风催。"群芳谱里百花慑于淫威，连夜齐放。唯有红白牡丹不畏强暴，拒不开放，连夜出逃。后来，红牡丹落户洛阳，白牡丹青睐银屏的青山秀水，归隐林莽，置身绝巇，静心苦修。

一株花乱入红尘，恋上这座山，千里迢迢投奔了它，还要将根系从凌厉的石缝里穿插进去，深深地扎进大山的心窝窝里。白蛇千年道行即修炼成仙，绝壁上的牡丹，怕也是得神仙指点，早就成了仙。纵使时隔千年，扎根石缝，餐风饮露，履寒历暑，却是花容不改，年年含苞，岁岁妖娆。

高踞峭壁之上的白牡丹，犹如白衣大士，有济世心。是山给了她灵气，还是她融合了山的元气？她的一颦一笑，居然能报丰兆吉。每年花开的朵数都录入县志，听说 1937 年和 1976 年，牡丹都含苞未放，兀自凋零，听罢让人唏嘘不已。1937 年卢沟桥事变，是国仇家恨；1976 年毛泽东、周恩来、朱德三位伟人逝世，当地的老百姓口耳相传，三位伟人是文曲星、武曲星下凡，来拯救老百姓于水火的，上天在这一年把三颗星宿召回天庭了。神花成了精灵，不仅能预报气候，就连国仇、民悲，它都了然于心……

不敢高声语，食指放在唇上，轻嘘示意——轻些，别让尘世的喧嚣，惊扰了她静修的心！抬头仰望，神花高悬，可远观不可亵玩，心中涌起莫名的敬畏，不禁双手合十，虔诚默想：来世，请让我转世小沙弥，穴居崔仙洞，半是参禅半相随，为你焚香除尘、理荒秽，可否？……

有关银屏牡丹由来的传说故事，有很多不同版本。遍查资料，却无我更笃信的纸质白纸黑字。相对科学的解释，是飞鸟粪便中带来的一颗花籽，落在崖缝中，气候温润，就萌发成株。这样的解释还是有点牵强，一只高飞的鸟，途经银屏山的概率有多大？花籽不偏不倚正好落在悬崖缝隙中，花籽萌发，还能千年长寿，这样一环套一环，环环能恰好相扣的概率，怕是比登仙还要难。不由得心里涌起千重问：你从哪里来？

解不开的千古谜……

谷底左边无端地自生了两株孪生野金丝楠木。《本草纲目》中记载，楠是"南方之木"，喜欢高温湿热的生长环境。南方的树种缘何落根在皖中楚地，我又不解。楠木纹理细密，质地坚硬，富有香味，是建筑和制作器具的贵重木材。这样名贵的树种，对生存气候的要求也高，但它却能在仙人谷中开枝散叶，想必，山气温存，能给它们最好的呵护。

大自然如此诡谲奇异！

仙　遇

仙人洞又名崔仙洞，相传为古人崔子颜、吕洞宾、甜如蜜羽化成仙之地。洞穴是由石灰岩经过地下暗河冲刷而成，大约形成于四千万年前。

溶洞奇异，只能用一个词来形容——古透！这里计算时间的方式，动辄以万、亿计之。U形的漏斗状的山洞，全程大约1200米，穿梭其间，却仿佛穿越于亿万年的古今。

洞口云蒸霞蔚，雾霭萦绕，果然神仙境地，仙气十足。洞内处处有仙迹：仙人们代步的"仙人马""仙人轿"，生活用的"仙人井""仙人灶""仙人桌""仙人床"，还有金山、银山等景观。做客仙家，不经意地轻抚仙踪，原来神仙也似寻常人！

洞中灯光绚烂，映照四壁，石英砂折射出奇异的色彩，每一种色彩都如此干净纯粹，红的、绿的、蓝的、紫的、金的……光影璀璨，光怪陆离。溶洞寂寥，玎玎玱玱的水滴声格外清脆明澈。岩洞最高二十米，宽达八十米，深及数里。据碑文载"能藏百万雄师"，曾为太平军"屯兵抗清"之所，也是新四军神出鬼没打游击的地方。1943 年，新四军驻扎当地，中共华中局组织部部长曾山和新四军第七师政委曾希圣为日寇围困，就在此洞避险。

在我的眼里，钟乳石是石头盛开成的花。富含二氧化碳的水滴，渗入石灰岩缝隙中，溶解其中的碳酸钙，固态的石头融化成液态，随着水滴化为柱，长成笋，绽放成千奇百态的石花。

石缝里流出的清泉，披拂漫溯到钟乳石上。洞顶悬挂着湿漉漉、乳白色的钟乳石，如同沐浴中的巨型河蚌肉，质丰肉厚，慵懒地袒露着，似乎无比舒适安逸。

千钧难撼动，眼泪能化解。水滴是山的眼泪，能一点点地融化岩石的心。泪滴流经之处，钟乳石以一百年一厘米的速度生长。凝望眼前丛生的钟乳石柱，我却不敢丈量它的长度，这需要几千万年的静默、几万万年的孜孜以求……每尊柱状钟乳石都是恒心和定力的衍生，太厚重了！或许自然的神奇就在于此，所谓鬼斧神工，不过是时间的精雕和细琢。

导游告诉我们，滴水的钟乳石是活动的，它还在生长。水真是精灵，石头蓄养其中，都会化为萌动的生命。石柱姿态万千，有的拔地而起，层叠而上，这是石笋；有的从天而降，横断面为纵向同心纹理，叫钟乳石。钟乳石融化在清泉中，泪一样滴下来，泪滴之处，石笋拔地而起，与上端的钟乳石相呼相应。却不知，它们的再相遇，还要经过多少亿年煎熬。

导游用手电筒照着地面，俯身细瞧，地面呈现斑驳的白色纹理，手指触摸，质地坚实，如同雕饰的地花。再过亿万年，一株株新石笋，就是从这些花蕊里吐露。

"九天飞瀑"是仙人洞中镇洞一宝。泉水从洞中最大的一块钟乳石壁上冲溯下来，如银河落九天。还有一个镇洞之宝——红云露马蹄，祥云的晕圈盘旋而上，一圈圈纹路记载着它几千万年的生命轨迹。这是一块巨型的树木化石，学名硅化木。它是我国众多溶洞中，绝无仅有的瑰宝。也许，我们倾情地寻幽探古，就是在追寻世间的唯一！

时间和水都是温柔的刀，共同策划了这场阴谋：让峭壁上牡丹千年不老，却让洞中古木坐化成一丛红云；让岩石在泪水里消瘦，泪珠里又倒映出另一半……

峰回路转，我们终于寻到了洞主——吕洞宾。准确地说，他也是洞中一宾客，第一位主人应该是先他登仙的崔子颜。不知是"岩花含笑足勾留"，还是洞中的清凉让人流连，我也想在神仙府邸久居，成不了仙，沾点仙气也好。不过，导游提醒我，"此处不可久留，湿气太重"。只好收拾起成仙的妄念，跟上导游的步伐，做一回名副其实的"旅洞宾"！

忘　柳

车已启动，突然记起，传说中的九桠柳还没有一睹芳姿。常言道："人无完人，树无九丫。"这株柳树偏偏置天威于不顾，长出逆天的九丫，难怪上天看不过眼，一个惊雷，劈断了一根枝杈。据说，那劈下的一枝，正好被铁拐李拾去做了拐杖！

因为这个神奇的传说故事，我对九桠柳早就倾慕，却恰恰错过，大约是景致纷繁，顾此失彼了。其实，我与它擦肩而过，它就在谷底广场的西北角，和岩壁上的牡丹隔空对望。也许天意如此："柳""留"谐音，有挽留意。九桠柳成了我未遂的心愿，羁绊了我远行的脚步。

偌大的银屏仙山，还有很多景点来不及欣赏：坐落在银屏山八仙峰之巅的牡丹亭，观音台上的龙兴寺、龙井泉、占雨台，银屏山顶因之得名的那块形似瓶状的银色巨石……还有后山未开发的处女地，听说也是秀色可餐！

人还没有离开银屏山，心中就已经规划着下一次的行程。银屏山撩拨人心的景色太多了，随意拾几片风景装进行囊，便成千千阙！

昨夜，牡丹入我梦中来！依稀梦见几位临风飘举的白衣仙子，手携花篮，在山林翠竹间嬉戏奔走，采花撷趣……大约日有所思，夜有所梦！

借山而居

一

鼓山顶上的佛隐寺里居住的界恒师父本人，就是一段佛缘深远的传奇。

原本家住农村，家中有三个男孩，他排行第三，家里人都叫他"三子"。小时候，不知道什么原因，妈妈就突然离开了家，后来才知道她出家为尼了，不知道当年她历经了什么渡不了的劫。

或多或少受了母亲的影响，三子成年后，没有跟任何人商量，就兀自出了家。黑发一簇簇坠落，袈裟披上身，从此告别红尘粉世，法号界恒。从一个身份到另一个身份的质变，除了决心，环境是不可或缺的因素——山寺，是外在的依托。

母亲恰好目睹他剃度的场面，瞬间，老泪纵横。从孤山寺，三步一拜，九步一叩，老人家哭着一路跪拜，回到她居住的大力寺。做母亲的，爱有多深，心情就有多复杂！世间太多的事，并非一个对错就能衡量。

不知道他出家，是想更接近佛祖，还是靠近他母亲？我没有问。只知道，如今一年里有好几个月，他都居住在大力寺。也许，世界上并非每个困惑，都需要答案。

佛隐寺很小，只有两进深，大殿因年久失修，正门常年关闭。大师请过工匠预算，修葺大殿需要多少开支。

看似简单的工程，算起来数目惊人。倘使揭去大殿的琉璃瓦，重新铺设，就得更换新瓦。琉璃瓦与普通瓦不一样，每一块瓦都带着勾，瓦瓦相扣，才能铺陈结实，这是琉璃瓦的独特之处。优点往往换个角度，就成为不足——不能重复使用。

本以为仅仅揭瓦、修整屋梁、重新铺排屋瓦而已，没想到花费如此巨大。休整大殿的事，暂时搁下了。平日里，除了烧香礼佛，众人极少出入大殿。

后院的小门也紧闭着。木门，铁环，古色古香。轻叩门环，寺院犹如空心的鼓，把叩门的音阶拨高。"谁啊？"有人应声而来，开门的是位老年男子。一群小黑狗狂吠着围拢上来，一只小狗趁着众人进门的空档，悄悄从人群里挤出去，摇头摆尾地到寺外逍遥去了。恐怕寺里的清规戒律太重，小狗也忍受不住了。

佛隐寺总共居住了三个人，除了界恒，还有他年迈的父亲。一位五十多岁的同行人悄悄告诉我："他头脑不太灵光，请他来烧饭，也是可怜他……"

二

上山前，居巢琴舍的王东老师，一边开车，一边耐心地告知他洋娃娃似的女儿："庙里住的大伯伯，跟爸爸不太一样，没有头发，衣服也不一样，你不要大惊小怪啊……"

王老师在摆蒲堂里放了一副极有看相的蒲草，很快就被界恒大师收去了。此行，是为他送蒲草的。

蒲草耐苦寒、安淡泊，是浮世中一味清雅。原本也是山林之物，硬是让文人雅士移入盆盎，从此入凡尘，成为闲人案头的闲趣。此时她要重返山寺，我为她送行，更想一睹山寺蒲草的野逸！

界恒大师，从举止到谈吐，都印证了王老师的说法——他不是那种为赚钱出家的人，他是在真修行。本可以去山下华丽的鼓山寺居住，但他宁愿守着几间旧舍，独享一份清净。

高中有位女同学的丈夫，本来是做字画裱糊生意的。因为他的姑姑在九华山有一座庙宇，无人打理，所以就让他去掌事。于是，他剃了头，穿了袈裟，把和尚当成职业，把赚钱当成事业。听同学说，她家在合肥已经有好几套房子了。我虽不曾说过一个"不"字，但内心还是厌恶这样的行为，总觉得他们不该利用人们对佛祖的信奉，来敛取财富。

界恒师父并不反驳我，也不批评我同学的丈夫。只是淡然一笑，极为中庸地说："各取所需吧！"或许修行所致，他不标榜自己，更不贬低别人，他信守着"不妄语"的戒规。

三

大师居所前的走廊边，有两盆兰花，一盆叫宋梅，是兰花中的极品，另一盆不知其名。两盆都是苗肥叶壮，兰叶刚劲浓密，但却不曾抽薹开花，大约因为光照不足。于是，兰花被请到居所前的露台上，更接地气了。白天有充足的阳光，夜晚有甘露滋润。盼望下次来时，她能含苞孕蕾。

树挪死，人挪活——有时候，挪一个地方，命运可能就此改变。

其实，兰花本来也是生于深山老林，正规的采兰过程极为考究。界恒师父说，他在鸡笼山寺庙里，看见一位身背竹篓的采兰人。循着兰路，找到一丛兰花后，小心地挖起来，分根，一半按照原样重新植回泥土中，另一半才放进背篓带出山林。

唯有风雅之人，才会因爱而惜。听说，古人采兰就已如此。

四

山寺隐佛，也有卧龙。后院一株古檗，至少也有百年了，树干上满是青苔。檗树粗大的根茎，挤破水泥地，盘曲遒劲，如同蟠龙，是一道天然的古雅景致。

界恒师父指着院里的古树，说："鼓山能扳着手指数的古树，就是佛隐寺这几棵了。"

山寺中共有四株碗口粗的桂花树，后门一株金桂，花瓣点染一树橙色。推门，浓香迎面，宛如寺院里那几只可爱的小狗——好客。中殿前左右各一，一株金桂，一株银桂。市区的桂花早就落花满地了，这几株桂花新蕊初放，佛隐寺浸没在馥郁的桂花甜香里。无论哪朝哪代，桂花都集万千宠爱，不仅因花香扑鼻，更重要的是她本姓"桂（贵）"。

佛隐寺前几株有年头的白果树，每逢果实成熟，就有很多香客前来采摘。界恒师父从来没有干涉过，佛前的硕果，广为众生分享，是佛祖的恩赐，也是众僧的修行。

五

寺院后墙外，是半山坡密密匝匝的苦竹林，遮天蔽日，茂密丛生，几近杂乱。隔着花窗望去，竹影婆娑，别有一番情趣。高挑的竹茎东一枝、西一穗地探进院落，仿佛想探究院里的新奇。稀稀疏疏的茎叶，点缀着斑驳的老墙，有平和清寂的秀气。

界恒师父打算请人砍伐一些，伐了枯杂的苦竹，让林子更有条理。竹林的生长，未必是越繁密越妥当。竹林过密，彼此遮住空间，不透风，影响竹子生长。植物与人并无区别，距离是恒久的保证。

大师说，竹林的疏密是有讲究的，戴一顶草帽，自由穿行林中，以不碍事为最佳。自然的法则，未必只可以用尺子、秤杆衡量，换一个角度，你会豁然开朗。

阅历，是最简省的途径。仰望大师，我的内心更多的是敬仰！

六

泉水清冽，茶香四溢，转眼就是下午四点多了。山气聚合，林霏凝滞。山鸟飞回，叽叽喳喳地在树梢上回味着一天的收获。佛隐寺渐为雾气笼罩。

山岚只在山尖聚拢，下山的路上，视线逐渐清朗。车辆在盘山公路上蜿蜒前行，拐弯处，可以从稀疏的林木中，望见远处的城市，肃穆在邈远的沉沉暮气里。暮鼓声声，城市里的人看山很远，山里的人看城市，也是极远的……

山高能聚仙，林深隐圣贤。登高博见，山以高出地平线的厚度，作为视线的支点；又以高出山林的思想深度，许你一世安宁……

南楚传奇古镇——银屏

一

银屏山是安徽巢湖境内第一高峰，海拔约 508 米。相传山中有一花瓶状巨石，阳光照射，从山下望去银光闪烁，熠熠夺目，故得名"银屏山"。

通过卫星地图下瞰银屏，如聚山峦面湖而居，叠翠湖左横溢，嫣然一朵葳蕤。

滴翠的仙境绿牡丹私入了红尘。与周遭灰绿的背景不同，墨绿的山脉宛如碧玉上泛渗的絮状玉花。单从色彩的浓淡，就能辨别出嵯峨地势与周遭的高下差异。

山麓古镇本名吕婆店，惠荫此山，叠嶂为屏，因之又名"银屏镇"。古镇依山傍水，自然成了风水宝地。倘若用一个字来概括此镇，莫过于一个"奇"字了。单说银屏山中那株千年野牡丹，便集四"奇"于一身：一奇来历，二奇花龄，三奇千年一貌，四奇花之灵性。牡丹千年不老，花荣叶茂；积天地灵气，开逢谷雨知节气，有"谷雨三朝看牡丹"之说。当地人还依据花开多少，预测是年水情。

二

深谷幽花，银屏叠翠。牡丹仙子隐逸银屏深山，是山的福分，也因花有慧眼。康熙《巢县志》记载的古巢十景，银屏素袖藏金拥三景——岱岫晴云、浮丘钓台、芙蓉翠霭。

听说银屏镇大姓"韦"氏，是太平天国北王韦昌辉的后裔。走访当地的百姓，因为族谱中并无确切记载，众说纷纭，只知道祖上是韩信之子，为避汉时乱，取韩字半边，从此姓韦。但我还是相信他们是有渊源的，隔江而望，是韦昌辉之子及胞弟落户的芜湖，会不会有一脉相承的韦姓子民，如同江畔垂杨柳，不经意中一两朵柳絮飘飞而至，在这小镇上一生二，二生三，三生万物，也不得而知。

时间是经，地域是纬，在银屏这块古老的大地上，织就一幅绚烂的云锦图。前人走过只是一串脚印，能不能留下，还需要文字的验应。按图索骥，我找到了当地的文史奇人杨茂林。

时近芒种，下午五点的太阳还热辣辣的，天时还算早。杨老师带着我们一行人去箕山探寻太平天国战争遗留的物证——古战壕。杨老师晓畅当地文史，他准确地说出了这场战争的时间、地点和作战双方的统帅。

1862年4月，曾国藩率领的湘军，两支水军、一支步兵队伍，分别沿裕溪河、钓鱼台，对李秀成率领的太平天国将士形成合围之势。但箕山一战，手拿大刀长矛的太平天国将士，终究敌不过已拥有枪支、火炮的湘军。这次兵败，结束了太平天国对巢县长达十年的占领，撤出巢县的太平军途经含山，溃逃至南京。

今日箕山脚下丝毫不见战争的遗迹。为了寻访山顶依稀尚存的防御工事，我们一行四人绕山而行，希望能觅得一条路通往山巅。刚入村口就遇见两位老人，都是杨老师的老熟人，几句寒暄后，杨老师向他们咨询从哪里上山更便捷。一位八十一岁叫运发的老人，自告奋勇为我们做向导。倘使不是他带路，我们找不到上山的路，灌木丛生，密密匝匝如翠裳，把箕山包裹得严严实实，仿佛刻意尘封一段岁月流殇。老人提着镰刀，一路披荆斩棘。细心的杨老师用力踩踏着肆意横伸的劲草灌木，为我们开辟道路。低头侧身勉强穿梭于莽林之间。

越过密集的霸王草，有一条不到半米深的壕沟比山肩环绕，风沙岁月正一点点掩埋着战事的激烈。山风乍起，林木轰鸣，一人多高的霸王草也被吹得沙沙作响，仿佛当年的惨烈的战音重新奏起。

三

一位热心的学生告诉我，她母亲曾经在附近挖掘到一面古镜。这里曾是三国的古战场，俱往矣，地下到底埋葬了多少忠骨烈魂，已无从考证。那面古镜让我想起唐代诗人杜牧《赤壁》中的诗句："折戟沉沙铁未销，自将磨洗认前朝。"附近的七宝山至今还保留着当年曹操插旗置鼓的旗鼓石。

芙蓉翠霭，说的就是白牡山，这里山形树貌，宛如绽放的牡丹。牡丹品种繁多，有的又名芙蓉。看来，银屏注定与牡丹结下不解之缘。

白牡山附近还有一座望夫山。没想到哭倒长城的孟姜女，居然就生养于此。她的出生本身就是一个传奇。孟家种的瓜，藤蔓延伸到姜家开花结果，长出一枚瓜。瓜落谁家，自然是一场纷争。官司闹大了，惊动了县太爷，好在县太爷清明断案。惊堂木一拍，"罢了，一家一半吧！"手起刀落，当堂切开瓜，里面竟跳出一个小女孩。女婴归谁家，又是一个难题，生活维艰，谁家愿意无端多出一张吃饭的嘴？还是县太爷快刀斩乱麻，"女孩由两家共同抚养"，因此取名孟姜女。自从丈夫范喜良被抓去修长城，孟姜女朝思暮想，天天盼郎归，日日攀登门前的高山眺望远方。山路崎岖陡峭，需借助草力。孟姜女右手挥泪，左手揪着野草爬山，天长日久，山上的野草都一个劲往左扭，一顺向左披拂。当地百姓为旌表孟姜女忠贞，把她攀登的山称为"望夫山"，山上左拧的野草就叫"左劲草"了。李白也曾题诗《望夫山》：

颙望临碧空，怨情感离别。江草不知愁，岩花但争发。
云山万重隔，音信千里绝。春去秋复来，相思几时歇？

若论银屏历史，不能不提银山智人。银山智人可以将银屏的历史拓展到二十万年前，那时的岱山之麓，就徘徊着银山智人的足迹。几年前，几个学生还在那里寻到一块印着鱼痕迹的石块，和地理书上的鱼化石非常相似。孩子们像得了宝贝似的，欢天喜地地拿来给我看。不知道这块化石，又能将银屏的历史向上溯多少年。

四

一个没有历史的民族，只能是幼稚而肤浅的；一个没有往事的小镇，从来都不会厚重。民间传说故事，有如唐装上刺绣出精致艳丽的牡丹，就那么随意地点缀，整套衣服就出彩了；拯救出来的历史是岁月的补丁，有补遗的过去没有遗憾，它让岁月不至于千疮百孔。

传说故事和历史事件虚实相生，浪漫与现实勾兑，古镇银屏犹如一坛窖藏多年的佳酿，历久弥香。历史如同河流的沙子，固执地存在着。能以文字的形式将它定格，它就能垒沙成塔。如若仅靠口口相传，最终必将沉沦于水底，或者宛似一坛倾倒进河流的美酒，时光荏苒，醇酒终会稀释冲淡于岁月的河流，到最后只闻其香，不见其形。

好在有杨茂林这样土生土长的"淘金者"，热心于家乡文史事业，将几近陨落沉底的金沙，重新起底筛淘。作为一名文化志愿者，杨茂林在谈及历史文化的搜集时，用了一个让人感动的词"抢救"，时不我待，多少口口相传的历史，还能在耄耋老人中保存多久呢？

银屏古镇的传说故事多得有点铺张，平添古镇的神秘与沧桑。一花一草，一山一水，一村一庙，都是催生故事的营养。吕婆店的由来、岱山庙的兴起、痴情黄姑追随李白的伤心往事……无不演绎出历史的悠久和百姓的睿智。不知道这块黑土地里，还埋藏着多少真实故事和浪漫传说的乌金。我在想，该不该赠她美称——传奇之乡！

乡愁，村庄里长出的藤蔓

总以为村庄仅仅只是一个简单称谓，有别于地理上的东西南北。五月，在巢湖庙岗乡采风时，听同行的人说：因为当地宅基地流转，村庄返还成农田，村民聚居到新农村小区。可是逢年过节，在外打工回来的年轻人，还是喜欢回到村庄的旧址，凭吊峥嵘岁月。有的年轻人还在已无村庄痕迹的地头，立起一块牌子，写上村庄的名字——为生养过的地方，插上一根标签。

村庄如同一条条船，历史的长河里，船行着行着，就消逝在地平线上，但两岸的风景还在。丢了村庄的人，在地头竖起牌子，聊以慰藉乡愁的隐痛。几辈子的人，生于斯，长于斯，突然村子没有了，根基也就没有了。一群失了根的年轻人，伫立在田头，任风吹皱乡愁……

乡愁是一粒种子，埋在泥土里，生根发芽后长出千丝万缕的藤，牵牵绊绊的；乡愁是村头的一棵老树、一栋老宅子，还有村头翘首期盼的老人家，我们叫他们老爸老妈！

一

这是一座有故事的村庄。很多年前，一户李姓人家，来这里扎下了根。然后，一生二，二生三，三生百……于是，一户人家就衍生为一座村庄！

背依土丘，面山而建，村庄冬季可以避北风，夏季南风盈门，村前几弯池塘，村边土地丰腴，视野开阔，是典型的江淮之间的村庄格局。

村头新树立的村简介上记录："寺后李村始于元末明初，为避战乱，李氏一家五口，流落巢县西北向凤凰寺西郊，披荆斩棘，筚路蓝缕，遂定居，后得名寺后李村。"根据复旦大学张靖华博士的研究，安徽中部的巢湖地区位于江淮之间，周边物产丰富，历来是兵家必争之地。宋元战争长期的拉锯战，导致巢湖及周边地区人口严重流失，千里无人烟，满目荒凉凄清。从 14 世纪开始，明朝政府开始了移民政策。依据这段历史，我更相信，我们的祖先就是在那个移民潮千万人中的一员，他们来到此处，不是为了躲避战乱，而是从事战后的重建。

祖辈人的口中，兴与废，都聚焦着故事的高潮。村东面的凤凰寺，是否招揽过凤凰？村西面的圆觉庵何时修建的，这些历史已经成了一本烂账，逐渐无人问津。曾经，它们也有过旺盛的烟火，从繁荣到摧毁，经过众生见证。如今，时代的殇，点点滴滴，遗落在废墟中长了青苔的断砖碎瓦上。那些支离破碎的记忆，已成残局，荒草掩映处，难寻一块完整的青砖。

村庄是一部散落的小说，每家每户都是其中一个章节。有的人家章节齐全，有的早已佚失，如同整捆的竹简，不小心遗失了几枚。

二

这是一座结满思念蛛网的村庄，每一句寒暄，每一声召唤，都饱含着村中人对离人的牵挂，还有离人对村庄的思念！

别后的思念，仿佛雨后的荒草，割了一茬又一茬。遇见东头巷子锁子的妈妈，她年岁已高，有时木讷地坐在大门口，有时站在村头路口的大榆树下张望，一望，就是一个下午。她面对的方向，是村庄通向外面世界唯一的大路。

大妈拉着我的手，央求我："给我家锁子打个电话，就说我想他了……"其实她儿子才回来不久。老人家记性不好，或者，对她这个年纪的人来说，转身就成思念。

中秋未到，我看见锁子的微信上，已经晒出村子旧貌换新颜的照片——他已经先我一步回到了村子。昨天，我从巷子经过，透过半掩的院门，看见大妈安详地坐在大门口的板凳上。

村子里的人都在等待，等待远方的归人。儿子一两岁时，留在村子里，给父母照看。每到周末，母亲就带着儿子，守候在路口，等待从巢湖回来的中巴车。每次中巴车在路口稍作停顿，他们就会惊喜不已，认定下车的必定是我。但那天终究没有等到我，儿子坐在路口不愿意回家，母亲强行把他抱回家，换来的是他满地地打滚放赖。每次提及此事，我都会泪流满面。

思念是舔舐骨髓的恶虫，无声无息地摧残着人的灵肉。在村子里转了一圈，遇见的几乎都是老人和孩子，还有为数不多回乡过节的中年人。留守的村庄，是一个等待的群体，等待逢年，等待过节，其实，就是为了迎来远在他乡的亲人；老老小小都把思念结成茧，一个电话、一条微信，这种抽丝剥茧的方式只是暂时止痛的镇静剂，不能根除思念的痼疾。

三

九月初，打算回村一趟。母亲却说，村村通公路正在拓宽，还要铺柏油，村头的大桥也在重修，车子开不进村，不方便回家。不放心母亲，每天晚上都要给母亲打个电话，母亲日日通报村里的新动态：新来了一群大学生，在巷子里的墙壁上写字、画画。我家的院墙刷白了，还在墙壁上画了传播文明、新风的图画……

乡愁犹如一把缠满丝线的木梭，穿梭在村头巷口，把乡情织补得密密匝匝。绕村一周，我又把村中五条巷落都游走一番，仿佛走着走着，就回到了从前。在梦里，村里的每一条巷子，我已经走过无数遍，儿时伙伴在梦里从未长大。故乡每家每户的门牌号码，还有村郊横横竖竖的田垄，以及田埂尽头的田地，仿佛尽在眼前。田地都有名儿，在父辈人的心里，叫一块地的名字，跟叫一个孩子的名字一样亲切，他们对每一块地土性的谙熟程度，不亚于对孩子习性的熟稔。村庄里撒豆成兵，小孩子一茬又一茬；村周围的田地也在孕育，收获的是一个季节、一个年成。

母亲正在院子里剥青豆，走到巷子里，觉得正对着巷子的厨房里，应该有一个慈祥的老奶奶，画面才丰富。于是趴在窗台上，呼唤老母亲："老妈，快来给我当模特！"母亲慌忙搁下手里的豆秸，赶紧跑过来。笑容里，我看见母亲的头上又白了一层霜……不知道从什么时候开始，母亲总是有求必应，她对我的依赖，如同儿时我对她的依恋。她已经乐意为我放下手中的活计了。

这是一个色彩斑斓的节气。橘树依旧碧绿一团，今年雨水丰盈，树上橘子结成了球，枝丫都快抻断了。每户庭院里都酝酿着一曲秋歌，橘红色的柿子高高地挑在树梢上，灯笼似的点亮了墙头瓦上。站在树下，大黄皮柿子酿出的甜香扑鼻，让我忍不住深吸一口气。石榴百籽象征多子多福，半数人家的院落中种了石榴树。石榴掩藏不住秋天的喜悦，半边枝头探出院墙，秋风乍起，树叶零落，稀疏的枝条中间，大大小小的石榴，铜铃一样在风中摇摆。有的石榴急不可耐地张开肚皮炫耀，暗红的不是果实，是诱惑。

母亲搬出一架木梯，给我摘石榴。我把她拽下来，这些爬高上梯的事情，怎能由她去做？石榴们尽量把自己高高挂起，认为这样保险，可我还是奋力用钩子把它们揪了下来。好在石榴枝有韧性，伤不了枝干。

院墙上几点白色的花朵很打眼，移梯近看，果然惊艳，白色的花瓣边沿如剪，丝丝缕缕地蜷曲着。根据栽种的位置，我推断应该是吊瓜花。母亲用树枝指着紫薇树上几个白绿相交的小葫芦告诉我：这就是吊瓜。吃了这么多年的吊瓜籽，还是第一次见到它的花，居然这么妖娆。母亲说，吊瓜成熟的时候也很好看，红葫芦一样。

我期待吊瓜红的时候，又是一派丰收景象！

四

这是一座优雅的村庄。

村西头有一对并蒂树，一株槐树，一株铁榆，两棵树根与根相连，干与干并肩，枝与枝交错，成了村中一道风景。铁榆清秀婀娜，近旁的槐树枝干虬曲，它们竟然在众目睽睽下卿卿我我，就连不太浪漫的乡下人都看不过眼了，直接叫它们"槐抱榆"。老辈人区分榆树的方法最直白——不肯长的，但木质坚实如铁的，就叫它"铁榆"；铆足劲长的，可木质松软不实在的，就叫作"泡榆"。

我问晓刚的父亲，这两棵树大约多少年了？这位与榆槐相伴七十多年的老人，仰头看了看树梢，沉思片刻，做了最保守的估计："我们小的时候，这两棵树就老大的了，算起来，起码有一百多年了！"

在另一条巷子邂逅村长，与他寒暄几句，就询问巷左那棵大树多少年了。二爷手一划，一脸不屑："别看这棵树枝繁叶茂的，其实也只有三四十年的光景。这棵是泡榆，村西头那棵是铁榆，有一百多年了。前段时间，他们说要卖，那棵树怎么能卖？真的需要钱，我们从山上林木里出点钱给他家都行，但树不能卖！"村长是见过世面的，他知道一棵老树活着的价值。

古树是衡量村庄年龄最好的尺度。树上是鸟的乐园，树顶上有好几个鸟巢，掏鸟蛋的孩子们长大了，外出打工了，鸟儿知道危险不在，就肆无忌惮地筑巢垒窝。老树的虬枝上，缠满丝瓜藤，十多个老丝瓜点缀其间，树不再寂寞了。

村里的老人逐渐老去，有的，衰老得我差点没认出来；有的，则老得连我都不认识了。休闲健身广场上，几个孩子正在玩跷跷板，我不知道是谁家的孩子，他们也不认识我，笑眯眯地问我："你是哪个啊？"一个四五岁的小男孩，怯生生地指着我的单反问："你拿摄像机干什么啊？"我将错就错，逗他："拍摄你们啊！"我让他们继续刚才的游戏，小孩子们非常配合，认真而卖力地在跷跷板上翘起、落下，落下又翘起……

文化注入村庄，村庄就有了脊梁，能挺直腰杆。古朴的村庄，与文化新风结合到一起，村庄骤显年轻。环村路宽敞洁净，环境优雅，村舍俨然，整洁有序。乡村最大的变化是改水、改厕，垃圾集中清理，拉近了村庄与城市的距离。路灯也点亮了夜晚的村庄。在微信里晒了几张新拍的照片，外地的朋友居然以为是景区图片！心里有一丝小快意——在我眼里，村中处处都是风景！

本来是想晒晒村子的新照，让客居他乡的村人们解乡愁，没想到这些照片成了惊澜石，激起他们的乡愁。两三天的时间，村微信群中人数陡增，很快突破了三位数，群动态也异常活跃。我潜伏在群里默不作声，听他们诉说越叙越浓的乡情。

回望我的村庄，那个盛满乡愁的墟落，原谅我不小心打翻了乡愁，让更多的乡人惹上了相思！

东庵四章

东庵森林公园距离市区约莫七公里，我这样喜欢安静的人，是那里的常客。记不清去过多少次，每次的感受不同，都如同第一次步入其中。公园景色随时节变化，四时之景不同，阴晴风物各异，春色明艳，夏意幽邃，秋时缤纷，冬日温婉……

春色清浅

初春时节，树叶初萌，稀疏的阳光洒在石阶上。幽径不寂寞，有山花做伴。林木秀颀，行列整齐，林间百鸟乱鸣，不见鸟影，但闻鸣声嘤嘤成韵。

东庵森林公园的春色似乎与别处不太一样，一时间又寻不出恰当的词语来概括，来来去去好几次，与别处的春色反复比较后，得出结论：这里的春色清浅。春季用得最泛滥的一个词是"花红柳绿"。这里的春天少了几许姹紫嫣红，虽然也是处处山花，却没有娇艳奢华的颜色。

刻叶紫堇叶子似菊花，开紫色小花，一串一串的；石阶两侧是鸢尾，开的也是浅紫色的花；紫花地丁与别处的有点不同，这里的紫花地丁叶片肥硕，且色彩鲜绿，乍一看，居然没有认出来。

林深不知处，走得疲惫时，阶旁一石桌，四个石凳，正好坐下休息。这是设计者的匠心。接近山顶处，台阶两旁一大片开白花的荆棘。倘使零星的几朵，就不太醒目，但一大片满是的，格外扎眼。开单瓣白色的花朵，一簇连着一簇，把山野装点成花园。山上野山莓多，但这样成片生长，还是第一次见到。我们来得不当时，野山莓才开花，等到果实成熟，大约还有一两个月，不知道下次再来，是否能采到红澄澄的野山莓。

借助"形色"软件，我对山林中的花草——"形色"，让它们尽显本来面目。"夏天无"开粉红豆荚状花朵，活血通络，行气止痛，还能用于中风偏瘫；三叶委陵菜，根或全草都可入药，能清热解毒、止痛止血，对金黄色葡萄球菌有抑制作用；堇菜全草供药用，可清热解毒，也可治节疮、肿毒等症；丝穗金粟兰，四片椭圆的叶片中间，开白色丝状花朵……真是山中无闲草，每一株山草，都是一枚隐形的金子。

松林和竹林间，时常能看见兰花似的植物，起初，我以为就是兰草，通过"形色"软件，才发现这种林间植物，还有个祥瑞的名字——吉祥草！

林间花树，繁华盛开，也是淡淡的粉色；青松苍翠，竹林翁葱。冷色调的春天，让这个森林公园呈现出几分高冷的气质。

妖娆秋色

东庵森林里的秋，最具格调。东庵森林公园最大的财富，应该是这些古树，随处一棵大树，就需两人合抱，才能丈量出它的腰围。

秋天的山林，犹如一幅色彩饱满的油画，深绿叠着浅绿，橙红间隔着浅黄，一抹深紫，一丛苍绿。秋天的养心池，最能体现森林公园的特色。蓝天白云、山形树影倒映池水中。纯蓝的池水中，白云飘忽，丛林沿池岸上下对称。池水斑斓，更增添了山色的绚烂。

秋天的森林公园，落叶也是景，古铜色的落叶，随意地铺满山间幽径，无论从哪个角度，都能拍出一幅精致的图片。

圆通寺前，有两棵奇树，一棵是有六百多岁的古桂花王，一株是隐天蔽日的古银杏树。深秋的银杏，绽放出最灿烂的奢华，树上、树下，都是金黄色的银杏叶。最初就是一张深秋落叶的照片，打动了我们，很多人按图索骥，找到东庵森林公园，找到这棵老银杏树。

雪 未 央

冬日的东庵森林公园，也是日照高林晴方好，山色空蒙雪亦奇。

冬末，阳光普照，犹如小阳春。一位南京的朋友回巢湖，小聚之后，朋友说既定的行程是去东庵森林公园的，于是众人响应，带着水果、点心，途中还特意在路边的小店里买了几副扑克。

从养心池直接往里走，林中针状、片状落叶如絮，厚厚地铺了一层，后悔没有带一个大袋子来，这落叶是栽花最好的辅料。

穿过竹林，崎岖的山道旁是高耸的乔木，有的删繁就简，早就落了叶子，成光杆司令；有的长青的叶子，成了冬日里的风采。不知名的鸟儿在枝头轻吟低唱。阳光从稀疏的乔木梢头照进林间，形成五彩的晕圈，拍出的照片，好像加了特效。

半山腰的一处石凳、石桌正好供人休憩，喜爱打牌的人就围成一桌，不打牌的嗑着瓜子，吃着零食，好不惬意。虽是冬季，阳光煦暖，来来往往的游客看到我们，都跷着大拇指称赞我们"会找地方"，不是会找地方，公园里处处都是好地方！

还有一次小雪过后，城里、田野里没有留下一点雪的痕迹，我疑心是天气预报的误报。陪同一位外地的摄影朋友去东庵森林公园采风。车子沿着山路一直往里开，我被山间雪色惊呆了。

站在丫头山山巅，回望银屏山脉，绵延高耸的山尖，全都是白雪，沿途的松树上也是雪色正浓——好大的雪！

或许，雪并不大，正如预报的那样，只是小雪。山林清冷，远离人烟，雪落下来，就留存下来。看来，雪也是喜欢清静的。

雨打翠竹

　　脑海里，印象最深的竹海印象，是《卧虎藏龙》中的竹林飞鹤的镜头，慕容白与玉娇龙立于竹梢飞跃、打斗，轻盈如飞鹤，素白点缀着翠绿，成了我心目中竹海的经典画面。每逢看到大片的竹林，我总觉得少了点什么，缺的是竹梢上的剑客，还是竹叶上的白鹤，无从知晓。

　　雨中没有登临过东庵森林公园，不知道雨打竹林会有怎样的回响，"沙沙沙"如蚕食桑叶，还是玲玲玑玑如鸣佩环？思量不得，就成了我的憧憬。

　　最想做的一件事，就是在夏日的雨中，穿一件素净的白汉服，撑一支水蓝色的油纸伞，独自徜徉在竹海深处的幽径上，或行，或驻，仰头看竹外苍天，山鸟从林梢划过；抑或低头听雨，做寂静的林中客，都是我心头的向往……

涂山石语

若要叩问一座村庄的年龄，不如去拜访村中老树。树的年轮，刻写着历史的印记。倘使要探究一座山的古远，不妨与山中隐石交谈。沐风栉雨，山石最有资格诠释沧桑巨变！

从司集镇天禹岭下的小衖，取道涂山大洼，我们追寻着伍子胥当年逃亡的路线，去采集与涂山有关的讯息。涂山文化研究会会长程仲平先生今天客串首席导游，为我们一路解说，探寻涂山渊源。

走进大洼，群山环抱，圈起一座天然的大水库。无须筑坝，山是大自然赐予的堤埂。山高水长，山与山的距离就是水的容量。河道两边土黄色的石块参差壁立，水迹如锈，刻录下历年的水位。虽是冬季，水位枯竭，不见夏水襄陵的浩渺水势。不过，沿途经过的大衖水库，弥补了这一缺憾：碧水蜿蜒，水从山转；泱泱静水，深沉如山中翠璧。想不到崇山之间，竟隐着这一脉好水。青山依依，车行水畔，宛如游走在一幅立体的风情画轴中。

早春二月，浅草在乱石的缝隙中，懵懂。二月的涂山兰，娇羞地在草芥间绽露娇粉。沿着山洼，深一脚，浅一脚，一路逆风而行。追随着伍子胥的传说故事，仿佛穿梭于时光隧道，置身久远的春秋古国。

藤蔓蒙络，遮不住碎片白石。渐渐地，我看明白了，山石铺排淤塞的地方，就是山间水道。山洪流淌，撕扯掉草坡，冲走林木，但石头匍匐在地上，以最低微的姿态，躲过了一劫又一劫……水道将山体撕开无数道伤痕，有的已经逐渐愈合，草木复苏；有的还是白骨累累——白石累聚在伤口处，犹如洒在裂痕上的盐粒。

伍子胥一路仓皇逃遁，耳畔声音嘈杂，是风声，还是追赶声，如羊、象齐鸣。我想，恐怕是他身处绝境，所以草木皆兵，才会如此"洋相百出"。灌木丛中，经程老师的指点，我们终于发现两块两米左右的兽状巨石，蹲伏依傍，一只像羊，一头似象！

接近山顶处的山坡上，丛石蜿蜒，石头上水一样丝滑的纹理，如同铺着锦缎的石床。相传，伍子胥饥渴劳顿，躺在启母床上就昏昏睡去。恰在此时，追兵雷动，惊起周围群兽，群兽林立，恰好掩藏住睡梦中的伍子胥，使他免于劫难。斯人已去，山坡上的顽石，犹如一群群躲藏在蒿草丛中的小兽，向天而吼。

方晗老师说，山上的草木都想开口说话了。何止草木，石头也想尽吐真言——倾诉它的来世今生！我在风中侧耳倾听，凝听它们呼告的天语——风不止，群兽顽逆，个个瞋目掩唇，作"欲辩已忘言"的娇憨状！群响顿弭，唯有上古的风，肆无忌惮地吹拂着……

山行五六里，登上天禹岭。仙人的足迹，烙印在巨石上。脚踩仙迹，振臂一挥，对面的马鞍山似乎瞬间切近，仿佛奔马侧立，随时恭候策马扬鞭……仙踪就此消失在天禹岭。

天禹岭西侧，我意外地发现几丛开花的石头，巨石掩映在草丛中，上面点缀大小不一的石花。我想，这么沉重的花瓣，盛开需要的时间，当是以万计数——一万年孕蕾，一万年蓄朵，一万年绽开……

回望天禹岭，山间片状的石块格外醒目。宛如凋落的花瓣，随着山风，飘洒成漫山遍野的上古遗迹。不知道上古时代的涂山，是何等峻峭挺拔。现在已经无法目测它当年的真实高度。时光的河道中，草木会凋腐糜烂，泥沙也会被犀利的山风或者奔涌的山洪冲刷进山脚下的河道。但山石不会苟且，它们在流逝的时光里沉淀，上古时代的久远，估计只有这些长眠在草芥、泥土之间的石头能为之做证了。

石头阵原本是一座最富山野特色的村落，墙壁用片状石头垒砌而成。但因太过偏僻，村中人相继舍弃石头房子，搬到交通便利的地方。如今，村里只剩下三个人，一对夫妇，还有一个单身汉，他们沿袭传统的养殖方式，养猪、放羊，农耕，生息。

墙壁是石头垒砌的，沟渠是石头垒砌的，但凡与生民有关的，都是石头构架起的框架。每个地方建造房屋的方式和材料，都隐射了当地的自然资源。涂山片状山石随处皆是，为当地的石屋提供了充足的材料。

这些石块太神奇了，大小不同、厚薄各异的石片交织错落，累加成一堵坚实的墙。除门窗处辅以水泥石灰，其余墙体石块之间似乎并无填充之物，却能坚挺，固执一方。外墙壁石块分明，却出奇的平，宛如刀切。墙里以石灰粉刷，这样的房屋，估计是有年头了。我的贸然闯入，并未给房中老人多少惊奇，他仿佛已经习惯了我这样的莽撞过客，询问老人，房屋至少三四十年了。轻轻抚摸，在我的眼中，石墙并不粗糙，也非只是石壁，而是一道精湛的工艺。不敢想象，每一块石头，在工匠的手中，经过怎样周详的把玩和端详，最终才安放在最恰当合适的地方。

石头阵那对夫妇，也颇具传奇色彩。他们本是表兄妹，男人的父母死后，他成了孤儿，独自一人，花费十年光阴，从山里搬来石头，垒砌房屋。新厦落成后，女子舍弃了嫁入城镇的机会，嫁给了家徒四壁的他。原因很简单，"我不嫁给他，他就要成光棍了，他这一脉就绝后了"。《吕氏春秋》曰："禹年三十未娶，行涂山，恐时暮失制，乃娶涂山女。"看似八竿子沾不到边的两桩婚事，却有着异曲同工之效。无须山盟海誓，生养繁衍的重任，比爱情的甜言蜜语，更加厚重质朴。料想石头村那对夫妇的子孙，也不愿意留守在这座石头部落里了。或许，他们就是石头部落最后的酋长。

一路山行，只顾着赶路，唯恐落后被追兵赶上。一不小心撞上一枝横柯，生理性地避让——低头的刹那，意外地发现脚下一块造型奇特的山石。石有缘，是它牵住了我。山上的大大小小的石头，兀自特立，有的是乳白色的，有的青灰色，石头上嵌着紫色的花纹，形如祥云。一路寻找，下山时，我的收获比别人多了一大袋造型奇特的涂山石。谢绝文友们的帮助，我一路捧到山下，心爱之物，一点不觉得累赘。

回到家中，第一件事就是把带回的奇石敷以蒲草，做成盆景，浓缩成微型的小涂山。每天给盆景浇水，仿佛又神游一回涂山！

莲　界

　　青岛世园会莲花馆里的七宝池壁上有一枚硕大鲜红的印章，印章上刻篆书"莲界"二字。此处果然是莲的世界，且不说馆外形远观酷似盛开的莲花，就是馆内收藏的镇馆三宝——重约3吨的金箔檀香木雕《妙法莲华经》、珍稀沉香木雕展品《花开见佛》，还有两亿七千万年前的巨型完整海百合古化石，无不与莲相关。还有大厅迎面的"莲"字墙、手书的《爱莲说》墨宝，以及馆内陈列的名画、陶瓷、雕塑，以及科技影像……浓烈的莲文化气息扑面而来，空气中都弥漫着淡淡的荷香。

　　馆外一湾又一湾丈许的圆形清池中，蓄养着各种莲花，有的与莲叶一齐高高举出水面，像是要比翼齐飞；有的安逸地浮在水面上，凌波若仙。花形花色也各异，红莲是父爱之花，花开灼灼，代表着勇敢、坚强；碧莲青青，却怀热闹、荣华剥离后的淡薄洒脱之心；紫色的莲花时时氤氲在淡淡的忧伤里；还有纯真素雅的粉色、安详稳重的蓝色、淡雅古朴的墨色……这是莲的世界，真让人大开眼界！

　　我被荷花馆里的禅意感染，回程中，脑海挥之不去的是"莲界"二字。直白地来看是莲花的世界，又可以上升为莲花的境界。

　　这世界上，倘使问人爱不爱莲花，回答几乎都是肯定。爱莲之高洁者大有人在，就算鄙俗之人，也落得口福，爱莲藕甜脆，爱莲子美味。荷花馆的科普宣传中就有莲花宴，就连花粉、花瓣、莲梗也可入菜。我到底爱莲哪桩，竟没给自己一个圆满的答案。

某日，读一美文《心如简》，字字句句如微雨甘霖，渗入心脾。素心如此简洁，但凡有简洁心，突然顿悟，莲最高的境界也在于此——简单、简洁，没有茂密的枝叶，一柄，一叶，一花，一茎……

　　从花市上买了几根睡莲，还特意买了一只口径有四十厘米的广口青花陶瓷缸，培栽的泥土也是郊区的田地里挖来的肥沃的黑土。春暖花开时，莲藕萌发，绛红色的尖尖小荷，终于在水面绽开。担心缸里的水久了，受了污染，影响睡莲生长，每隔一段时间，我都把缸里陈水舀出，再注入新鲜的自来水。真的有心栽花花不发，别人家的睡莲已经花开几朵，我的睡莲却叶茎稀疏，花骨朵更是难得一见。

　　请教行家，才知道莲藕有自我净化的能力，不需要换水，缸里的水也不会腐臭。换水太殷勤，反倒动了根茎。尤其重要的是，在阳台上的睡莲，缺少阳光照耀，病恹恹的。于是将睡莲移到屋檐下，阳光充分，果然叶脉丰润，生机盎然。

　　不要看莲花清高，其实也简单，给她一点阳光就灿烂，对生活，她没有太高的要求。

　　文友在台湾磨盘大莲池赏荷时，拍摄了很多各种莲花的图片。各色莲花，粉的，红的，点点如星星点缀着秀成堆的莲叶，我也沉浸在一望无际的荷塘风光中，仿佛嗅到莲叶的清香，还有扑鼻的莲花浓香。她的视觉不止于满池荷花，荷边近邻，开着小白花的空心莲，被她称为"浮命草"的浮萍，还有结了果的红秋葵，以及纷纷杂杂绒嘟嘟的毛毛草。虽然出淤泥而不染，但莲花对她身边的近邻，却不挑三拣四。有悦纳之心，更显出她的高贵。

　　人的最高境界，佛学中所谓"空"，即看淡，看开。莲界，也如此，唯简单。

水润天堂寨

一

喜欢朝山谒水，去的地方多了，自有一番心得。

林壑秀美，看点莫过于飞瀑悬泉、奇石古树。当然，水木泉石的搭配点缀，也是颇为讲究。山石灵动，俊逸如飞来之客，笨拙似憨态石兽，无疑是山色的点睛之笔。不仅于此，即便山中草木，也会给山润色几分。

水是不可或缺的，但凡看山，离了水，顿失了仙气——雾气迷茫，泉水涔涔，清涧瀑布，茅舍补山，竹林掩映，飘逸玄妙，亦真亦幻，才是神仙隐居的处所！

未入寨门，就被一股豪气震慑。古色古香的木质山门很接地气，古朴优雅，又隐约透着几分山野霸气。大门楼上，左右、中间，共有三座瞭望亭，如同三把交椅，坐实了山寨的威严。门楼之上，风动旌旗，仿佛在招揽天下豪杰。一进山门，我们这一行人，也成了朝拜山林的英雄好汉。

天堂寨山石泉水、云松瀑雾，巧夺天工，四季景象变幻，宛若人间"天堂"，因之得名"天堂寨"。山势高峻，常有闲云萦绕，故古称"多云山"。是华东最后一片原始森林，最高的白马尖主峰是江淮分水岭。山中大小瀑布百余，且落差大，蔚为壮观。

二

一场四月的春雨，把天堂寨洗刷得清灵润泽。一泓浅浅的清泉，一尺来宽，环绕山脚，舒缓地流淌着。水渠没有落差，浅水也能静无声。倘使不是去欣赏山崖边的映山红，必定会错过碧水环山的娴静。水尤清冽，靠近，有一股清凉的水气扑面而来。

相比之下，白马大峡谷的流水就喧嚣得多了。缘溪而行，走到哪里都有水声。上善若水任方圆，瀑布直挂深潭，沉闷如战鼓雷霆；清流石间跳跃，清越如弦上乐音；而或纤细仿佛游丝微岚，而或恢宏犹如气吞河山。水声、水势，都是由山形决定的。懂山的人，听泉声，便可知山势。

有的瀑布细如线，如丝如缕，轻飘飘地笼在裸露的岩壁上，飘带似的，真担心风一吹，水线就飘走了；有的岩面静水漫流，山石犹如穿着一件透明水衣，石上青苔，经脉清晰；有的翘崖荫护，岩下水滴汇聚，从悬空的石头，又落到地上的山石上，算不算一场因果轮回？

归途中，团队中一位摄影家和一位作家较上劲了：一位说九影瀑布好看，另一位说泻玉瀑布更有特色。他们要我做个评断，可把我难住了，九影瀑布落差大，瀑布直注入深潭；泻玉瀑布水帘宽，瀑布挂在绝壁上，瀑岩上下连成一个整体，瀑布流下，飞泻到土黄色的古老的变质岩上，层次分明。我也分不出伯仲……

白马大峡谷中，河道上裸露的白石，大大小小，错落有致，河道中湍流激越。白马大峡谷，是淮河的主要源头之一，更是省会合肥的水源地。沿溪而下，为了游客行走方便，一条弯弯曲曲的栈道，随着大峡谷宛转。

山像浸在水里，如同天地之间的巨大盆景。

三

人间四月，山中却是另一重天。随着海拔增高，山下树木葱茏，山腰仍然枯木丛生，她们的春天还早。有些灌木才开始萌芽，远远看去，我还以为是荆棘开的花。

山下树叶葱茏，再往上走，参天的古木，就难得一见了。灌木丛生，即便是乔木，也不过胳膊粗细，不见一片绿叶。人间已是四月天，这里还停留在残冬里。虽然不能目测现在攀登的海拔高度，但凭借栈道边植被的特点，就可以判断出。

山，又上了一个层次。

栈道上一株千年的板栗树，树干粗壮，两个人合抱也难以抱拢。千年古树，经历过多少风霜雨露，靠近栈道的一侧，树皮脱落，裸露出灰白色的木质。我让同行的文友也与古树合影，他一笑置之。估计他以为老树已经枯死了，听说与枯树合影是不吉利的。只是，这株树其实是活着的，它满腔的活力，只等待迟到的春天来唤醒。

浑身树瘤，每一个树瘤都代表它经历过的沧桑。龟裂的树皮上，青苔绿茵茵的。树是活着的，它在静候晚来的春。

不只是它，就连山腰原始森林里倾颓的、浑身长满青苔的古树，也是活的。纵使它长不出绿叶，却可以培育出木耳、树茸、苔藓。生命，换成另一种形式来展现。

江西萍乡一位常常进深山采草药的朋友说过，当地人都说千百年的树不要砍。老一辈更是如此，说谁家对千年古树动刀，结果会很可怕，要得恶疾，暴病而亡。

开始他不信，觉得是迷信，后来，进深山经历过很多事情，也就慢慢信了。《三生三世十里桃花》里的夜华虽贵为天族太子，取仙草灵芝也得自断手臂，何况是凡人。

174

四

抬头看一棵参天大树的时候，你有没有想过，要去低头看看脚下的根系？如果说，仰望会让你心生崇敬，那么低头呢？是不是震惊和感动？

根，乃本也！树冠所有的雄壮伟岸都来源于根的依托。据说，树冠有多大，树根就有多大。

根，是最令人感动的。一颗种子，不小心落在岩石上，悄悄萌了芽，要把后面的故事演绎下去，就需要有强大的根系。眼前，一株矗立在崚嶒峭壁上的松树，把生命用根的形式延展着。黝黑遒劲的根茎，手腕粗细，裸露在巨石上，仿佛探寻生命的触手，在坚硬的岩石上摸索、蜿蜒，直到环绕过巨大的岩石，将根茎深深地扎进土壤。我在这些巨大的根茎面前静默良久，不知道是慨叹还是愰惜。

好的草药不是寻常的山林就可一见的。深山才有灵药，但有好草药的地方，就有毒蛇，原来好草药喜欢阴凉处，毒蛇也喜欢。那位采草药的朋友，就在黄精丛生的地方，碰到一条五步蛇。

大别山的厚重，从它普生的草药就可窥豹一斑。湘南星随处可见，想采一株回去栽种。湘南星的根扎得很深。浮土疏松，手掏一掏就能去掉周围的腐叶黑土，露出葱白一样的根茎，拨来拨去，白茎都有七八寸了，还不见须根，不敢硬拔，怕拔不出来须根，回去也栽不活。

同行的人问我："这是什么花？"

"不是花，是草药，湘南星！"最显著的特征，就是有形似眼镜蛇头的扁扁的绿花，远望，犹如一条翘首的眼镜蛇。

五

"岩石古寨插云间，吴楚东南第一关"，雄关漫道、峻岭崇山，绵延于南京和武汉正中间的大别山，具有重要的军事价值，也是刘邓大军挺进大别山的地理前提。南宋末年，文天祥抗元，多云山义民响应，遂建天堂寨。历代反抗压迫的民众，依托大别山天险，会聚天堂寨。新民主主义革命时期，大别山成为革命的摇篮。金寨，是全国排名第二的将军县，单是开国将军就有五十九位。

旅行途中，很多学校、医院等公共设施上，都悬挂着醒目的共建标志。我想起吴湾，还有那条通向红色旅游景点鹏程寺的共建路。2016 年，为响应精准扶贫、产业扶贫的号召，贯彻民建省委"同心工程"的部署，我们民建合肥市委员会筹集资金 101 万元，作为吴湾村的道路、游客中心等基础设施建设的首批资金。

水利万物而不争。老区的百姓，曾经的沧海，当年共载过工农红军的船，扬过刘邓大军的帆。该是回报水的时候了，金寨的水不能枯竭，千年的古木需要水的养护，大山丘壑需要水的润泽。

水盈、树茂、草葱茏，山才更丰满！

烟雨蒙蒙洪家疃

约期早就定下了。因为一篇文章,《一座古村落的风水元素》在"邻里巢湖"微电台播送,雪妮姐为了这篇稿子颇费心思:从朗诵配乐,到对文本的解读、感情基调的处理,还有读后感悟,处处"精耕细作"。凝听她温婉醇厚的诵读,我居然沉浸在自己的文字中。陶醉的不止我一人,朗读者的情感也在文章中起起伏伏。她说,特别想零距离地去看看那里的山峰、那里的水塘、那里的黄六师范、那里的张治中故居。洪家疃,成了我们共同的期盼!

黄六幼儿园的藏园长与我们都是有缘人,在她的热心撮合下,雪妮姐的洪家疃之行便约定在周末。

天不遂人愿,上午天气阴沉,却没有大雨倾盆的迹象。吃过午饭,天就开始不太给力了。雨越下越大,兴致被浇灭了一半。如同燃着火焰的柴火,被瓢泼大雨浇灭了火焰,只剩下柴火心里还是热的。担心雨大,旅途不安全,老天似乎与我们逗乐,准备放弃时,雨势骤小。酝酿已久的行程,每个人的激情都搭在满弓上,成了不回头的箭。

雨时密时疏,快到洪家疃时,竟是风驰雨骤,仿佛在考验我们的诚心。把车泊在靠近张治中故居的停车场上,大雨滂沱,地上积水漫流,古村素染,宛如浸在水晶宫中。下车到故居不过二十米,阑风长雨,一阵紧似一阵,顷刻衣袂尽湿。

进大门,入客厅,天井是个过渡。倘使是晴天,绝对体会不到天井的内涵。有一拨游客，因为无伞，无法穿越天井的飞瀑，被阻隔在门厅里。

撑着伞，跨过天井，雨瀑打得雨伞东倒西歪。我们被一把大雨堵在张治中故居里，天井像个漏斗，汇集四面屋面的雨水，流进天井院落，银河倾泻，犹如白花花的银锭。只有此时，才能读懂天井的真谛——聚财！水利万物，从这个层面上来看，水，就是一种财富。

伊人依着木质的格子门，看天井落珠如帘。青灰色的蝴蝶瓦俯仰交叠，脉络有致。暴雨肆虐，击打着黛瓦，瓦上雨烟阵阵，屋舍在青烟中模糊了轮廓。几个人对着天井拍照，顿觉万分荣幸，恐怕一流的摄影师，无缘于此景，也拍不出天井的真味。

江淮之间的建筑特色，是简化了的徽派风格。洪家疃的民居也不是典型的徽派建筑，青墙瓦舍，没有高大的马头墙，也没有小楼高阁，只有飞檐高挑，略微捎带了几许徽韵。

青砖纵横交错，垒砌的清水墙，白石灰勾缝，不仅强化墙体，也让整堵墙格致顿生，气韵非凡。勾缝灰浆饱满，砖缝规范美观，粗放中见精细。每层横线都在同一条直线上，竖线有青砖间隔，形成极有规则的传统中式图案。

雨后的古村如洗，蘸满雨水的树叶，时不时在风里摇曳出大雨的记忆。深巷里的泥墙，半截身子都是湿的，让人不敢靠近，怕它突然有了闪失。一方小院，小瓦扎成的院墙，一人多高，一棵冬青分成四个杈，一弯虬枝倚墙探出，似乎要与篱下的金边黄杨一比婀娜。

一丛丰腴的苦竹，长成一面围墙，密不透风。竹叶堆成簇新的翠色，水洗后的绿，格外灵秀。周围的空气，都弥漫着生机勃勃的绿。微风拂过潇碧，也是绿色的了。

洪老先生家门口，一只被雨淋湿了的半大白狗，正是英雄气壮的年龄。见了陌生人，拉开阵势，想吠几声，发泄被雨淋湿的怒气。

无奈主人不在身边助势，往返辗转几次，终究将怨气压在舌根下，闷闷地吼了几声，见无人理会，只好识趣地摇摇尾巴，算是给自己找了个台阶。

雨中洪家疃，别具风情。突然想起，暴雨倾倒处，正是巷落花水丰盈时，九条巷子的雨水，奔涌汇聚到村前的清水塘，不正是九条白龙在攒珠吗？光顾着避雨，我错过了一张绝佳的九龙攒珠图，成了此行唯一的缺憾。有缺憾，就有牵挂，说不定何时，我还会趁着雨势而来。

青石板湿漉漉的，古村微润。有伊人做伴，闲游古村数次，两不厌，那村，那巷，那树，那古井，总有牵挂，看不够，晴天雨后……

书香古镇——黄麓

一

　　这条老街已经几十年没有走过了。记忆中的老街狭长幽深，古旧有范。千踩万踏，锃亮的青石板泛着幽幽的蓝靛色，贯穿老街，如同记录小镇往事的胶片，可惜现在不知所踪。沿街的门前最打眼的当属街北头，酱坊店和茶馆隔街相望，都是顾客盈门的热闹店铺。

　　早先的门面，用的是一尺来宽的长门板，为了彼此严丝合缝，在门板上标注 1、2、3……小镇是个露水集，做生意的要赶早依序从门槽中抽出门板，开始一天的活计。在这里真正体现了"一日之计在于晨"的真谛，即便是冬季，过了晌午街上也少有顾客。

　　木制阁楼临街的小窗，大多数时间都是敞开的，偶尔有衣着讲究的街上女人探出窗口晾晒衣物，即便是风韵犹存的中年妇女，路上的行人也会忍不住抬头张望，更别说是二八豆蔻了。对儿时的我来说，老街犹如小上海，繁华，新潮。

　　百年古镇最初叫路边张，是张姓村民聚居的村庄，因为不满当时长原集市人的欺行霸市，索性自立门户，在自家门口兴建集市。因为买卖公平，商贾趋之若鹜。此长彼消，黄麓的兴起，也是长原街市衰落的过程。黄麓一词出现较晚，源于 1929 年张治中先生的"试验乡计划"。

《黄麓志》中也有黄麓集镇兴起的记载，只是关于桐荫一名的由来，解释太过牵强。桐叶封弟似乎与桐荫沾了一点边，但周成王分封给叔虞的唐国在黄河、汾河东边，与黄麓八竿子打不着边。

桐荫的左邻是焢炀，字典中"焢"注释只有焢炀地名，对于这样的专有名词，肯定大有来头。仔细权衡焢炀、桐荫，是否有关阴阳？古以山南水北为阳，山北水南为阴。从地理位置分析，焢炀位居地图右上方，为北；桐荫处于左下方，为南。两地之间倘使有条叫"桐"的河流纵横，一切就迎刃而解了。咨询当地同人，果不出所料，有条河流称之为"桐河"，溯流而上还找到它的发祥地——肥东桐山之麓，流经桐荫，与杨河汇集于焢炀。

焢炀人常年苦于两条河的水患，想从名字上做文章，以"火"代"木"更换偏旁，希冀以火克水。桐阴人也不喜欢这个阴字，觉得不吉利，于是加了草字头，便成了桐荫，或许也是希望得到桐河更多的荫护吧。

二

"绿树村边合，青山郭外斜。"五座山峦向心环抱，当地人称"黄山怀"，洪家疃躺在黄山怀里，能不温暖？村北的团山，犹如一尊胖弥勒，两旁山峰是村人所说的左猛狮右白象，温顺地环绕弥勒膝下，这难道是大肚能容的魅力？"横看成岭侧成峰"，从清水塘水口处回望众山，起伏的山峦竟呈半只巨无霸葫芦状倒扣村后，塘中清水荡漾，青山倒影正好与山合成完整的葫芦，葫芦口正对村舍。葫芦是人们喜闻乐见的吉祥宝物，形态优美，线条柔和灵动，又有"福禄"的谐音，自古以来是招财纳福的吉祥物。有宝葫芦做靠山蟠聚灵气，洪疃村福祉绵长是自然的了。

从西黄山俯视村庄，村庄呈船形，两头翘起，仿佛航船在清水塘上乘风破浪。为了洪家疃这条航船能稳固航行，祖先们特意邀请一家毛姓外来户进驻村中间。为的是有"毛"（锚）扎根，船行四平八稳。

听说李鸿章也曾慕名团山的好风水，村里人担心李家汲取团山灵气，功盖了洪氏子孙，于是悄悄买通风水先生。风水先生得了人家好处，自然不能让团山成为李家的陵园。他告诉李鸿章："以此地为陵寝，子孙每代出个能和尚！"再能的和尚毕竟还是和尚，此言果然让李中堂却步。

三

真正意义上的风水，不是因为太过深奥而玄化，也不只是热情的崇拜或信仰，而是明白宇宙生命道理的前提下，合乎情理地营造具有生息功能的"太极圈"。我理解的风水，最初的含义是有关生命的元素，也是与文化有关的元素。只是诧异，古人有何等天分，早在古远就能敏锐洞察出风对生命内在的驱动？

如果把风水回归到原初的层面上，就不难理解洪家疃古宅的大门堂总有一角稍稍内倾。当地有"顺水坟山逆水门"的说法，大门朝向微微向上仰，如同张开的口袋，开门纳气，财气运气，随元运而转和。

水在当地生民看来是生命的滋养，如同白花花的银两。村中徽派宅院都有天井，有招财纳福的含义。当地人有肥水不落外人田的说法，这或许就是九龙攒珠村落布局形成的原因吧。古代水利设施陋乏，饮用灌溉之水基本来于天赐。如何规划储蓄好雨水，村庄的建筑结构能起到主导作用。当地村庄前一般都有当家塘，村人淘米洗菜、捣衣灌溉，都仰仗一塘好水。

走进世外桃源，给人的感觉是古雅幽静。小巷幽深，岁月风霜把墙壁的石灰一点点剥离，墙群处青砖裸露，上半部粉刷的石灰逐渐混浊，蜕变成驳杂的土黄色，沉淀为屋舍斑驳的年轮。小巷的名字很有特色，"缩头巷"，不解其中奥秘。探头向前看，古巷尽头居然是一户人家。此路不通，大约"缩头巷"是告诫像我这样的外地人。

每逢大雨，巷落中聚集的花水顺流而下，宛如游龙汇注村前皓白如珠的清水塘，俨然一幅九龙戏珠图！今有文字解说，九龙攒珠中的"珠"乃是雨水珠。探究于村中老人，他们否认了这种说法。倘使果真解释为雨水珠，缺失了当家塘的显赫地位，航拍时就难见到九龙戏珠的浩大场面了。

九龙攒聚明珠，是众多巷落和清水池塘雨水相连的完美神韵！

四

能衡量一个村庄年龄的，莫过于村中的古井和老树。

一眼老井，跟随它的第一任主人姓了庄，能在六百多年的岁月中得以保全，本身就是一个奇迹。一整块汉白玉凿成的井栏写满了沧桑，"塘打盖子井打箍"在当地来说，都是代表不可能发生的事情。庄井却拦腰打了一道寸把宽的铁箍，像女人束腰的带子。大约是内伤太深，井壁十条勒痕，道道都有两厘米深，不知道汲多少担水，磨断多少根绳索，才能烙印出这些疼痛的记忆。庄井像一位乳房干瘪的母亲，数百年来孜孜不倦地供养着她的子民。

村头那株百年桦树，本以为它的高大葱茏足以胜任当家树的荣誉，但老人们不屑的神情让我惶恐，洪家疃的历史到底还有多厚重？我像一个赶海的幸运儿，有幸捡到海浪派送上来的海星，还有五彩的贝壳。

洪氏祠堂前有一株二百多年的雄性皂荚树，树干粗壮，两人难以合抱。据说，另一株雌性皂荚树生长在张治中夫人洪希厚家的庭院边，树与人，往往灵性相通。

从一百年的桦树到二百多年的皂荚树，生命的年轮以百年为单位向前跳跃，面对眼前这株三百零五岁高寿的黄连木，我的心中唯有敬畏。黄连木树冠浑圆，繁茂秀丽，丝毫不见老态。

仰望这棵郁郁苍苍、精神抖擞的药树，枝叶如盖，留风储水又护荫地脉，气宇轩昂如一村旗帜，堪称"风水树"。风水树，当地又叫当家树，古老高大，可表征一个村庄的兴盛。

一株树成长为当家树，离不开天时地利人和。汲天地精华，风雷不折，百毒不侵，历经百年仍岿然屹立。这样的树才能慰藉和庇护一个村庄的生灵。

物物有格，任何一个活体生命，都可能隐含了风水因素。如果能读懂这棵古树，也就读懂村庄一半的风水了。

五

黄麓是一篇古韵深厚的经典散文，无论以哪种形式呈现，都离不开文化这条命脉。

自古黄麓崇尚读书，重教兴文，"读书为第一要务"在老百姓的心底生根发芽。这里流传着一句古话："室无隔夜粮，也有读书郎。"父母们教育子女"咬口生姜喝口醋"，"吃得苦中苦，才有人上人"。"十八户唐"中的中份唐村有一座九秀才墩，九位秀才读书的故事至今流传，是当地人耕读传家的写照。

黄麓作为遐迩闻名的文化之乡，洪家疃功不可没，是发源地。和平将军张治中办学家乡，乡梓受益，凡张姓、洪姓子民都可免费入学。洪家疃五十多岁的老人，基本都是初中以上文凭，村中罕有文盲。他的"试验乡计划"的核心动力就是教育，以黄麓学校为中心，构建强大的教育网络，通过现代教育和传统乡土社会的结合，不仅教人读书，要教人生活……

我探访的第一位老人洪天辉，他闲适地坐在大门堂前一张竹藤椅上看书，是他引领我走访了村中另外几位老人，还赠送我一本

《洪家疃》杂志，总共三期，是洪氏家族自己创办的村级刊物，又让我惊叹不已。一花一世界，一树一菩提。洪家疃的文化元素太多了，老宅，深巷，天井，雕花格子门，略微倾斜的门洞，还有这些通古达今的长者。徜徉于村庄，走进洪家疃的今天和昨天，让人觉得每个毛孔都注满文化的气息。

　　一朵清幽的文明之花，如莲蒂生。洪家疃是花开的地方，书香最是浓醇！

树雕画，山水之间的刹那回眸

树扎根山巅，大山是它赖以生存的生命源泉，造就它遒劲的枝干根茎。树木荫护山裸露的肌肤，让山更加俊秀奇伟，也增加了山的高度。

林木与山水，在彼此的呵护中，静默禅修。倘使有一天山崩了，林木会随之倒塌；如果树断了、枯了，它会以另一种姿态，化身于山水之间，成为微观山水世界的一枝、一叶、一根、一茎，增加了生命的长度！

树雕画工艺，是以死去的树的躯体，再塑山水的灵魂，让枯木得以重生，涅槃成为燃烧的火凤凰。

省级非物质文化遗产"树雕画"，是以树皮、树心、树根为原材料，凭借独特的民间手工传统技艺制作而成的。树雕画以其古朴典雅、雄浑清逸享誉全国，成为江淮大地独具特色的民间传统工艺美术品。

树雕画第四代传承人尹修平先生是巢湖市苏湾镇包坊村人，他自幼跟随父亲学习工艺美术技巧，十几岁就开始接触树雕画，秉承前辈民间工艺师的艺德，到现在已经有五十多年了。成年后的他在从事油漆工作之余，潜心研究树雕画的制作工艺，大胆地吸收国画、版画、剪纸、烙画等诸多艺术表现手法，形成了古朴典雅、恢宏飘逸的风格，将原有的树雕画提升到一个崭新的艺术境界。

寻　　根

树雕画最早出现在明末清初。传说，当地一位许姓女子远嫁他乡。因交通不便和风土人情的制约，女子出嫁后，基本不能回乡省亲。背井离乡，远离亲人，远在他乡的异姓女子，太过思念家乡，苦于无以为寄。

一日，她看到树皮上的图案与家乡的山水有几分相似之处，突发灵感，就用这块树皮制作了一幅山水画，家乡的山山水水，尽现眼底。女子欣喜若狂，又采集很多树皮，制作各种花鸟虫鱼的图画，既打发了寂寞孤独的时间，又能以树皮画解思乡之苦。许姓女子蕙质兰心，心灵手巧，日复一日，她的手艺日见精进。

经她之手制作的山水花鸟画美妙绝伦，她也因此美名远播，众人纷纷登门求购。许姓女子制作的工艺品，当时称作"树皮画"。树皮画是树雕画的前身。

树皮画的工艺技巧经过几代人的传承，传到尹修平这一代，已经有几百年的历史。尹修平潜心钻研，独辟蹊径，他根据自己对书法、美术和雕刻艺术的独特见解，将树皮画的工艺提升美化，从形式和工艺流程上进行开拓创新，丰富了画面的题材，最终形成独具风格的树雕画制作工艺。他的树雕画在 20 世纪末就曾荣获多项国家级荣誉。

与其说树雕画的制作是以根为基质的创作，不如说是在寻文化的根——一种天人合一的溯源！

树雕画的每一道工序都极为讲究。选材最为考究，你选择的材料，直接决定了树雕画的品质。枯木是树雕画的原始材料，经过岁月洗礼，尤其是山涧沟壑中，被溪水长期冲刷后，滞留下来的水曲柳、老榆树的断木枯根，因其造型独特，质地坚实，为最佳材质。

寻根人心中有树雕画，才能时时留意，处处用心。一截断木、一块老根，对普通人来说，就是百无一用的烧火材料，但在树雕画技师的眼里，就是一幅树雕画。寻根人要有深厚的技术功底，能够透过枯枝，看到它的活着的精神。胸中有丘壑，才能蕴藏灵巧构思。但寻根的过程往往并不顺利，有时候，一大清早就进山采掘，到黄昏回来，未必能相中几块合意的根茎。为了找到好的枯木，尹师傅常常带上干粮，一头钻进深山，一待就是一两天，精挑细选，再把那些重达几十斤的枯木拖回家。

断木老根采掘的时间也是有讲究的，一般都是在树木的休眠期采掘，冬季树木停止生长，树汁少，材料更易于加工，防腐能力也更强。

树雕画制作和根雕艺术异曲同工，都是"七分天然，三分工艺"。采掘人凭借一双慧眼，还要有一颗时刻等待的心。寻根人穿梭于莽莽山林，在万千林木中，一眼相中，这是寻根人的幸事，也是枯木的慧根。枯根与寻根人，一个枯坐等待，一个走过千山万壑，不经意间相逢，透过层层腐朽，穿越种种残破，看到它前世的原型。如同书生与狐仙，此生的邂逅，既是前世禅修的缘分，也是时刻有互相成全的心。采掘人可以因为一款质材，制作出惊天之作；工艺师的匠心制作，可化腐朽为神奇，让枯木重生。

山水之间的匠心

树雕画工艺是将那些俯拾皆是的材料制成精美的工艺品。最大的屏风尺寸有 4 米×6 米之巨，其摆件最小的尺寸不足一掌。树雕画分为挂屏、挂件、中堂、屏风、摆件等，是楼堂馆所、家庭常用的装饰品。包坊村的大多数人家，客厅里都悬挂着尹老亲手制作的树雕画，这在当地也成了一个特色。

20 世纪八九十年代，尹修平成立巢湖苏湾工艺美术厂，建立了工厂和生产流水线，将原有的树皮画艺术提升到一个崭新的境界。

工艺美术厂曾经十分红火，产品种类有十多种，每年生产树雕画达两万件，产品远销周边城市和东南亚国家。

《华夏文明》期刊曾对尹修平及树雕画做过专栏介绍；1988年，尹修平的树雕画作品，参加农业部主办的全国花匠评比获一等奖，同年获部优产品，1990年获国家级银奖，1991年获省科技三等奖。

树雕画的制作工艺烦琐，历经"去腐""笼蒸""烘焙""定型""修饰""雕刻""粘接""上色""补景""题款""修色""装框"十余道工序，方能成品。

挖回来的树根，还需要一系列的加工处理：反复地蒸煮、晾晒，才能百炼成钢。充分蒸煮、晾晒，彻底除去树根中的水分。倘使没有干透，制作树雕画后，容易变形、霉变。

工匠的历练过程，就是将自己的心，放在岁月的灯火上，慢慢煎熬。心灵备受煎熬时，或许会有刹那灵光的闪耀，有惊世之作的产生，也可能是呕心沥血的徒劳。

处理好的树根，根据需求下料，再拼接、绘画、上色。拼接所用的胶，是尹家祖传的秘方，经过多年反复研制而成的，有很强的附着力和防腐作用。

树雕画的特点在于它融合书法、绘画、雕刻、喷涂于一体，以山水为题材，兼有少量的花鸟动物。作品既超越油画的立体质感、版画的疏密简淡，也有国画的灵气，不同于一般装饰画的刻板单一，其画面风格古朴典雅、雄浑清逸，令人百看不厌，是工艺美术中的瑰宝。

树雕画是纯手工制作工艺，原料形态万千，工艺师按照树皮、树干的自然纹理，取法自然、顺其自然，因材构图、因势布局，所以，每件作品都是孤品，这也是它的价值所在。1988年荣获农业部一等奖的作品，是尹老先生的心爱之物，尽管价格不菲，但因为是唯一，他不忍割爱，所以珍藏至今。

制作一幅树雕画，如同写一篇文章，需要有虚实结合、动静结合。有动有静，灵动有生机，方显自然本色。树雕画的每一个步骤都要经过精心设计，哪怕就是题款这个步骤，也不是简单的重复，而是通过细致观察，巧妙利用树根的自然扭曲拼接而成。可以说，树雕画制作过程中的每一斧、每一凿、每一笔色彩，都凝结着匠人对自然的认知和热爱。

树雕画的过程，就是人与自然的灵魂脉冲。

冰心一片

树雕画是有生命的，农耕文化是它生命的源泉。农耕文化厚重的历史，是滋养树雕画的乳汁：吸纳民间文化营养，反映人文现实，满足百姓生活情趣，具有良好寓意，树雕画在群众中具有广泛的影响和生存的基础。

非物质文化遗产，有着浓厚的文以化人的礼乐作用。随着岁月的变迁，很多以人为本的活态文化遗产的技艺、经验和精神，在历史的长河中，走着走着，就散了、淡了。

树雕画工艺，凝结着尹师傅一生的心血。随着年龄的增长，尹老先生感觉腿脚越来越不灵便了，精力也跟不上了，他总在思考，如何将这门技艺传承下去？

为了这件事，老先生颇费了一番苦心。尽管他广开师门，也做过很多公益培训，但想得到一两位如意的衣钵传承人，实在难之又难：年轻人大多都不愿意学习这门手艺，少许前来投师学艺的年轻人中，有的因为缺少了这方面的天分，坚持不下来；个别有天分的，又缺乏吃苦耐劳的精神。

更何况，一件精美绝伦的树雕画作品，制作的全过程需要一个多月的时间，在工业化时代，纯手工工艺的作品常显古拙，不太适应时代的迅疾猛浪。急功近利的年轻人静不下心来——在一个多月的时间里，反复重复着同一个动作，未免显得单调乏味。况且，树雕画的采、锯、粘、装框，都是力气活儿，劳心劳力不说，工匠还难以获取与劳动量匹配的报酬。

在尹老苦于后继无人的时候，一棵新苗脱颖而出。她就是尹修平的女儿尹元红。1994 年，尹元红从巢湖师专美术系毕业。经过美术专业系统的学习，尤其是中国画的研习后，她决定从父亲手里接过衣钵，担起传承大任。老人家惶惶不定的心安了，不管男孩还是女孩，有年轻人愿意继承父业，再好不过了，更何况尹元红是发自肺腑地喜爱树雕画的制作工艺。

年幼的尹元红深受父亲的耳濡目染，时常跟随父亲出入大山深处，去采掘树雕画的原材料。渐渐地，她学会了寻找枯木断根，从给原材料"去腐"开始，逐步熟练了雕刻、定型的技巧……艺术的种子在尹元红的心底悄然扎根、发芽。

对于树雕画，尹元红有自己独到的见解，她努力将所学的专业知识应用到"树雕画"的创新中。传统的树雕画以暖色调为主，呈现的是传统吉祥喜庆的风格，造型也相对原始。尹元红在继承传统文化的基础上，锐意进取，在树雕画作品中增加一些冷色调，使之更为华贵时尚。雕琢也更加细致化，使作品符合现代人的审美意识，富有时代特色。

非遗的传承，不仅是技艺的传承，更是中国博大精深的传统文化的传承。树雕画要想有蓬勃的生命力，不被岁月的浪涛湮灭，就需要不断地创新。创新是开拓非遗传承广阔前景的关键环节。

做树雕画，要静得下心，沉得住气。在尹元红成熟的树雕画技艺背后，她付出的艰辛和汗水也是常人所难以想象的。"为什么我的眼里常含泪水，因为我对这土地爱得深沉"，热爱这片热土，更热爱树雕画的工艺，所以尹元红能够克服重重困难，完成了薪火相传的交接，成为第五代树雕画传承人。她凭着一颗耐得住寂寞的匠心，不断精习匠艺出精品。2020 年，她荣获"合肥工匠"称号。

非遗传承的路还很远，有着一代又一代传承人的执着，相信树雕画的春天不会太远！

陈村，唯有一桃花

我国文学作品中，第一个用以比作美妙少女的花，是桃花。《诗经·周南·桃夭》中"桃之夭夭，灼灼其华"，以桃花的美艳，写尽年轻貌美的新娘此时的幸福与美好。春意渐浓时，孤寂的山林边，不知何时遗落的一片片绯红的轻云，是桃花开。早春第一抹亮色，仿佛苦寒后的莞尔浅笑。枝条上桃花簇生，花色由浅渐深，花瓣轻盈，纤细灵动的花蕊，是蜂与蝶的羁绊。

桃树猩红的花蕾缀满枝丫，明艳娇媚，无论是"萋萋小红"的初花期，还是"夭夭灼灼"的盛花期，抑或是落花时节，花瓣飘零山涧，心中依然有一分闲适，犹有惬意数落花……三月阳春开，花开花落，总能排叠成一行行精美的诗文。桃花春意，与痴情的才子、温润的佳人，一起走进唐诗宋词，演绎成一段相思苦。纵使今日此门中，已无人面映桃花，但去年的桃树，依旧在今年的春风中，绽放花朵。是花有情，还是花无意？

花不醉人，人自醉。

半开的桃花，最合适做桃花酒。新采摘半开的花蕾，淡盐水浸泡清洗少时，捞起沥干，风半干后，一层桃花，一层白糖……然后，就是时间的事情了。毕竟，酝酿，就是渐渐形成的过程……桃花庵里的神仙为换酒钱摘桃花，原来，桃花还有如此妙用！

世人只知道唐人爱牡丹，却不知道唐人也爱桃花。据《天宝遗事》记载，唐明皇李隆基与杨贵妃甚爱桃花。于是，在皇宫中栽种了很多桃树，桃花盛开时，唐明皇亲手摘一朵桃花，簪于贵妃发髻，深情款款地说："此花最能助娇态！"皇帝爱桃花，世人是上行下效，还是真情流露，其实并不重要。我们只看结果，唐代写桃和桃花的文学作品众多，有一千七百多首，这个数量是其他朝代无可比拟的。

桃树是华夏大地土生土长的原生物种，自古有之，随处可见。桃花色艳、花媚，桃树生命力旺盛，不论是蛮荒山野，还是田间地头，桃树最为寻常。唐人对桃花的挚爱，是一种原生态的心灵悸动，无关宗教，无关世俗。可惜，桃花在宋代被视作"妖俗"之花，直到如今，桃花仍被看作是不上品的花，有的乡俗仍旧坚持固执的鄙视，误认为桃花不可栽种于庭院之中。

假如我是一朵桃花，我宁愿穿越回到遥远的大唐盛世，让桃花尽享世人的万千宠爱。用纯粹的、不带有偏见的生命原初的审美观，去判定花品、花性，剔除无端的虚构和臆断，一任桃花以最直白的姿态尽情吐芳蕊！

桃花依旧笑春风

三月的桃花潭格外好客，听说门票都免了，在朋友的撺掇下，一行人欢喜出行，成为春天里一道游走的欣喜。

桃花潭又叫水东，古称南阳镇、陈村，想必每一次更名，都标志着一场变迁。怎么能想到水东如今已是声名远扬的桃花潭镇，连我这样的隔江旅人，都慕名而来。

缺席桃花的桃花潭，怎么能叫桃花潭呢？旅途，透过车窗，看路边桃树花已残，我们似乎慢了一个节拍。巢湖的粉杏已凋零，桃红不再娇妍，不知道桃花已谢的桃花潭会不会少了几分原汁原味？

江淮之间，春脖子短，江北的暖风吹得游人醉时，江南依旧是春寒料峭。导游再三叮嘱我们带一件御寒的衣服。听说桃花潭的水深，水边的温度低，纵使是夏季，水温也不超过10℃。

本以为这个时候去江南，稍微迟了点，没有赶上桃花开。江南与江北，还是有季节差异的，路边的桃花，在江南的春风中依然含笑。真的应了当下流行的一句话——你一句春不晚，我就到了真江南！

想象中，桃花潭应该是山沟里的一汪深泉，是悬泉瀑布飞流直下，长期冲刷而成的深潭，可以通过瀑布的高度，判断潭水的深度。初见桃花潭，就颠覆了我对"潭"的想象。

眼前的桃花潭，说它是一段河流似乎更妥帖些，如果要给桃花潭下个准确的界定，它不过是蜿蜒的青弋江中最妩媚的一段，如悠扬的乐曲，被风吹起，宛转成清亮的圆环，将陈村环抱怀中，远山绵延，有山有水，桃花潭真是个风水宝地！

作为一名外地游客，我不知道桃花潭起始的地方。车沿溪而行，所经之处，都是桃花潭，这"十里桃花"，也算名副其实了。初入陈村，眼前便是一片桃花林，桃花潭似乎离不开桃花。或许，这只是一场春季的桃花汛，上游的雨水，聚集成一泓桃花潭水。

桃花潭镇坐落在环形水系中，所谓"十里桃花"，并不夸张。汽车缘溪而行，沿途有桃树三两成行，桃花正芳菲。车辆终于停下来，在林尽水源处，让人有误入桃花源的错觉。

人面桃花相映红

这是两文人之间有关文字的游戏，诗仙李白，游历至南陵叔父李阳冰家，正打算去泾县寻找旧友万巨。1996 年版《泾县志》记载："生平喜与人交游，尤与李白、王维友善。爱饮酒赋诗。"曾任泾县令，卸任后，举家迁至桃花潭畔的诗人汪伦闻讯，修书一封，快马加鞭，送与李白：先生好游乎? 此处有十里桃花。先生好饮乎? 此处有万家酒店。这是一封极具诱惑力的邀请函，主人深谙李白喜游好酒的习性，字字句句都是诚意满满。

可是，两千年前的陈村，远离泾县县城，算得上穷乡僻壤了吧？唯一的优势就是毗邻青弋江，水路交通便捷，想当年，陈村应该是热闹的集散码头。

乘兴而来的李白，迎接他的不是十里桃花，也没有万家酒店任他豪饮。于是，他借着酒劲，作诗《访巨公吟》一首，反诘汪伦："汪伦说话甚奢华，命子提壶问酒赊。七里哪寻八里店？孤村唯有一桃花。漫行陌下崎岖路，遥望扶风豪士家。曾到街道无酒卖，万村渡口实堪嗟！"汪伦笑着解释，十里桃花，不过是村边的十里桃花潭；万家酒店，乃万姓人家开设的酒肆……这是两个文人墨客之间的打趣，汉语魅力窥豹一斑。

沿着深巷，顺着导游所指的方向，走到深巷尽头，是汪伦提及的万家酒店，如今只剩下砖石门框，透过凹陷下去的青石门槛，我们可以想见当年酒肆众宾云集，踏破门槛的繁华。岁月更迭，如今的桃花潭镇，民宿数家，商贾云集。老街一处古旧的徽式建筑门楣上，白底黑字毛笔书写的"万家酒馆"，新路边一幢三层楼房，匾额也叫万家酒馆。桃花潭边，青弋江两岸，酒店、客栈林立，诗仙倘使有灵，再来桃花潭，恐怕不会再质疑到底有没有万家酒店了吧。

桃花潭水深几许

同行的国字号摄影师蒋涛大清早就提着相机，带着一群摄影爱好者去潭边寻找素材了，他已经不止一次来桃花潭了，每一次他都有意想不到的收获。

穿过踏歌岸阁，顺阶而下，是古渡口。经过一夜的沉淀，上游清冽的山泉注入潭底，潭水与空气温差更大，空气中弥漫的雾气，薄雾如练，烟似的笼着寒水，桃花潭好似沉浸在墨色山水画卷中。

对岸的怀仙阁，益然峭立在青葱翠绿的垒玉墩上，飞檐，仿佛诗仙，登临高台，迎风飘举，把酒邀月。怀仙阁旁，是汪伦的衣冠冢，两个人的友情，最终以这种方式再聚首。

香风欢愉客心暖，李白与桃花潭的缘，牵线的人是汪伦。虽没有十里桃花、万家酒店，但汪伦的热情、桃花潭的美景，还是着实打动了李白，否则，他不会在此处一住就是半年。在万村湾，他曾踏雪访梅；桃花潭畔，他观姊妹石而叹惋；他还四处寻觅故友万巨。桃花潭，对诗人李白来说，是个有情有义的地方！

桃花潭的美酒终究羁绊不了游仙的步伐，一场千古传颂的送别，在桃花潭古渡口演绎。"丰年人乐业，垄上踏歌行"，这是一种兴于汉代，盛行于唐朝的踏歌行舞蹈，是一种舞者手拉着手、脚踩着节拍的舞蹈，是丰收之后的喜庆、太平盛世的载歌载舞。这也是桃花潭边，汪伦送别李白的仪式。

年少时，学习《赠汪伦》诗文，语文老师的讲解声情并茂，她说，李白登上船，正欲拔篙行船，忽然听到远处传来汪伦的歌声，原来是他挑着酒来为李白饯行了……记忆尤为深刻，以至于我心目中亘古不变的"踏歌行"，是汪伦挑着担子唱着山歌匆匆赶来的画面。

第二天早晨，从陈村水库乘船游太平湖。船行的方向，是当年李白离开桃花潭去太平的航线。导游一路大谈陈村水库的建设，他大概不知道我们此行，是追随大诗人的行踪吧。否则，他绝对不会放弃这段导游词来煽情的，用他自己的话说："风景美不美，全靠导游一张嘴。"善于深入挖掘人文风情，能赋予自然风景更多的附加值。

等春风起　等桃花开

我们居住的民宿，堂屋有一张工作台，上面摆着笔墨纸砚，还有很多颜料。在渣济，很多美术系学生在那里写生，我以为这笔墨纸张是为这类游客准备的。

入夜，同行的伙伴凑了两桌，在客厅里打牌。传辉取来吉他，为我们弹奏助兴。桃花潭边，花好风清，这么清幽的夜晚，怎么能没有音乐？

主人家循声而至，他还以为是室外播放的音乐没有关闭。见到我们一群人玩得如此开心，尤其听说弹吉他的徐总是知名吉他音乐人，他也兴冲冲地从楼上拿来萨克斯管，说这是他的亲家送的。他女儿是音乐学院学钢琴的，在常州有一家琴行，他自己也是当地老年大学书画协会的会长……面对一群文化人，主人家似乎是遇见了知音。先生特意向主人讨要了一张名片，他是想在明年春风起时，再来今日此门中，组织一场"人面桃花依旧红"的盛会吗？

景区的民宿，尽管不似星级酒店那么奢华，但也优雅别致。为了欣赏清晨氤氲的桃花潭，我和先生起了个大早。老巷回环曲折，没有导游的引领，只能跟着感觉走。穿梭在大街小巷中，不一会儿就迷失了方向，走进小巷更深处，结果又绕回到我们居住的民宿。经过几个来回，也大致摸清了小镇的布局。

在陌生的地方行走，总会有意外惊喜。昨晚路过"八精舍"，还以为是售卖古董文玩的，不曾驻足。

透过镂空的花墙，可见小院别具洞天：原本一条排水沟从屋舍拐角流出，小院的设计因地制宜，将沟渠为我所用，打造出微型的小桥流水人家。满墙的植被，把小院的景致延伸到墙外。墙边曲折的小桥，水中三五个石磨排列，一步一磨盘，恰好是跨越溪水的另一条蹊径，也缓和了小院里排水沟的突兀……透过圆形门厅向外看，眼前是一幅完美的图画。蒲草、小花，几平方的小院，该有的都有了，却不冗杂，简单、朴素又安静。侘寂，这个词用到此处再恰当不过了！

误打误撞，我们被春色魅惑，误闯进桃花潭边一家叫"桃花山庄"的酒店后花园，岔路上，一个标志东西方向的指示牌感动了我：蓝底白字，"等春风起　等桃花开"！设计者是懂生活的，浅浅的两句话，仿佛写尽了人间春意——我们都是来赶春风的，等时光嘉许，静候春风得意！

第五辑

合欢花开

牧　　绿

孩提时家里养过几只山羊。父亲做农活儿时顺便牵出去，寻一片开阔地，把尖头树桩深深地插进地里，将系着羊脖子的绳索固定在羊桩上。几只羊围绕着自己的羊桩吃草，像时钟表盘里的指针，走着走着，就是半天的时光。丰茂的荒草地被羊画了一个圆圈，圆圈外依旧浅草丰腴，圆圈内青草啃见了根。后半晌就要挪动羊桩，让羊重新画圆，指针转着转着，天色向晚，圆圈画得越清晰，羊肚子就越饱满。

阳台上的花草，就是一群贪食的羊，不失时机地跟着太阳转。

习惯做一件事，清晨打开防护窗，将阳台上的花一盆盆端到护栏外的鞋架上；傍晚时分，又一盆盆拾掇回来。还有一些喜晒的小花小草，索性见缝插针地塞在防护窗的犄角边。这些花如同放养的禽畜，只是它们吃的不是草，是日头。

睡莲因为没有充足的阳光，别说开花，维持生机都难。叶子稀稀拉拉的，是一缸病莲。为了拯救睡莲，虽搬不动青花瓷的水缸，但我还是奋力将水缸拖到太阳地里。时光流转，太阳东升西落，睡莲也从东边挪到西边，又从西边挪到东边，日日如是，就为了一米阳光。

年前买一捆淮山药，还没吃完就春暖花开了。山药闷声不响地发了青，芽嘴磕破山药皮，一粒一粒叮在山药棒上。爱人把发芽的山药切成小段，栽进阳台上的空盆子里。汲了土气，嫩芽着了火似的，腾地长起来。一根根墨绿色、头顶着翠绿色叶嘴儿的藤蔓，蛇一样直直地伸出来。遇到附着物就像得了救命的稻草，死死地缠住。一时间，四周的花草都遭了殃。山药不是花草，泼皮得如悍妇，藤蔓伸向高处，揪着花枝花叶，借力顺势就攀到更高处，不到个把星期就探出了阳台。

万物生长靠太阳，见了日头的藤蔓撒了欢，三五根纠缠成一根索，陆续开枝散叶。心形的叶片，附藤对生，渐变成一段繁华。

纱窗每晚要关，防止蚊虫。因为不小心，好几次夹断了嫩头，半是自责，半是心疼。好在藤蔓也不气馁，断口侧旁又抽了新薹。倘使任它生长，纱窗就不能关闭。索性也学了牧羊术，将藤蔓结在一根细绳上，白天开窗牵出去，晚上就收进来。像放牧一只温顺的小羊，两不相厌。偶尔，绿藤也很调皮，早晨才放出去，见了太阳就疯长，傍晚牵进来时发现它的触须已经在防护窗上缠了好几道。像个贪玩的孩子，日头落山了，还要赖不肯归来。

日日潜心放牧绿藤，绿藤回报我一蓬生机勃勃的绿。心形的叶片，叶脉弧形，沿着中线对称均匀，如同大爱心上套叠的小爱心，成为阳台上一道风景。

《囚绿记》中，陆蠡将窗外的常春藤幽囚于居室之中，使它逐渐失去苍翠的颜色。我恰恰相反，把病态的藤叶牵引到太阳地里。都是因为爱绿，不同的只是绿藤生长的位置，一个在窗外，一个在窗里。其实无所谓谁是谁非，事里事外，怎一个对错就能轻言根本？

莳花若女

　　同事的女儿乖巧伶俐，每次散步遇见，远远地就打招呼："叔叔好，阿姨好！"声音甜润婉悦，宛如风铃，"叮叮当当"地敲得人心酥软，仿佛蜜糖融化在心尖上。先生总会不无遗憾地说一句："生个女儿有多好！"儿子木讷少言，又不会投机讨巧，难免思慕人家有乖巧伶俐的娇娇女撒娇。

　　人家说女子如花，我倒是觉得花像女儿。我喜欢花，见了好花就迈不动步子，不买回去就难趁快意。天寒地冻，室外的花都需移居屋内，封闭的阳台上满架都是，拐拐角角地见缝插针。办公室里也摆了几盆花草，隔壁办公室的同事偶尔来访，抚摸花叶，提醒我："要浇水了，叶子有点软！"看来他也是侍弄花草的行家，懂得花草经。

　　赶紧给花浇了水，经水洗涤，叶子越发清新可人。过了几日，他再来访时，一边除去发黄的边叶，一边夸奖："花变漂亮啦！"仿佛是在夸赞我家初长成的闺女。其实，养花和养女儿真的有很多相通之处，女孩子要娇宠，好花要人爱。

　　同事说，要想养好花，除了肥劲水足，还要时常与之交流。这个我信，科学家做过实验，证明植物是具有感情的：用一个脑电仪连接被催眠的人手和植物的叶子，试验时，说开心愉悦的事情时，受试者高兴，植物也竖起叶子、舞动花瓣；如果受试者感情变得悲伤，植物的叶片也会沮丧垂下。脑电仪上人和植物产生的图像反应是类似的。还有很多科学家的试验，都能证明植物具有喜、怒、哀、乐的情感。

只是我不擅言语，与花的交流也只是一片静默，花不言，我不语，但我想，她们是懂我的。清晨将喜阳的花搬到露台上，傍晚搬回来，施施肥，松松土。或者什么都不做，就这么单纯地伫立其间，如同陪伴年幼玩耍着的女儿，看她如何破土而出，又如何抽薹开花。每个细微的变化——第一抹新发的嫩芽，第一朵刚盛开的花，无不让人欣喜。给花浇水时，似乎能听见根茎"咕咕"的喝水声、"嘎嘎"的拔节声。还有花开，真的是有声音的，花苞被撕破，花萼翻转过去，这是一股冲破藩篱的冲动，释放出无法遏制的劲道，发出让人怦然心动的声响。花瓣坠落时你能察觉，但你能感知花朵吐露芬芳的气流吗？这需要你有很静很静的心，静得能听到花蕊的颤动。静坐在花丛中，和花同呼共吸，一吐一纳都是芳香的。

都说女儿要富养，养花亦然。长势旺盛的花都是娇惯而成的，喜水的，要勤浇水；乐肥的，少不了肥。有的喜欢阴凉，有的嗜好阳光。如同一群性格迥异的女儿，既然宠爱有加，就得由着她的性子。任她要风得风，要雨得雨，花朵那么可爱，你怎忍心拒绝？

养女儿的都喜欢把她打扮得像公主一样，种花也如此，好花配好盆，不仅是材质形状，还有匹配的物件，都要与花相称。前些时日，买了几株水仙，为了能凸显水仙清新淡雅的气质，特意买了一只白底蓝花的陶瓷笔洗，水仙栽种其中，果然高雅秀颀多了，人见人爱。在书店里挑选笔洗时，感觉就像给可爱的小女儿挑选一件格致的花裙子！

早早晚晚，都要看看花，赏赏草，我给她们以关怀，她们也还我以欢愉。站在花中央，有小女绕膝的喜悦。

人家的女儿如花，我家有花如女儿！

合欢花开

日日散步与它擦肩而过，都未留意过它的存在，和周围的树并无两样，黝黑的树干、茂密的枝叶。直到这次，走过去，仿佛被无形的力量牵引着，回头细打量，原来是五株同根的合欢树。以这样的姿势生长，足以成为合欢界的形象大使。

碗口粗的合欢树干从地下就蘖茬，或许这是另一株树的涅槃。从株型和伸展的方向推断，大约当年主干因为某种原因折断，或者被砍伐，根茎攒集的生命能量还在。于是，一场细雨后，五枝抑或更多的嫩芽悄然萌发。后来唯有五枝长成参天，仿佛五指微拢，向上托载着枝头的葱茏，与附近浓密的树枝堆叠成绿涛汹涌的海。盛花期的合欢结成绯红的轻云，栖息在绿色的峰头浪尖。

花开喜庆，犹如绒嘟嘟的灯笼。轻盈曼妙的花朵，抑制不住飞翔之心，若借几缕清风，就能临风飘举。不知道夜间，它们会不会扮成眨着荧荧绿光的萤火虫，混淆着纳凉人的视线，逗引调皮的孩童用蒲扇扑打？

合欢叶奇花美，花瓣纤细如缨。儿时，村西头的柿子园边也有一株粗壮的合欢。少不更事，花开满树时，常爬上树杈，采摘新蕊，用细线系成束，别在发间扮成小姐丫鬟，学着角儿的模样，甩着臆想中的水袖，咿咿呀呀地唱一曲恩怨情仇的大戏。

雨后远望，湿漉漉的空气中饱蘸雨水的枝叶随风摇曳，婀娜如轻醉微醺的女子。风乍起，绿涛起伏，我担心那些浓得如墨的碧波，会不小心染绿一池清水。其实，我的担心是多余的，一夜风疾雨骤，池水暴涨，两岸碧树倒映池里，早已是一池碧波。

不知道昨日盈盈绽放的合欢花是不是落红满地，难以设想花残叶败一地的不堪。女人上了年纪，总爱无端地动用些恻隐心，为生命的孱弱殚精竭虑。让人惊奇的是，树下只有少许败落的花穗，那些花期正醺的合欢，闭合了纤细的花瓣，执着地抱守枝头。我太低估夏花的坚韧了，合欢有它独特的感夜性，叶片昼开夜合。风雨阴郁，它能闭叶休花，羽状的叶片对合，宛如恩爱夫妻相拥共眠。人也多情，花人合一，就有了"爱情花"的美誉。历代合欢还有"合昏""夜合""青裳""萌葛"等别名异称，无论是"青裳"还是"萌葛"，都能彰显合欢小家碧玉的端庄持重、温文尔雅。

合欢树是一种吉祥树，花也是祥瑞花。崔豹《古今注》云："欲蠲人之忿，则赠以青裳。"意思是想要人去除忿，就赠人合欢。嵇康《养生论》中也说："合欢蠲忿，萱草忘忧。"此功效是有理论根据的，合欢花的镇静安神、美容延年的功效，在《本草经》中就有记载，"安五脏，和心志，悦颜色"。或许"合欢"就是取于此意。我国古代就有饮食合欢的习俗，《红楼梦》中，黛玉吃螃蟹后，觉得心口微疼，要喝口热烧酒，宝玉便令烫一壶"合欢花浸的烧酒"来。

楼下也有一株合欢，初春时节春色满园，它却独守一分清寒，迟迟不见动静，以为去年的冬寒要了它的命，可惜了一棵好树。初夏花开满树时，才发现它原本就好端端地活着，不知道它姗姗迟来是刻意不争春，还是积攒全部的精力，拼得一夏的璀璨。

自从发现那株连体合欢，似乎满世界都是绒绒的粉扇，处处青裳流云，时时绯红轻盈。其实它们早就在我身边，只是不曾留意。好在那些花树却不介意，兀自开花结果，从夏一直到秋。更多的时候，它们只是默默地站立在道旁，支起一片浓荫，践行"你见与不见，我都在这里"的泰然。

莲叶何田田

暑假过了一小半，才终于抽出时间回家探望母亲。好在母亲从不怪我，还总是叮嘱我要以孩子的学业为重。

每回都是这样，一接近黄麓地界，我的心就好似被高温融化，软软的，路边一草一木都是亲的。不知不觉车开过了头，好在，下一个路口也可以到达，于是继续前行。

汽车沿滨湖大道行驶，道路两旁忽现连绵几里的荷塘，浩浩荡荡。忍不住招呼先生，"靠边停车"。放眼望去，碧绿的荷叶在夏风中翩跹起舞，绿涛拍打着我的心扉，让人心旌澎湃。接天莲叶甚是壮观，白莲开得欢天喜地，在袅娜翠碧的莲叶间曼妙招摇。粉粉的花骨朵零星地点缀着，如同镶在绿幕上的钻石。

清风过处，绿波汹涌，层层叠叠的碧浪从对岸跌宕而来，清香扑面，深吸一口，五脏六腑都融化在幽幽的荷香里。体会到古人诗句"停车坐爱枫林晚"的精妙，我的心被满眼的荷叶荷花羁绊，迈不开回家的步伐。先生催促再三，又拍了几张照片，我才一步三回头地上了车。

早先就听说黄麓有荷花之乡的美誉，可惜往日回家很少临湖而行，竟与这么美的景错过了！

车从滨湖大道拐进只有一车之宽的水泥路上，离家不远了，从这里开始，我能讲出沿途每一个村庄的名字。第一个路过的村庄叫石桥张。村东一湾池塘，一亩上下，满池盛开着娇娆的红莲。如果说刚才的心情，是乍见千军万马的震撼，那么现在的心情，是惊艳！仿佛在僻静乡野突然邂逅了一位美艳绝伦的天仙妹妹，张大嘴巴忘记了合拢。

为了寻找最佳的拍摄角度，绕着池塘，我转了好几圈。一池荷叶，半塘莲花。塘里荷叶蓬勃茂盛，娇妍的荷花三五成群，有的高高地挑起，有的半是含羞地躲在荷叶下，有的迫不及待，刚探出水面，就尽兴地绽放成登仙的莲台；有的青苞紧扣，有的花瓣零落，已修炼成正果，莲蓬微微低着头，有成熟的含蓄。莲叶伞一样呵护着身边的红莲，不妒不怨。满池红莲，我的目光只集中在莲花上，莲叶都被虚化。倘使除去池中荷叶，莲花必定显得单调无趣了，看来，荷叶是不可或缺的背景。

一柄荷叶靠近岸边，儿子想去采摘，我劝阻了他："每一柄荷叶下面都养护着几节藕，摘去荷叶，泥土里的藕就会烂掉……"小时候，父母都是这样告诫我们的。

池边的石阶上，一位瘦削的老年妇人正在浣洗衣服。她的身形和年龄都与我的母亲相仿，见了她，有莫名的亲切。就着清澈的池水洗洗手，顺理成章地与她搭上话。老人告诉我，红莲是村中人放养的，起初只有三五株，才两三年满塘都是密密匝匝的荷叶了。不得不叹服于莲藕强大的母性！

冰心的《荷叶与红莲》中有一段让人刻骨铭心的话："母亲呵！你是荷叶，我是红莲。心中的雨点来了，除了你，谁是我在无遮拦天空下的荫蔽？"这段话我曾经推荐给学生作为写母亲类作文的题记，但我真正懂得莲，彻悟莲叶的伟大，还是始于今天！

蚕珠链

"立夏前三天没得吃，后三天吃不掉"，说的是蚕豆。立夏后，温度陡升，蚕豆也疯长，吃嫩蚕豆的时间不过一周左右。蚕豆的青春也很短暂，人们要赶着时节大吃、特吃，才不枉一年三百六十五天苦苦期盼的"前三天、后三天"，有的地方因此便有了立夏吃蚕豆的习俗。如今反季节的菜蔬越来越多，蚕豆也不必单等那短短的几天，但我还是觉得正时节的，才是最对胃口的。

王祯的《农书》中记载，蚕豆是百谷之中最为先登之物。也就是说，蚕豆端上餐桌，就拉开土地回馈垦种者的序幕。蚕豆最早记载于三国时代张揖的《广雅》，但以"胡豆"相称。相传蚕豆是西汉张骞自西域引入中原，这就不难理解称之为"胡豆"的缘由了；至于又称之为"佛豆"，我想，大概是有的地方发音"h""f"不分的缘故吧？我们当地沿用的是李时珍的说法：状如老蚕，故名蚕豆。

蚕豆是百吃不厌的，还没等你厌倦，它悄然下市，寻它不见。下次再被隆重盛请上餐桌大宴宾客，大约就是端午节——油炸兰花豆了，那是另一种姿态。

老蚕豆的吃法寥寥可数，干炒、油炸，再难想出更妙的吃法，不像青苞蚕豆，虽做不了种，但吃法却是不胜枚举。

最值得怀念的吃法就是用白棉线串成佛珠，放在饭锅上蒸。大人们剥蚕豆时，小孩们就蹲在旁边，一手拿针，一手敛线，串的珠子能绕脖子转两圈，还不满足。通常小串的饭前杀馋虫，长串的要留到小朋友聚集时，比一比谁的更长，然后才拨算盘珠似的，一颗一颗消灭掉。

吃过午饭，蚕珠链也凉透了，往脖子上一挂，如同念经的小和尚。蚕豆挂在脖子上，虽不是正儿八经的装饰，却能腾出手来，丝毫不影响玩耍，也不需要额外的容器盛豆子，或许这是最妙之处。不知道是谁最先发明这妙趣横生的吃法，给清贫的童年妙手增色！

上高中时，繁花灼烁、碧草蒙茸的暮春时节，黄昏的日头一天比一天挂得高，吃过晚饭便去校园外的田埂上读书。喜欢选蚕豆饱满的田塍，坐在垄上，读一会儿书——趁着暮色渐浓时，顺手捋一把蚕豆荚，剥了壳放在大茶缸里和米饭一起蒸，吃萝卜干饭的日子因此变得有滋有味！每每看到蚕豆，都倍觉亲切，它承载了太多的旧时光。

蚕豆不光能吃，还可以做成各种玩意儿。蚕豆当小金鱼躯干，田间地头找几枚红艳艳的蛇草莓，用细竹苗连缀在蚕豆上做金鱼眼，再把新发的法梧桐叶接在蚕豆后部，就是现成的尾巴了。摊开手心，就是一条活泼灵动的小金鱼了。

为了尝尝儿时蚕豆的味道，我刻意买了些带豆荚的青苞蚕豆，豆荚鲜绿肥厚，蚕豆更是鲜灵。闭上眼，凝神默想蚕豆的 N 种吃法：蚕豆米炒鸡蛋、炒韭菜、炒小炒、炖汤、蒸蚕豆、煮蚕豆稀饭、炸兰花豆……蒸煮煎炸皆可，可当主材，亦能做配料。

倘使问我，哪样吃法最合口味，我想，还是蚕豆珠链最有滋味，有儿时的那份无邪与笃真！

昨日风信

收拾花架，发现小纸盒里有几枚风信子鳞茎，干瘪憔悴，只有往日一半大。褐色的外膜包裹着，宛如一段陈年旧事。这是去年栽种的风信子，花开后留存的花种。

轻轻剥去外皮，里面竟然一团生气。时值初冬，恰好栽种。便放入花钵中水培，才过三五日，就发了芽，尖尖如喙，想必她在包膜里淬啄已久。时隔一年，再次萌芽抽茎，会不会有恍如隔世的感觉？又过一周，芽喙微绽，四片丰嫩的叶瓣，环拥着一抔麦粒大的花蕾。花蕾攒聚，花叶欲语还休，如唇边浅浅的笑靥，不细看还不曾察觉。

两年前在青岛学习时，正是樱花烂漫的时节。黄昏时分，去操场散步。经过几栋教师宿舍，临近路边的一楼院子里，一株碗口粗的樱花依墙而立，半边花树虚掩着庭院，半边探出花墙，在微咸的海风里，粉白的花瓣簌簌如雨。

隔着铁栅栏，院子里的花草一览无余。新翻的泥土，被太阳晒得浑身酥软，一畦一畦条块整齐。一位头发花白、个头不高、身材微胖的老先生在花地里精耕细作……

忘记花地里栽了哪些花，除了靠近栅栏边的一排矮壮的蓝色风信子。起初，我并不知道它的芳名，四五片剑形叶子，衬托着一蓬蓝靛色的花束。在微寒的早春，恣情地吐露情怀。我被这几株丰硕的花打动了，忍不住问老先生："是什么花啊？"

211

"风信子！"——花迷人，名字也醉人。风信，是不是如"霜信"一般，是在传递一个气候讯息？霜期至，不必待日出，但见得夜半银霜满地，就可预知又是一个响晴的天。

这只是我的猜度，风信子和风信，是两种文化的差异。她不是随着季节变化应时吹来的风，却比我臆度得还要传奇。"风信子"是古希腊语传说中美少年、宙斯的外孙、希腊植物神海辛瑟斯（Hyacinthus）的音译。他和太阳神阿波罗是好朋友，经常在一起玩耍。这招来西风之神杰佛瑞斯的嫉妒，因为他也喜欢海辛瑟斯。有一天，杰佛瑞斯见他俩在草原上掷铁饼，玩得那么开心，心里不是滋味，就想报复泄愤。当阿波罗将铁饼掷向海辛瑟斯时，西风之神偷偷吹了一口气，铁饼像着了魔似的，不偏不倚刚好打在海辛瑟斯的额头上，海辛瑟斯不治而亡。他额头流出的鲜血滴落的草丛里，不久就开出了串串紫色花。为了纪念好友，太阳神就用海辛瑟斯为花命名，象征着"永远的怀念"。

那串蓝色的花，一直开在我的心头。即便回来后，还始终对它挂怀。从网上买了风信子的鳞茎，经过一个漫长的等待，叶片中间抽了薹，葡萄状的花蕾密布花茎。一天一个期待，一日一份欣喜，花蕾微微泛着淡淡的葡萄紫，微含着淡淡的清愁，让人恍入梦境。

就这样悄然绽放，仿佛待续的童话故事，一朵接一朵开出一串花穗。花，终于尽数盛开，心境也舒展如花，人与花，日日欢颜以待。花开自有花落时，只是球茎还在，修剪了须根，截断花叶，贮蓄着生命源泉的球茎，雪藏一夏，好花来年依旧开。

汉语中"风信年华"指的是年方二十四的妙龄女子。二十四岁，青春梢头最嫩的胚芽，但也只是漫漫人生中的过隙白驹。人生未必只在开花的刹那辉煌，更多的精彩在上下求索的历程。即使过了风信之年，别样的精彩也会接踵而至。执着于这份守护，我期待明日的风信花开！

槐 花 宴

这几日忙忙碌碌，虽未外出游玩，但从朋友微信里晒出的图片和文字，我知道槐花开得正当时。

蝶状花冠，未开时，如香囊锦袋；绽放时，似素鸟振翅欲飞。众花攒集，花团簇拥，却井然有序。如瀑布，重重叠叠，婉约在青枝绿叶之间。前年去刘公岛，头一回见紫红色的槐花，零零星星地挂在槐树上，比家乡白色槐花花时晚很多，大约是时令的差别。不知道是因为槐树种类的区别，还是红色的槐花含蓄些，紫色槐花不比白色开得豪放。白色槐花，花开时，满树堆雪。槐花不仅养眼，花香也几近极致。"槐林五月漾琼花，郁郁芬芳醉万家。春水碧波飘落处，浮香一路到天涯。"落花漂到哪里，醉人的花香就流到哪里——难怪有人用"香雪"来比喻槐花！整片的槐树林，就是一片香雪海了。

槐花之美，尽在花势。槐花不仅可目、可鼻，还是可口的美食。花朵称为"槐花"，也称"槐蕊"，花蕾则称为"槐米"。小时候常吃槐花，荷包似的花苞剥开，白白嫩嫩的蕊柱，甜丝丝的，成了小伙伴们唾手可得的牙祭。

槐树生命力旺盛，全国各地都有生长，只是花时不同。前几日，朋友晒出一组槐花饺子的照片，让人垂涎：一盆鲜灵灵的槐花，剁碎的肉肥瘦相间，油润润的，旁边青葱相佐；成品的饺子别有特色，一排排整齐地码放在砧板上，看着就让人胃口大开。

这边的槐花饺子，风味独特，那边陕西的文友天涯又晒出了她们当地的风味小吃——槐花鸡蛋汤。忍不住问一句："好喝吗?"她很快就回复了"好吃"，还传授我烹饪的方法：一碗水烧沸，把洗好的槐花放进去，磕一个鸡蛋打散后倒入锅中烧开，撒上葱花，适量的盐调味，滴几滴香油即可。槐花蛋汤的特点是清淡美味，唇齿留香。经她这么一介绍，我立马冲动起来，想摘几串槐花一尝小鲜。

老家还有一种吃法，就是将槐花和米粉做成粑粑，等锅里的米饭烧开后，就将槐花饼贴在铁锅沿上，等米饭焐熟，槐花饼也就做成了。米粉的微香，再加上槐花淡淡的花香，咬一口，香甜滋味就从"呲呲"冒出的热气中袅袅散出。

我们吃槐花饼，纯属消遣。父亲不爱吃这个，他说小时候吃怕了。粮食不够，瓜果野菜都来凑数。米饭只能吃一碗，每人盛一碗米饭后，奶奶就从水缸里舀一瓢井水，浇在米饭上。不仅是防止米饭结成厚厚的锅巴，更重要的是，用这个方法告诫孩子们，锅里的米饭不允许再吃了。米饭虽然不允许吃，但是按照时节不同，锅上码得像柴一样的山芋、南瓜、野菜、槐花饼、蒿子粑都是可以吃到饱的。做母亲的实在不容易，要让一家老小不饿肚子，尤其是荒冬腊月，需要动多少脑筋！家里珍藏的一张奶奶四十多岁穿大襟棉袄的照片，苍老得如同现在六七十岁的老人，那个岁月太苦了！

朋友小聚，说到槐花的吃法，人人都有拿手的绝招：清炒槐花苞、凉拌槐花蕾、槐花炒鸡蛋、槐花清蒸鱼……吃法新奇别致，和她们一样，都有十足的小资味。

突发奇想，想收集各地槐花食品的制作程序，有机会，做一桌槐花宴：有槐花饺子、槐花糕，还有槐花鸡蛋汤，贴几块槐花饼，配几样烹饪的槐花菜，再沏一壶干槐花茶……凡是能想到的，都做上一碟。那就是南北风味齐全，东西情趣皆备。一碟碟青玉，一盏盏盈香，不仅赏心悦目，而且色味俱佳，定是一桌怡人的雅宴！

麦子熟了

麦子熟了，小镇上云集好几台外地开来的割麦机。它们似乎经历了一场疲惫的远征，又像是匆忙的征战者，从一个沙场迅速转入下一个沙场：履带缝隙间还满是麦田里的黄土。车头两边的后视镜杆上叠挂着几件湿漉漉的衣服，人和车，都困倦不堪。

还有几台割麦机装在搬运的大卡车上，尚未卸载，估计马不停蹄地刚刚赶来。汽车停驻在修理铺前，两个穿着油乎乎工作服的修理工，爬上爬下地忙着机修。又是一个收获季，不能因为机械故障，耽误了工时。

又是一个收获季，小麦覆垄黄，蚕豆、豌豆都晾晒干了，油菜籽已经压榨成黄澄澄的油。等麦子晒干，碾成面粉时，就该过端午了。

每一个收获季，都点缀着一个盛大的节日——麦子熟了，有端午；稻子黄了，有中秋；一年到头了，就该是新年了……每一个盛大的节日，如同季节的分号，是春的辉煌的谢幕，也是夏华丽的出场！我推想着节日最初的来源：是庆祝丰收，是分享欢喜，还是品尝收获？或许兼而有之！

麦子又熟了！往日里，这个时候，父亲早早磨好了镰刀。选个晴朗的日子，父亲站在麦子地头，老练地测试一下麦子的成熟度：将一把麦穗，放在手心里，两只粗糙的大手合起来一搓，磨盘似的，揉搓掉麦芒。再用力一吹，麦芒随风而去，手心里只剩下圆滚滚饱满的麦粒——麦子熟了，可以开镰割麦了！

端午是个欢庆丰收的节日，新收的庄稼，一并品味。油菜籽已经压榨出第一壶新油，这一壶新油要用在端午日。油炸，最能体现节日的热闹，一壶清汪汪、黄灿灿的菜籽油倒进大灶的锅里，架起柴火烧，油在大锅里翻腾，一样样端午小吃，就在油花里辗转成形。

油炸兰花豆——前一晚就要把蚕豆用温水泡上，端午这一天，一大早，就用剪刀沿豆脐那头，从中间纵向剪一刀，下了油锅，蚕豆花就绽开了，成为一朵朵金灿灿的小兰花。

品尝麦子的方式最多：油炸油圈面要和得稀，韭菜的、豌豆的，软软的，香喷喷的；面揉得硬，擀成薄片，撒上芝麻，切成条状，或者打一个蝴蝶结，下锅一煎，就成了黄澄澄的小炸，是孩子们手里的零食。还可以擀面汤、包饺子、烙油饼……反正麦子收上来了，面粉多了去了，想吃什么就做什么！

还有包粽子，有豌豆馅的，有红枣馅的，咸肉馅的味道也不错。节日就要闹腾，翻着花样做美食，笑语夹杂着锅碗瓢盆声，锅台上热气腾腾，小村炊烟缭绕。

海子也说，"半尺厚的黄土，麦子熟了"……五月，麦子黄了，人们——醉了！

漫山丁香紫

那漫山遍野的紫色，居然叫丁香，紫色的丁香！小时候，大人们管她叫"老鼠花"，叮嘱我们"有毒，碰不得，小孩子吃了长不高！"我虽将信将疑，但还是敌不住她的美，一丛丛恣意萌生，一串串丰腴的花束，旁若无人地盛开着，占尽春光。忍不住偷偷拔了一大束，满满的一怀抱，都荡漾着沉甸甸的紫——尽享一场春花的盛宴！

但如今，她叫紫丁香。原本只是不知名的野花，自从有了学名，便好像从山里的野丫头，施朱着粉后升格为小家碧玉。

庐剧中有一出剧本叫《休丁香》，勤劳美丽的丁香女，偏偏被无情休弃。丁香，自古以来，就是一个哀怨的代名词。戴望舒的《雨巷》里，一句"丁香一样地结着愁怨的姑娘"，丁香一样的颜色，丁香一样的芬芳，丁香一样的忧愁。我的心情，也成了淡紫色——紫色的花语是忧郁！

高濂的《草花谱》给我们解释了丁香花名的由来："花如细小丁，香而瓣柔，色紫……"这里的"丁"即"钉"，暗示丁香花型如钉子；且花开馥郁浓烈，"丁香"一名，竟是集了花型与花香于一体！另一种说法，也颇有几分滋味：丁香花香袭人，浓郁香味，位居桂花、兰花、玫瑰之后，并称为四大香花。因为丁香位居第四，按照"甲乙丙丁"的顺序，她便成了丁香了！

丁香花尚未开放时，花蕾密布枝头，形成丁香结。唐宋诗词中，

217

诗人常常将丁香花的含苞不放，比喻为愁思郁结，难以排解。

"欲表伤离情味，丁香结在心头。"出自尹鹗的《何满子》，这里巧借丁香百结，倾诉离人心绪。在浪漫的法国，"丁香花开的时候"代表着气候最好的时候，西方的花语里，紫丁香包含的都是美好的意象——年轻人纯真无邪，初恋和谦逊。可见，中西方的文化理念的确存在着差异！

其实，丁香还有个美妙的名字"芫花"，可我还是喜欢叫她紫丁香，一个结着幽怨的名字！相比之下，"芫花"名少了一分哀怨，多了一分浮想联翩。

与其说她是花，还不如说她是一剂药。民间有一帖"气死名医"的偏方，把芫花研成粉末，用猪油拌匀，外涂，专治头癣。小到利尿，大到可以医治白血病，这芫花的药效真的不可小觑。芫花萜还有抗生育作用，能使孕妇流产。倘使我有机会写宫廷剧，宫中妃子的狗血喷头的争斗，又多了一个致命的死敌——芫花萜……

人间四月天，正是丁香的盛世，漫山遍野处处都是丁香紫。无须焚香除秽，品闻便可生香，这是来自大自然最醇美的香事！

一　剪　梅

文友的个性签名很有诗意："我要拿一枝梅，与你在冬天的路上相认。"如果说雪是冬天的符号，那么，梅花，应该是冬季的暗语吧？

宋人称一枝梅为"一剪梅"，且不论这"剪"字是动词还是量词，也不说这"剪"字的由来，单就是这一个"剪"字，就亮瞎了文人墨客的眼，更何况修饰限定的还是傲雪绽放的梅。活脱脱孤枝如剪，梅花独秀的诗情画意，如同饱蘸浓墨的大斗笔，浪漫欲滴！

一剪梅，词牌名，亦称"蜡梅香"，得名于周邦彦词中的"一剪梅花万样娇"。由此可知，古人吟咏的梅花，大多都是隆冬时节盛开的蜡梅，而不是初春时节绽放的梅花。李商隐称蜡梅为寒梅，故有诗句"知访寒梅过野塘"；《姚氏残语》中称蜡梅为寒客，蜡梅才是真正意义上的寒花。

画家喜欢用红梅映白雪，血色红梅，遒劲老枝，漫天白雪，这是文学艺术的浪漫，但也蒙蔽了事实的眼睛。渐渐地，人们的潜意识中，但凡吟咏梅花，脑海里浮现的定然是艳丽丰润的红梅，而不是质如干花、色黄若蜜蜡、老态龙钟的蜡梅。

有人说，蜡梅不是梅，是因为李时珍的一句话："此物本非梅类，因其与梅同时，香又相近，色似蜜蜡，故名。"

蜡梅，为蜡梅科蜡梅属；梅花则为蔷薇科李属。蜡梅在农历腊月开放，梅花盛开于初春时节，比蜡梅要晚两个多月。当然，也就错过了数九寒冬。真正意义上的傲雪挺立，所指乃是特立独行的蜡梅。

谈到爱菊花，首推陶渊明；提及喜莲花，自然会想到周敦颐；梅花之爱，我想，没人能超过陆游，梅花是他的知己，与他有白发未忘情的"旧盟"。他留存吟咏梅花的诗词就有数百首。陆游赞颂的到底是蜡梅，还是梅花？遍寻诗文，不难发现，诗人笔下的梅，"层雪积冰时"，身居"雪堆"，从时节上来说，这是蜡梅开花季。"只有香如故""十里香不断""幽香"，有此等浓烈花香的，只能是蜡梅。除非特别提到的"红梅""湘梅"。艳丽的梅花，才有浅浅的暗香；色彩平淡无奇的蜡梅，才能开出浓烈的香花。大自然的恩赐是如此平等，给了你艳丽的色彩，就剥夺了你馥郁的花香。所以说，香花不艳！

当然了，杭州孤山的梅花，就不是蜡梅。梅妻鹤子的林和靖，寻求的暗香疏影，唯有疏影对得上，梅花和蜡梅都是先开花后长叶子的。梅花的浅淡甜香，正好与暗香契合。

倘使果真要正本溯源的话，我只能不无遗憾地说，红梅不是梅，是蔷薇；蜡梅，才是真正的梅花！

不　染

　　最近，毛不易一曲《不染》风靡大江南北，低吟浅唱的唯美古风令人心澜微起，最打动人心旌的，当是那句"不愿染是与非"。今天观看巢湖市第二届春兰展，面对一百多盆精致完美的兰花，脑海里第一个跳出来的词，就是"不染"。

　　"素脸晶莹衬绿裳，疑真疑幻玉生香。月宫仙子将凡下，朵朵柔云惹断肠。"兰花盛开是一场修行，从孕穗，到开花，足足有五个月的时间。初养兰花时，不懂习性，一次看到花剑久无动静，贸然掐断，想看个究竟，却发现花容正在孕育时，只是我不习花性，没等及花开。等花开，是花的修行，也是养花人的修行。

　　兰花，是文人花，自古以来，关于兰花的诗词歌赋，如恒河沙数。刘克庄《咏兰》一诗中就有"萧艾荣枯各有意，深藏芳洁欲奚为？"兰花，花中君子也。爱兰者，喜兰花素淡之貌，更爱其深林不语抱幽贞的内敛秉性。兰蕙同宗，却又有别：一般来说，一箭一花为兰，一箭数花为蕙。蕙心纯洁，兰品高雅，所以形容清纯女子，常用"兰心蕙质"一词。

　　兰花的美，美在素净，美在幽静，端庄却不失婀娜之姿。古人品兰的标准为"四清"，即气清、色清、姿清、韵清。品赏兰花，首先是看株型，秀美的植株，纤细的叶脉，临风飘举，俊逸洒脱，凤眼交错而不杂芜，风韵清新脱俗，才可谓上品兰花。画家画兰，有一句经典口诀：一笔长，二笔短，三笔破凤眼。寥寥几笔，兰便跃然纸上，可见，兰，还有一个特点——简洁、明快。

标准的闻花香方式，是用手在花畔轻招，纯正浓烈的幽馨，随微风传送，飘忽而动人心魄。养兰花的人，基本不会直接凑上去闻花香。兰花的朵形、瓣形和花瓣的质感和色度，是衡量兰花品质的重要因素。名品兰花开品端庄紧凑、玲珑玉润，花瓣以梅瓣、荷瓣和水仙瓣为上品。

兰花，喜清净，不需要太多的关注。养兰花的人，也需心静，浮躁是养不活兰花的。兰花协会的唐会长告诉我：养兰花，要有三年浇水的功夫。心要狠，浇水不能过度，浇水的方式也是有讲究的，可以将花盆放入水中蘸水，也可以从盆面浇水，但都不能积水，浇水时也不能淋到叶片上，尤其是幼芽，沾了水会烂掉的。更多的时间里，就让兰花独自静静地生长吧。兰花自爱，不贪不嗔，兰的君子风范，就在于此。不了解花性的人，恐怕养兰花就很难得法。

安徽省书香家庭评比过程中，有一个环节是省里的专家上门实地查看评分。我只想着把平日里乱糟糟的书橱整理出来，结果，给我增添了额外印象分的，竟然是阳台上十来盆兰花。一位专家把我家拐拐角角都查看了一遍，低声告诉其他人："她养了好多兰花。"我还在展示各类获奖证书时，专家们不约而同地去欣赏那些兰花了——我沾了兰花的仙气！

繁华闹市里，对着几丛兰花，便有深山之幽、空谷之静。佛教名词"兰若"，原意为森林，引申为"寂静处，空闲处，远离处"，远离人间热闹之处，这些房子可供修道者居住静修之用。或许只是一种巧合，兰的禅寂，也在清静悠闲之处。兰，花开两季，一季缘来，一季缘散，不染轻尘，不惹是与非，质本洁来还洁去，这是兰一世的静修。

仁者乐山，智者乐水，君子，乐兰！

菊婢金凤

倘使说菊婢，或者金凤，未必有人知晓，但如果说"染指花"，几乎人人熟悉。夏日里，村前屋后繁花盛开的小花园中，都少不了这种花。《群芳谱》中记载："其花头、翅、尾、足俱翘然如凤状，故又有金凤之名。"所以古人称之为"金凤"。当地人习惯叫她"凤仙花"，如凤，是依花形而定，带仙，足见花之妖娆不俗。

凤仙花又叫透骨草、洒金花、芨芨草，在乡下，是极其常见的普花。小时候，我们总是见缝插针地栽几株凤仙花，大人们也不反对。因为她除了能染指甲以外，听说还有驱除五毒的功效。在古代，凤仙花位列为花草的下品，被贬为"菊婢"。但她却以其花色艳丽，有旺盛的生命力，并且用途广泛，深得老百姓喜爱。

金凤染指甲，方法很简单：用花和叶配以明矾、白酒，捣烂。添加明矾和白酒，能增强颜色的附着力以及附着时间。但当时不知道这些，做的都是人云亦云的事。晚上临睡前，敷在指甲上，再用苘麻的叶子包裹，棉线缠绕系紧，指头如包裹严实的长粽子。第二天早晨，十个手指甲都成橘红色的了，一般指甲变长了，红色才渐次褪去。我想这应该是指甲油的前身吧。偶尔从古诗中得知，原来古人也有用凤仙花染指甲的习惯。

最早记录我国古代女子用凤仙花染指甲的诗句，出自唐代李贺《宫娃歌》："蜡光高悬照纱空，花房夜捣红守宫。"透过薄薄的窗纱，我仿佛见到儿时的我们，正埋头在灯下制花泥！元代女词人陆琇卿在《醉花阴》中，还传授了染指的具体方法："曲阑凤子花开后，捣入金盆瘦。银甲暂教除，染上春纤，一夜深红透。"第二天芊芊红指甲，就如"数颗相思豆"。杨维桢的诗文《凤仙花》中也有记载："金盘和露捣仙葩，解使纤纤玉有瑕。"由此可见，女子用凤仙花"美甲"，元代就已经相当盛行了。

金凤花的花和叶子，不仅可以捣烂了染指甲，还可以入药，有祛风止痛、活血化瘀的功效，外用还可解毒。有人用白色的凤仙花治疗灰指甲。治疗灰指甲的程序，与染指甲基本相似，只不过把明矾和白酒，换成醋而已。我疑心凤仙花最初是用于治疗灰指甲的，因为治疗过程中的副作用，是把指甲染成鲜艳的色彩，赢得女性的青睐，于是乎，歪打正着，就发明了凤仙花染指甲的作用。

金凤花的叶茎还可以食用，清代《广群芳谱》云："凤仙花梗采头芽焯，少加盐，晒干，可留半年余，以芝麻拌供，新者入茶最宜。"明代《救荒本草》提到，凤仙花植株可用作救荒食物。换一句话说，凤仙花的植株是可以食用的。

凤仙花的种子，俗名"急性子"。大约是因为种子成熟后，你只要稍微一碰，纺锤形的种子外皮就会炸裂旋卷，种子借助迸溅力，四处播撒，如同关久了的困兽。或许正是因为这种传播方式，凤仙花在英文中，又叫"莫碰我"。植物界很多种子的传播方式，都堪称传奇。种子外壳坚硬，随意落在土里，第二年就会自动生发，长出更多的植株，这也是凤仙花寻常见的另一个原因。凤仙花的种子具有软坚、消积、破血的功效。茎也可以入药，有祛风湿、活血、止痛之效，用于治风湿性关节痛、屈伸不利。

听父亲说过，植物对节生长的都可以入药。自然界的神奇往往就在这些默默无闻的草木间，如这被人誉为菊婢的下等普草，全身都是宝，让人不可小觑！

四月春深花似海

这个冬天太漫长了，漫长得让我忘记了春天的模样。朋友的微信中，贴满了春花的照片，我的心一颤，何时春已至？春花已经开得如此灿烂，我竟然不知晓。每天对着窗外，除了楼房，还有对面窗口，同样满是渴望的眼神，我的心还沉浸在冬日的苦寒里。

我和春天的距离，不只是一只口罩。长时间蜗居家中，偶尔外出，天河边的几株桃树，竟已花开满枝头，心中不禁暖了几分。

这个春天很特别，大街小巷，田塍旷野，踏春的足迹稀疏了很多。我对春天的理解，是每天上班时，路边的花树。杏花落时，桃花红。春时，就是一拨接一拨的花开、一拨接一拨的花谢。

因为疫情，学生上课都在网上，每天在网络上教学、辅导，已经很久没有去单位了。也就不曾知晓，春深几何了。只是偶尔出门，看樱花谢了，梧桐开了。

清晨，突然闻到空气中，弥漫着浓郁的花香，站在阳台上四处眺望，小区里绿荫浓密，却少见春红。哪里来的花香，如此浓郁，让人沉迷？难道是遥远地方的花香，乘风而来？或许是满山的槐花，或许是田野里的紫云英，抑或是我不知名的花，正自由绽放。毕竟，春天是属于她们的，花儿可以由着性子芬芳。

黄昏时分，去楼下拿快递。越走香味越浓烈，我好奇地四处张望，想知道花开的方向。最终，我的目光落在道旁的香樟树上，素淡的香樟花，只比叶子清浅一点，倘使不留意，根本看不出是花开。

一大串一大串圆锥形的花絮，摇曳枝头，满树芳香。戴着口罩，也丝毫不能影响我们闻见花的馥郁。

晚上，打电话给母亲，她说，院子里的橘树开花了。满树都是花，香气扑鼻。院中一棵橘树，是父亲生前所种，每年挂果时，都是金灿灿的一树。一棵树能结两大箩筐橘子，橘树果实大，味道甜，成了我心中乡愁的味道。

不知道为什么，这几年，橘树一直生病，表皮有如生了锈，金灿灿的橘子成了黑皮果，果皮僵硬，果实小不说，还很难剥开，味道也酸涩。打农药也不起作用。春节回家，动员哥哥把新枝都砍伐了，想以此来断除不知名的病害。哥哥端了梯子在上面锯，我在下面指挥，还用大剪刀剪，可能太忌惮病害，所以下手狠。等母亲赶来，高大的橘树，已被我们彻底瘦身。妈妈懊恼至极，说我们砍过了头，担心春天开不了花。看着被我们剪得齐刷刷的老橘枝，我也颇为担心，怕无处开花。

接到母亲的电话，我悬着的心安稳下来。春天如此浓烈，橘树以超乎寻常的坚强，在这个季节里开花。有了花，结果还远吗？

第六辑

弦上吟月

霜　色　冷

别人盼雪的时候，我也没闲着，日日去看霜。时间长了，居然发现一个规律，有霜的日子必定是晴天，不知寒霜与晴空是何因缘。

霜寒如刀。高秸的芒草已经枯败，贴着地皮的蔓草还是活生生的，纤细瘦长的叶脉被霜打过，呈紫褐色，更加老辣，一副饱经沧桑的沉稳。

历经霜冻，俗称"被霜打"，霜无手，如何"打"的？学校围墙外攀附的一架扁豆，头一天还是鲜活饱满，几枝斜逸的花茎上盛开着紫色的扁豆花，兜状的花蕾，娇憨妩媚。一夜白霜，藤叶萎靡，像被鬼魅吸干精髓，割了命脉，只剩下单薄的表皮。太阳一照，花蔫了，藤茎摧枯拉朽般变黄枯萎。霜气果然厉害，最强硬的摧毁是由内而外的。回头看这个"打"字，妙绝！

冬日温度起伏不定，霜色忽深忽浅。霜色沉重时，像落了一场小雪，远望，田野白苍苍的，还笼着一层雾气。村庄的瓦楞间，有深深浅浅的白霜，人家的屋顶白的霜、黑的瓦，格外分明，极有层次感。霜气似乎更钟情于旷野，郊野的霜色总比村郊更醒目，像施了一道粉。疏松的泥土，轻盈的枯草，静默的庄稼，都成了霜色乐于粉饰的对象。

二十四节气中，霜降这个词，最不妥帖，让人以为霜如雨雪，都是从天而降。其实霜是自然形成的，气温下降，地表的水汽突然遇冷，就凝华成霜。霜色冷艳，能摧毁一切，又在改写一切，将绿色催成枯黄，再抽丝剥茧，把叶片掏空、催老。

霜性刻薄，庄稼最怕干冷，凝霜，把地表的水分都吸干了。为了保护庄稼，农田抗寒的最佳方法，就是深耕细耙，务泽保墒。好在前几天下了一场小雨，田地里还湿漉漉的，有充足的水分，庄稼才不至于被祸害。

摘一片披霜的草叶，迎着太阳光看得分明。叶面上毛茸茸的白霜，原来是一片片细小的冰晶。一排排直直地竖立着，如同被磁铁吸附起来的铁粉，踮着脚尖，密密匝匝直立在叶面上，犹如一把把明晃晃的钢刀，随时随地都能扎进叶片的胸膛，杀气十足。

为了让学生也能欣赏到细霜，我捏着这柄沾满霜晶的蒿草，匆忙往回赶。进了教室才发现冰晶不知什么时候早已融化。霜气凛冽，不容亲近！

霜天，温度越低，冰晶结得越大，蓬蓬松松，粉嘟嘟地包裹着草茎、树枝，像一枚蘸满糖霜的蜜饯。这就是雾淞，在别人的眼里是风景，却无时不在自伤。这一点很像张爱玲，我们看到的是她的文字雾淞，因冷而成。喜欢张爱玲的文字，更喜欢探求文字背后的真神，可她每一张照片给我的感觉就是一个字，冷。如霜，拒人千里。

张爱玲说极端病态和极端觉悟的人并不多，但她是极端觉悟的，女巫一样，能洞察人世，却又诡谲，让人难以琢磨。她能将一个个鲜活的、病态极端的人物刻画得鲜血淋漓，却也把自己演绎成一段爱情的悲剧。我想，即便没有小周，没有秀美，没有……胡兰成也难成她的今生今世，爱玲是霜，她的心不是暖的，焐不热爱情。

入夜，月色如半璧玲珑的玉玦，孤零零地悬挂在邈远的苍穹。夜归，忽见小区草坪上微微泛白，以为是霜，霜色这么早就潜入夜？走近，发现是错觉——月色如霜。止步，笑自己，霜色清寂，怕是早就疏离了城市的喧嚣！

猫　冬

猫冬，是北方人的方言，江淮之间是猫不起来的。北方人当我们是蛮子，南方人又笑我们是侉子，不南不北，也不是"东西"，暖气不供给，空调太浪费，室内室外都和冰窖一样。比不上北方，家里家外冰火两重天，进了房间甩掉臃肿的外套，宛如从隆冬一脚踏进了煦暖的春季。猫冬，让人好不怀想。

儿时，冬季似乎比现在冷得更实在。数九寒冬，鹅绒般的大雪接连下了好几天，远山近景都铺上厚厚的积雪。路边的雪地无人践踏，雪依旧洁净无染，我和哥哥们齐心合力堆积的大雪人，被邻居奶奶踢去了半边身子，她硬是说，雪人正对着她家大门，不吉利。

田里已无农事，母亲有足够的时间看管我们，怕我们再惹事端，强行将我们关在屋内。被窝是唯一能困住我们的，母亲虽然爱干净，这种情形下，也不得不特许我们猫进被窝。

霜前冷，雪后寒。化雪时滴水成冰，冰冻挂子都有尺把长，银锥子一样，齐刷刷挂在屋檐下。

一家人老的老，小的小，拥衾围坐在老式的大床上，外婆的鬼故事此时最招引人。玄妙的鬼故事，往往从下午一直讲到雪后黄昏，吃了晚饭，继续。说的人滔滔不绝，听的人津津有味。我是既爱听，又怕听。外婆天生就是讲故事的高手，总是在最关键时刻戛然而止，片刻的停顿，空气都凝固了，黑夜格外惊悚；她还会在最惊险的时候发出"嘭"的一声巨响，声情并茂，让人大骇。哥哥们嫌我烦——老是尖叫打断外婆的故事。要我捂起耳朵，可我还是忍不住偷偷松开手……

听鬼故事就像吃辣椒，有瘾。但吃下后，未必消受得起。每次听完故事，众人散去，我却不敢闭眼睛，怕睡着了，梦里全是小鬼闹腾。又不敢睁眼，四周黑咕隆咚。实在放心不下，担心角落里躲藏了灵异，屡次三番要外婆打开灯，查看床下是否躲藏了异物。因为害怕不愿意关灯睡觉，浪费了电，多次招惹大人呵斥。

偶尔父亲休息在家，如果说外婆给我们的是阴森森的欢愉，那父亲带来的就是阳光，即使在枯寒的冬季。父亲也会给我们讲过去的事情，教我们打牌做游戏，一家人围坐在火盆旁，花生、蚕豆，埋几枚在温火下，扑哧一下爆裂开就是熟了，用竹筷子夹出来，孩子们开心分享……猫冬的一家人其乐融融，尽管没有电视，没有电脑。

如今，似乎总是很忙。偶尔，周末下午闲，我们也猫在家中，却是各做各的事。儿子做他永远做不完的作业，先生在电脑前下象棋，我喜欢蜷缩在被窝里，像太阳地里慵懒的猫。窗帘撩起一半，阳光斜斜地流进窗棂，一半映入窗帘，一半落在被子上。冬日本已清寂，下午更为薄凉，如同一小勺咖啡溶进一大壶开水，寡淡无味。好在色调灿烂依然，略微能给人提起一点精神。

我知道时间为什么又叫"光阴"了。阳光在窗前一点一点地褪去，宛如卸下一件华丽的衣衫，起初慢慢地，最后，太阳一个转身，最后一抹金色骤然遁去。不知不觉中，夜已降临。冬天是个善于思考的季节，短暂的白天，漫长的黑夜，白天做过的事情，夜晚可以一件件拿出来细掂量。

天气预报说下周要降温，窗外的花需搬进来。阳台上虽不甚温暖，至少可以遮风避雨。花草也是需要猫一猫冬，冻伤了根，来年开不出艳丽的花朵。人猫冬，花猫冬，企业也猫冬，经济形势不好时，企业采用这种措施以应对。人心情不好时，猫一猫，身心也能修复。

间或猫一猫，寒冬不经意中就溜走了！

不负四月天

　　林徽因在《你是人间四月天》中，把爱的芬芳写进诗句，"我说你是人间的四月天，笑响点亮了四面风……"四月的天，是暖的，有情也有爱！

　　阳历四月，恰好是暮春时节。气温适宜，不冷又不热；没有蚊虫叮扰，空气温润，没有秋冬的干燥，也不比梅雨季节的阴湿，该是一年中最舒适的光阴吧？"一年之计在于春"，读书也正当时。父辈常常告诫我们：读书不要"早怕露水，中午怕热，晚怕蚊虫早早歇"！可惜班里总有个别学生迟到于早读课，他给我的理由很俏皮，"春眠不觉晓"……都是春天的错，让人无从责罚！

　　四月，阴晴交错。连续晴朗，气温飙升，就在你热得感觉春天就要去了的时候，总会有一阵春风、一场春雨适时地调和一下，浇一浇节气的浮躁，好让春日又恢复了往日的心平气和。

　　淡淡初春，最早报春的恐怕就是玉兰花和杏花了。玉兰花经过一个寒冬的孕育，终于在春风乍暖时，第一个绽露芳华。相对来说，杏花虽没有玉兰的厚重，但她却以轻盈的蝶衣，翩跹在春色烂漫里。她是春红里的头牌，杏花谢了，桃花、梨花才陆续登场。

　　上班的路上，有一株碗口粗的杏树，在我眼里，她是报春鸟——杏花绽放，春就翩跹而至。"绿杨烟外晓寒轻，红杏枝头春意闹"，杨柳依依时，还是清寒料峭，唯有粉杏满枝头。一个"闹"字，把无限春光，点染得淋漓尽致。但结局总是一样，忽然而至无

233

由的风，一夜骤雨，第二天，便是落红满地。每日清晨，有一老妇人就会来小区，用方言拖腔压板地喊"卖——粽子"。心里惦记着那一地的落花，总疑心她是在叫"卖——杏花"。

草长莺飞的四月天，色彩斑斓。浅花是序曲，初春的清浅，开到暮春的浓烈，各色春花，越开越灿烂。道旁花树，来不及长叶子，就赶紧花满枝头，一串串红桃粉杏，分外妖娆，抢尽风头。春花一拨又一拨，樱花开得正欢的时候，紫藤也不甘寂寞了……

花开，是热闹的；花期再长，也会凋落。落花满地，寂寞的丫枝疯长着嫩叶，弥补着"落花流水春去也"的落寞。想起一句歌词"请把我埋在春天里"，纵使春去了，每个人心中都有一份春天，古往今来都如此。

子路、曾皙等弟子陪着孔子坐着，孔子问他们："如果别人知道你，你应该怎么做？"子路侧重于治军，冉有倾向于理财，公西华乐于外交，众人侃侃而谈时，只有曾皙在一旁默默弹瑟。倒是孔子问及，曾皙才舍瑟而语：我的志向和他们三个都不一样——暮春时节，春衣已经准备好。我和五六位成年人、六七个青少年，去沂河沐浴，在舞雩台上吹干发髻，再一路唱着歌儿回来！

看似最碌碌无为的志向，却偏偏得到孔子的点赞。大事即小事，小事亦大事，这或许就是孔子的用世之道。我也因为曾皙这段话，一下子喜欢上这个人，喜欢他把自己彻彻底底地交给春天的那份自在洒脱。

春日娉婷，不适合穷兵黩武，理财、外交也都辜负了好春光。最妙的是什么都不需想，就这样简简单单地把自己交给春天：沐浴在花海中，心情似蝶袅娜，跟阳光一起明媚，与春风一样和煦，才能不负四月天！

蛰　夏

持续高温，太阳白生生，化作千万道利剑直刺地面，不敢与之对视，太刺眼。小城落在剑阵里，被火辣辣地炙烤着，如同搁置在火炉上。微火慢炖，炖得人筋骨疏懒，大清早，动一动就是大汗淋漓。空调房犹如孙猴子金箍棒画成的保护圈，成了最后固守的阵地，不敢越雷池半步，怕被白骨精捉去似的。

时日删繁就简，生活细节都化整为零，成了一串省略号，也无人责备。赶上放暑假，两三天不出门是常事。偶尔穿戴整齐，就是为了补足供给——冰箱里的酸奶、菜蔬。还有就是忍了又忍，再忍就要停水断电关手机，凑齐了一把缴了费，然后又躲进小楼成一统，像一只冬眠的熊。

天冷了冬眠，天热了也要蛰伏。私下里以为，"三伏"就是让人在炎热的夏季里，蛰伏，蛰伏，再蛰伏。唐人张守节有曰："伏者，隐伏避盛暑也。"

偶尔也想起小时候，家里有几亩承包田。炎炎夏日，正是双抢时节，抢收抢种。为了赶时节，棰棒画两只眼就当人使。七八岁的孩子成为田里的劳动力，在农村很正常，不独有我。

在乡下，夏天的早晨来得格外早。天麻麻亮，就被大人们拖起来，到田里拔秧，吃早饭前要拔足一上午插的秧苗。睡眼惺忪，深一脚，浅一脚，心里抱怨大人们叫得太早。到了田头，邻家的一块水稻田，昨天傍晚才割了稻子，现在已是一浪白。原来是趁着月色，横犁竖耙，把稻田深翻平整了。此时，老伯正悠闲地坐在田埂边抽着烟欣赏着他的杰作。父亲为他续了一根，他也不客气，接了火，狠狠地吸了一口，才跟父亲搭上腔：晚上犁田凉快，牛也少吃亏……那条劳苦功高的老牛，也卸了犁耙，信马由缰地顺着荒草丰茂的田埂，疲倦地啃着青草。

此后，我就少有抱怨。怕被归为"早怕露水中怕热，晚怕蚊虫早早歇"的懒汉之流。

烈日当空的中午，再热也关不住小孩子的游戏心。捉蜻蜓是我最爱的游戏，屋后的一丛黄蒿还有几棵伐下来的枯树枝，倦飞的蜻蜓成群地栖息于此。有时还有绿豆色的"抬竿蜻蜓"，因为壮硕，但称它"抬竿"还是夸张了点，抬竿通常有手腕粗，丈把长，用来抬草垛的。抬竿蜻蜓难得一见，要是能捏到一两只更是喜上添喜。池塘边有火红色的小蜻蜓，鬼灵精，手伸过去，一捏，听到风声，它就飞走了。伙伴们都说它是诱骗小孩子掉下水的，我对它们也敬而远之。倒是那种橘黄色的蜻蜓憨厚些，蹑手蹑脚地走过去，趁其不备，轻轻捏住翅膀或者尾巴，就能生擒了。运气好能捉一大把，回家后放养在蚊帐里，听说能吃蚊子。有些还能侥幸逃脱，死掉的就拿去喂鸡。

捕蝉也是很有趣的游戏，用一截铁丝弯个圈，把塑料袋套在铁丝上，成了一个网兜，再固定在长竹竿上，就是捕蝉的神器。蝉喜欢卖弄，"知了，知了"地暴露了自己的行踪。网兜伸过去，蝉被惊吓，振翅一飞，正好落入塑料袋中。也有狡诈的，"呲啦"一声长鸣，屁滚尿流地飞走了。

往往此时，玩兴正酣，却被母亲老鹰捉小鸡似的提溜回家，看犯人似的，强迫我在凉床上午睡。还恐吓我，外面热，要中暑……

下午四点刚过，没有丝毫降温的趋势，儿子又夹着篮球上球场了。或许，三伏只是大人们的三伏。天再热，也影响不到孩子们玩耍的心情，他们不需要蛰夏。

插 秧 季

雨天很短暂，接下来的日子，日头一天比一天紧，温度快速飙升到 30 多度。好像有人在地幔下架了一口巨型大蒸锅，地壳里沸腾的岩浆，把地面熏蒸得热气腾腾。

田野里，油菜刚刚收割。新翻的水田，白浪浪连成一片。远远望去，田埂纤细如线，如同纸上的线条。农民们即将在线条之间的白水田里，书写这个季节的守望。秧苗，横一排，竖一列，密布田间，把白水秧田染成淡绿。

三月育苗，四月栽秧，这就是节气，是日子和日子之间的结点，把播种和收获的农事标注成农人心中的时间代码。没有节气之分的田地，和榆木疙瘩是没有区别的。插秧季是一年当中第一个繁忙季，农事的序幕就这样紧锣密鼓地拉开了，如同一场惊心动魄的战事，在田间地头布下阵势。

开秧门是一件大事。民间把每年第一次栽秧，叫作"开秧门"。开秧门的仪式也是极有讲究的，须备下荤腥酒菜、香烛黄纸，在秧田边或者土地庙焚香祭拜，祈求风调雨顺，五谷丰登。"文革"时期，这一仪式被当成封建迷信，被破除了。但农家对开秧门的重视，依旧留存心底。每年第一次插秧季，都由家里德高望重的父辈，先下秧田，拔第一把秧苗。然后妇人、孩子们才陆续下田拔秧。

拔秧是一门手艺活儿，不仅要拔得快，秧根洗得干净，一把秧苗还得捆紧，以免抛秧时散掉了。抛秧俗称"打秧"，就是把捆好的秧苗，均匀地抛到水田里。看似是力气活儿，其实也是技术活儿。会打秧的人，能准确目测抛秧的密度，能让栽秧的人顺手可得，又不至于堆积。

能被请去栽秧的人，是可以引以为骄傲的，至少算得上有"一把刷子"的栽秧能手。农村评价女人能干有另一套标准——不看你平时"嘴呱呱"，就看你田里做活儿时的真功夫！

平日做农活儿，快慢难见分晓。插秧就不同了，一人一趟秧，领秧的人一般都是插秧最利索的人，所以排在第一位。后面插秧的人要以她插的秧为行。要是哪位后起之秀，想一展身手，超过领秧的人，就会成为秧田里的一道风景了。插秧田里的较量是真刀实枪的，稍不留神，就会被左右的人超越，俗称"关"起来，那就成了田埂上的笑谈了。往日里，很多年轻的女子，就是凭着一手插秧的绝活儿，被同乡的后生相中。

请人栽秧，是极庄重的事。当然不能亏待别人。"大渣肉饭"，即便是九十年代，也是一顿像样的盛宴。所谓"大渣肉饭"，就是米粉肉。用一个"大"字来形容，足以表现肉块大、厚实，筷子夹起来要有两头搭的韧性，吃着才过瘾，一口咬下去，满嘴流油，肉香四溢。

再往前追溯一代人，生活条件艰苦。家里请人栽秧时，备下的两盆"大渣肉"是有区别的：一盆是货真价实的大渣肉，另一盆则是渣冬瓜。干活儿的人围坐一桌吃得香喷喷，雇主家的孩子们围着锅台吃渣冬瓜。外形相似，再裹上一层米粉，倘使不吃到嘴里，是难以区别的。不知底细的客人，还以为孩子们也在吃着大渣肉，于是便可安心享用这顿盛宴了。

插秧季衍生出来的，不独是餐饮文化。"手把青秧插满田，低头便见水中天。六根清净方为道，退步原来是向前。"这首《插秧诗》是南北朝时期的布袋和尚游化民间时所作，为的是度化那些曾经和他在一起的插秧农人。

238

秧歌，起源于南宋、元朝，是民歌的一个分支，与山歌、船歌、茶歌、渔歌并列。民歌之乡巢湖司集，有一首家喻户晓的秧歌《一支秧歌一趟秧》，成为农耕文化中独秀的一支。民间有一种说法，古代农民在插秧、拔秧等农事劳动过程中，为了减轻面朝黄土背朝天的劳作之苦，以唱歌解乏，久而久之，就形成了秧歌。

又是一年插秧季，点点翡翠洒田间，布谷未叫绿满田。一支秧歌一趟秧，秧苗随歌迎风长。唱出碧波翻金浪，唱出稻谷扑鼻香……

春日闲趣

油菜花渐次飘落的时候，柳絮也满世界飘飞，大约是在传递一个信息，春色将尽。

春雨丰盈，田沟里的水汩汩流淌，几条泥鳅经受不住暮春暖意的诱惑，大白天就出来嬉戏，顺着水流游弋。那时，该是上中学了吧？放学路上，忍不住搁下书包，和小伙伴们活捉泥鳅。

虽然是女孩子，但我自小就喜欢捞鱼摸虾。"小孩要哄，泥鳅得捧"，老人们的经验果然顶用。几个小伙伴齐动手，三下五除二，泥鳅们就被捧上了田埂。在硬泥地上，它们再滑头，也无计可施。

夜幕降临，田野里就上演了捉泥鳅大赛。黑漆漆的旷野里，这儿一盏灯火，那儿一盏灯火，如同夜空里飘飞的萤火虫。醉翁之意不在酒，与其说他们在捕泥鳅，还不如说，是在寻趣。

掇泥鳅的工具很简单，之所以用"掇"，大约是与针有关。将废弃的牙刷去毛，再把缝衣针烧红了，一排一排整齐地焊烙在牙刷上，然后，把布满针头的斩针固定在长竹竿上，就可以掇泥鳅了。

新做的秧苗田，一畦一畦，平平整整，透过浅浅的秧水，躺在秧田里的泥鳅清晰可见。每每此时，我都激动不已，抢着父亲手里的斩针去掇。结果，用力过猛，掇偏了方向，泥鳅跑了。几次尝试，都以失败告终。虽然父亲没有责怪我，但我还是自觉地收敛了"见人家吃豆腐牙齿快"的自以为是，老老实实地提着塑料桶，紧跟着父亲。

父亲是"老将出马，一个顶俩"。看见泥鳅后，手电光紧盯着它，稳稳当当掇过去，泥鳅扎在针头上，用力地扭动着身体。为了不使其逃脱，父亲把斩针翻过来，托着泥鳅。我赶紧递上水桶，父亲轻轻一磕，泥鳅就进了桶里。

四周一片黑暗，只有眼前一圈晕黄的灯光。我的心神都凝聚在灯光照射的地方，不知道害怕。其实，也没什么好怕的，在我的心里，只要父亲在跟前，我从来都是无所忌惮的。他强而有力的气场，伞一样保护着我，我就可以稳稳地享受安宁。

偶尔也会有些小插曲。看见水面上有蜿蜒游动的水痕，以为是黄鳝，指着方向，和父亲一起穷追不舍。斩针掇过去，提起，才发现捕获的不是黄鳝，而是一条花花的蛇。它首尾并用，死命地绞在竹竿上，着实吓我一跳，慌忙丢了竹竿，惊叫："蛇!"

父亲不慌不忙地拾起竹竿，轻轻一抖，蛇就散落水中。"不要怕，水田里没有毒蛇。"父亲又说，"蛇是抬着头游的，黄鳝是平游的……"因为近视，我摸不清敌情，就贸然行动，好在有父亲解围，有惊无险。

也有乐极生悲的时候。平日里在水田里寻泥鳅，一米之内能见到两条，就已大快人心了，倘使在不足一平方的水坡上，看见密密地排列着几十条逆流戏水的泥鳅，那简直就是奇迹。父亲急忙用手捧，泥鳅太多了，捧了这条，跑了那条。到嘴的鸭子不能飞掉啊，我赶紧放下水桶，手忙脚乱地凑上去。这边泥鳅还没捧上来，一撅屁股，把摆在身后的水桶拱翻了。水桶里的泥鳅，稀里哗啦地流到下游的水田里。唉，半天的劳动果实，又拱手奉还给水田……

三十年的光阴，只在转瞬间，耳鼓里依旧萦绕着"呱呱"的蛙鸣，不知道现在的田野，暮春时节的晚风里，会不会还有寻趣的灯盏？

落雪，为念

前几日，天气预报就提示周三开始有中到大雪。不禁想起2008年的那场大雪，一夜大雪如山倒，覆盖了山的轮廓，遮蔽了道路的行迹，远村近树的影子都模糊在雪野里。城郊乡村的交通彻底瘫痪了。那一年，没有期末考试，没有开结束会，甚至办公桌上的各种各样的通知还没来得及收拾整理，就匆匆放假了。像一队仓皇溃败的残兵败将，没有兵戈相交就潦草鸣金收兵了。

周三上午，老天紧绷了几天的脸，似乎突然绽开了笑容，虽然不见太阳，但能感觉到它的光芒。看情形，上苍大约已经收敛了起初的冷酷，雪意尽消！下午快放学时，还是接到上级主管部门的紧急通知，放假……

雪，总能给人无数的遐思；爱雪，妇孺的天性。为了这场如约的大雪，我做足了功课：提前买了很多蔬菜，怕大雪封门，物价飞涨；又储备了几桶清水，担心天寒地冻，自来水管冻结了。夜幕降临，雪零零落落地飘散着，我躲在被子里，畅想着明朝与2016年第一场雪的喜相逢！

本该睡个懒觉的，但我想去看没有被踩踏过的雪。原封未动的雪，是最好的景色。起了个大早，拉开窗帘，地上湿润润的，没有积雪。只有树梢上残留了一些雪，浅浅的雪，连小草都没有掩藏住。先生问："雪大吗？"儿子说："可以去堆雪人吗？"我无从应答。

和我有同样困惑的家长打电话咨询："雪也没怎么下，学校怎能连期末考试都不考，就让学生放假了？做学生的，哪能一点苦都不吃，整天躲在温室里？"……我被他质问得哑口无言。

电视上播放一则新闻，一个父亲陪着儿子在雪地里做仰卧起坐，路人纷纷指责。就连主持人，言语中也流露出对家长的批评。韩国学校为了磨炼学生意志，让他们光着膀子在雪地上打滚，进行魔鬼式冬训。倘使中国媒体有类似报道，中国的爷爷奶奶肯定看不下去了，于是，不知道校方又会受到何等指责！

上作文课时，要求学生写一篇游记，学生说没看过；让他们写有趣的事，他们找不出什么事是有趣的。追问原因：平时父母忙，不会带他们去游玩；节假日，家长把孩子关在家里。仿佛出了家门，就等于出了保险柜，不再安全似的。我让他们结伴去附近的岱山览胜，或者去龟山一览大湖秀色……周一再问，只有寥寥几人去了，别的学生家长不准他们出去"玩"，他们的游戏，只限于在家看电视、玩手机！

我上中学的时候，即便寒冬已经很少有机会能将村后的大塘冻结成天然的溜冰场，但屋檐下倒挂的冰冻锥也能结成手腕粗，一两尺长。我们常常把冰锥扳下来，做战斗的兵器，有时，也作零食，吮吸几口，大人们见怪不怪！

雪下得几尺厚，厚厚地堆积在旷野里，像一幅巨大的白色羽绒被。清晨的田埂上，除了一两只随意溜达的狗，只有上学的孩子们了。村里的小伙伴结伴去上学，个子大的同学走前面，小同学套着前面同学的脚印走，一串脚印，从村庄度量到学校。

有的同学因为穿的是大人的胶鞋，脚从积雪里拔起来了，鞋子却还埋在雪地里。还有同学脚一滑，摔得四脚朝天，爬起来，拍拍身上的雪，继续赶路。同学们相互照应，踏雪访学，可以堆雪人、打雪仗。雪是上天的恩赐，是植被御寒的工具，也是诗人笔下的素材，更是孩子手里的玩物，随你恣情塑造。如今回想起来，那些往事，是一段有趣的经历，也是一笔宝贵财富。和现在的贫血童年的孩子相比，我们真是太幸运了！

　　捧着一杯热茶，看窗外细碎的暖雪纷纷扬扬，迷乱得不知道方向。地上仍然没有积雪，但树梢又开始微白了，前夜的雪已经化完了。瑞雪兆丰年，我渴望下一场完整的雪，有雪的风骨和豪情。大朵大朵的，如蹁跹的落梅；积存得住，厚厚实实地铺成值得怀念的背景，而不仅仅只是今天的过客！

弦上吟月

未央打来电话，要我提前赶往龟山，晚上的祭月仪式是需要排练的。黄昏的湖面安寂得如同一只温顺的羔羊，风和，日光紧得炫目，丝毫不见秋日的倦怠。

西天的祥云，纵横为一只巨型的飞天金凤凰，驰骋在浩远的天尽头。落日恰好点染着凤头，好似凤凰涅槃，浴火重生。

车载广播一曲接一曲播放着与月亮有关的歌曲，《月半弯》《月亮代表我的心》《明月千里寄相思》……八月才十四，中秋的滋味已经被煨煮成罐中浓酽酽的醇汤，被小火焰熏蒸，"咕咕咚咚"地在罐中沸腾翻滚。

祭月的地点具体定在哪里，着实让王东老师大费了周章：深入湖心的栈桥头，自然是最理想的境地；又怕围观人众……权衡再三，祭台还是设在茶社前的广场上，三面拥水，一侧环山，占尽了地利，就差今晚的女主角隆重登场了——我分明已看见东边天空中淡淡的月痕！

斜阳西下，湖天一色，近浅远深，沉淀在淡紫色的余晖里。夕阳的倒影，被涟漪摇曳成一束燃烧的火焰。月痕逐渐清晰明澈，但她还是安静地躲在幕后，朦胧，如同衬在天幕上的水印，耐心地静候太阳的谢幕。一群白鹭从头顶掠过，我目送它们飞向湖的那边。湖的那边是山，山的深处，就是它们的家？

古琴清越，玲玲玎玎，把黄昏弹拨成月夜。中秋祭月，知音雅集，有朋自远方来，不亦乐乎？

嵇康谓古琴"众器之中，琴德最优"。徐州来的斫琴师汤可义，正好应验此语。听说他制琴技艺高超，所斫之琴若有微疵，他就弃置在房中。这半辈子，库房里搁置的弃琴就有半屋子。有人劝他："这些琴你稍微修饰一下卖掉，比别人制作的琴也差不到哪里去……"汤可义断然回绝："别人怎么做，我不管；但我汤可义卖出去的琴，绝对不能有半点瑕疵！"我想，这样的品质才能与古琴相称。自古以来，琴棋书画被视为文人雅士修身养性必备之修为，古琴尤以清雅和淡的音乐品质，寄寓文人雅士超凡脱俗的处世心态。同来的还有一位执心画兰的禅师，也是位大雅之士；来自无为的胡育雄先生，是国家级古琴非遗传人刘赤城的高徒，也是王东老师的师兄。知音会聚巢湖岸边，诗意兴然，吟唱应和，古风习习，是巢湖民间艺术界的宴飨。

古礼拜月的仪式古朴庄重，自古祭月，是对自然的敬畏和感恩。三上香，三祭酒，执事借着月光和烛光，诵读祝文……古人用"三拜"之礼向月神示敬。祭月仪式本身就是一场观礼，它的流程里包含了太多古文化元素！参加拜月的人神情凝重，观礼的人也投入其中。电视主持人张琪即兴朗诵了千古名篇《水调歌头》，此处没有闲人，所有的人都是祭月古礼的参与者和见证人。

设琴的场地，就应该如此——依山傍水，任旷野回响，天籁和声。琴是用心弦弹拨的乐器，听者也应该用心灵悦纳——琴韵涓涓，将弹奏者心底的高山流水，点拨成知音人心尖上的"峨峨兮若太山，洋洋兮若江河"。

琴声时而高亢转急，散音处嘹亮浑厚，宏如铜钟；泛音时透明如珠，如大珠小珠落玉盘。临湖沐风，琴声时而高音清轻松脆，有如风中铃铎；时而中音明亮铿锵，犹如敲击玉磬；时而低回暗哑，婉约幽咽在平湖秋色里。脱掉鞋子，盘腿坐在毡子上，闭目凝神谛听，浓醇柔顺的玉琴清音，宛如指尖缓缓滑落的丝绦。一曲《关山月》，一曲《普庵咒》，弹者痴痴，听者如醉！

倾听瑶琴，如饮甘霖，心神温润如酥。恍惚间，我看见自己穿着一袭洁白的衣裙，在微醺的湖风里，和着优雅的琴声，亦歌亦舞，让轻盈的心与古琴雅合。

方晗老师即兴填词助兴，为雅集做下最好的脚注：

苏幕遮·栈桥迎中秋

露新开，花正好。碧浪连天，天上星河缈。玉管银弦惊鹭鸟。歌舞桥头，相约中秋早。

采菊香，吟古调。青发焦姑，还是当年貌。江水来时湖水老，莫叹流年，明月娟娟照。

月亮已经爬上半空，一盏盏放飞的孔明灯，在静默的湖面上升腾，灯越升越高，渐渐淡远在视线中。曲终人散，龟山的栈桥上，只留下几粒遗漏的音符；余下的韵律，和着秋水，在月夜里微澜……

回程中，广播里又传出王菲的《水调歌头》，圆月如玉玦，空气里弥漫着淡淡的月的味道！

雪里草木心

2018 年的第一场雪，比往年下得早了一点。今天的雪下得格外认真，不同于以往的戏谑——起初像模像样，最后不了了之，让小孩子们的期盼演变成大大的落寞。雪下着下着就大了，一阵比一阵紧。想起孤城的一句诗："雪，横着下……"我为这一个"横"字倾倒，白雪迎着凛冽风，北风夹着大片的雪，横着下的雪，有多霸气，是力和美的交响！

我曾无数次在寒冬的黎明，掀开窗帘，设想窗外积雪皑皑，能让人情不自禁地发一声感慨："呵，好大一场雪啊！"事实上，大雪随风潜入夜的概率并不高。更多的大雪，就像今天一样，在黄昏时，劈头盖脸而来，似乎要把这世界堆砌成汪洋雪国。

雪再大，在我心里都不会成灾，瑞雪兆丰年！麦苗盖着厚厚的积雪，白菜躲进雪窠里，牛儿、羊儿都关在圈里，纯白的田野里，很少有人来人往。儿时，成群结队的小伙伴们，蹚着齐膝深的积雪去上学，仍旧欢喜一团，一路高歌，东倒西歪地爬行在雪窝里。田埂、水沟、田地，在厚重的雪被下，依稀可见形骸。小心地沿着路眼——就是前人的足迹，就不会滚落田埂下。除非你太顽皮，也有同行的伙伴，不小心跌进田垄边的水坑，一身狼狈地打道回府。

雪后，就是童话了。不时有人在朋友圈里晒出各种形状的雪娃娃，现在的雪人，也多了情趣，扎着红头巾，高举酒瓶，当街豪饮，一副不醉不归的气概；也有婀娜得如同穿着婚纱的新娘，冰清玉洁让人顿生怜爱。有的插了胡萝卜当鼻子，有的用橘子做眼睛、嘴巴，道具也比我们儿时的奢侈：有的戴着围巾，有的扣了帽子，比我们当年插了一个破扫帚的雪孩子，玲珑活现多了——雪里一片童心！

母亲赶在我前面打来了电话，每次接到她的电话，总是担心不已，怕她有闪失，母亲虽然硬朗，毕竟是上了岁数的人了。赶紧问她怎么了？母亲居然回答："没事哦，就是跟你说，下雪了，天冷了，要多穿点衣服……"一语三冬暖，儿行千里母牵挂，我都是四十多岁的人了，在母亲的眼里，仍旧是一个需要担心、叮嘱的孩子。

一夜北风紧，窗前分外白。空中鸟惊起，何处觅食来……师妹也有一片草木心，她养了很多花，我称她为"花仙子"。此刻，她担心的不是她阳台上的花花草草，而是那些无处觅食的鸟儿。突降大雪，本以为她最揪心的是她那个空中花园，她在自家的大阳台上种植了几百盆花，单是月季就有好几十盆，她常常好奇："师姐，你怎么不养月季呢？我这里有好多种漂亮的月季……"可惜我没有她那样的大露台，月季是需要阳光普照的。不知道这雪天，她的月季们是如何安置的？

雪，是另一种情怀！摄影家们成了雪景的采撷者，他们往往是雪地的第一位破处人。同一座山，同一片景，四时不同，景也各异。雪后的相隐寺，航拍出宫殿般恢宏的建筑结构。苍松翠竹，在雪里越发庄重优雅。

有几处樟树禁不住大雪覆盖，脆生生地断了枝丫。编辑李春在群里发起倡议，建议大家赏雪时，顺手把路边被雪压弯了的树枝打一打，把树上的积雪打下来。举手之劳，救援树木。善，就是能与草木同心！

赶在这场雪之前，把窗外的花都搬进阳台。冰天雪地里，温度看着就心里寒，文友家的兰花开了一盆又一盆，天竺葵也开得红艳艳的，让人艳羡不已。她总结了一句：凡是不怕冷的都是好花……我想问一下，雪花算不算好花？

第七辑

断 舍 离

断 舍 离

　　《断舍离》是日本著名杂物管理咨询师山下英子的作品。"断舍离"指的是断绝不需要的东西，舍弃多余的废物，脱离对物品的执念。因为这本书，"断舍离"一词风靡全球。

　　阅读过这本书，"断舍离"的理念也植根于我的脑海里。周末狠狠地扔掉好几大袋东西，从冰箱，到橱柜，似乎有用的，暂时用不上的，都毫不犹豫地扔进黑色塑料袋里，眼不见为净，以免再次看见不忍心，又拾掇回来。这是我下了 N 次决心，终于才有的一次实际行动。

　　生活中并非所有的东西都值得拥有，物品不是多多益善，数量庞大了，占用了我们的生活，有碍观瞻，反倒让人疲惫。扔东西谁都会，但关键是如何取舍，我已习惯于敝帚自珍了，扔自己的东西总下不了手。《断舍离》中告诉我们扔东西的秘诀——把物品分类，首先扔掉那些怎么看都是垃圾的东西。但让我为难的是，似乎所有东西怎么看都不是垃圾：衣服去年还很流行，今年虽懒得穿，但衣服依旧光鲜靓丽；很多工具，平日里收藏在柜子里，半年没挪过地方，但并不表示它就是无用的，它只是永远等待在被使用的路上……这些物品都成了我的"鸡肋"，书橱里、衣柜里、抽屉里总是满满当当，把自己整得像"阿拉丁神灯"似的，需要什么，伸手探囊即可取出。单位里，时不时有同事来寻一个创可贴，或是学生来讨要针线缝补绽线的衣服，还有别的冷淡物……到我这里基本上都能得到满意的结果。打开抽屉就是百宝箱。是不是长期担任班主任的缘故，激发了我超乎寻常的危机意识？

每次爱人想扔掉家中一些器物，总在我这里卡了壳，拿起来反复端详后，又重新归了原位，理由是"这东西还有用"，至于什么时候能派上用场，我就不敢说了，也许三五月，抑或七八年！

我想我是名副其实的"收藏家"，任何东西经由我这里，都附加了收藏的价值——大学毕业纪念册、结婚礼服、儿子刚出生时的棉衣棉被、父亲在世时喝茶的小茶壶……柜子里取出来的样样堪称"古董"，倘使给它们逐一添加备注，我估计都能写成一本书了。是不是岁数大了，就只能怀旧了？

扔别人的东西却似大快朵颐。书橱塞满了，爱人的书本最碍事，但他也如我一般，从地下的一堆书纸里，认真地翻捡他的东西，还责备我："这些都是我吃饭的家伙……"经他这般回收，刚才的一堆垃圾又有一大半塞回书柜。原来，人人都有"难断舍"的执念。

书上说，家里五分之一的物品就能满足我们正常的生活需要，其他都可能是多余的，这个观点我认同。前年因为电脑故障，丢失了很多资料和照片，为此事我懊恼了很久。平时这也舍不得删，那也不能删除，真正全部丢失了，日子也照常过下去。

文友写了一篇长文，诉说他在某个文学圈里遭遇的窘迫，于是愤然脱离了那个群体。离开了那些"大家"，反而多了宁静，少了烦琐，有更多的时间和精力去写作，不出半年，成果斐然。看来，与人交往也需要"断舍离"。

居里夫人说过："我永远追求安静的工作和简单的家庭生活。"她家客厅里只有两把椅子，她和皮埃尔·居里一人一把，倘使来了一位客人，家里就得有一个人站着，假如是两位客人，夫妻俩都得站着……他们因此有了更多时间，专心从事科学研究。只设两把椅子，是最高境界的"断舍离"！

一个人的时间和精力都是有限的，如果一直处在热闹喧嚣的环境下，少了独处的时间和安静的状态，那么，你的自我就会逐渐被蚕食。人生很短暂，该舍的，最好不要怜惜！

如　旧

　　江南水乡很多景点都是后来修葺的，修旧如旧，为的是还原历史的原貌。但毕竟是做旧，水分太多，纵使有当年的痕迹，却少了当年的韵味，演绎不出断桥上的别怨，也触碰不到深院中的离愁。

　　旧物件是有故事和温度的。家中一床垫单，因为时日太久，中间洗得透了亮。我将中间那块剪下来，剩下的四边又缝纫起来，一床一米五的垫单就浓缩成一米二的垫单了。爱人见了，一脸不屑，质疑我："现在的日子又不是不能过，犯得着这么节省吗？"他不知道这床垫单的来历。

　　如果说，一床垫单有五十年的历史，村里至少有十户人家结婚时都借用过，这或许太难以置信了。事实便是如此。这条垫单是父亲退伍时，用退伍金购买的。父亲不止一次提及过，当时买了一床上海产的垫单，还有一双皮鞋，都是为结婚准备的。给母亲的礼物有三个，一条杭州产的丝绸围巾，还有两本书，一本是《青春之歌》，一本是《林海雪原》。母亲的围巾也一直珍藏着，压着箱底，小时候母亲晒霉时，才得一见，也偷偷拿出来戴过，但最终还是被母亲压到箱底，成了她的小秘密。

　　儿子一周岁后就送回娘家，母亲看见宝宝的下巴被毛衣蹭红了，非常心疼，找出那条正宗的丝绸围巾，给宝宝围上。我再见到那条围巾时，已经洗得褪了色，她已经走出了那段小浪漫。

　　至于那两本书，村里的年轻人几乎都借阅过，后来，两本书就不知所踪了，和父亲的皮鞋一样。留存的，除了母亲那条深黄色的丝绸围巾，还有这条蓝绿色的印花垫单。

这条垫单是有传奇色彩的。因为质地优良，花色典雅，父母结婚那天，只铺了一个白天，一到晚上母亲就收起来了。不料还是被村里的年轻人相中了，后来，至少有十几户同辈或晚辈结婚时，都来借用。母亲十分不舍，又碍于面子，不好不借，捧给对方时总是左叮咛，右嘱咐，"只能白天当面子看看，晚上绝对不能垫啊"，借用的人都信守承诺，第二天就带着喜糖和垫单奉还。即便如此，拿来送去，经过的手多了，或多或少留下点汗迹，母亲又舍不得清洗，洗过一次就不再算是新的了。村中有几位大姑娘出嫁，也来借用，我看见她们用红线缝了对折处，作为丰盛的嫁妆，摆放在最显眼的地方。

时光荏苒，那床垫单已经成了古董。母亲早年是准备留给大哥结婚用的，不过，大哥对这个爱情信物并不感兴趣，嫌弃它是旧的，不肯要，母亲只好又把它压到箱底。我算识货的，也知道床单的来历，主动请缨，让母亲割爱于我。就这样，我成了继承者。尽管质地优良，但毕竟是棉质的，经过了半个世纪的搁置，已经经不起洗衣机的强力清洗，她业已老朽。可我，还是割舍不下，如同母亲对她一样钟情爱护……

家里的老物件很多，像泛黄的纸张一样，每件都能让人想起一段往事、记起一个人。一把"王二麻子"的剪刀，是堂姐第一年去北京，给母亲带回来的礼物，一直放在衣柜的抽屉里，母亲舍不得用。我上班时，父亲给我准备了这把剪刀和一柄老虎钳。没有单独过日子的我，没有体会到它们的作用。如今，这两个物件成了居家必备，剪刀早就卷了口，老虎钳也生了锈。

老物件总是不嫌更老的，若干年后，即便它们老得不能用了，只要看见它们就会想起父亲，心是暖的……

芥子纳须弥

养兰花已好几年了，但还属门外汉，并非不恭谨，主要是养兰花的学问太深了。

周末去看兰花展，主展台上有一小盆蓊葱的蒲草，细腻柔顺，纤尘不染。托于手上细细端详，纤纤蒲草一根不乱地簇拥成绿色的明珠，静置掌心，让人爱不释手。紫砂盆上还刻了五个字——芥子纳须弥。此句语出宋代孟点的诗文《龙泉山》。芥子就是我们再熟悉不过的芥菜籽，须弥是古代印度传说中的大山。这是一句佛家用语，寓意小中能见大。这句话用于兰花，是再恰当不过了。

刚开始养兰花，盼星星盼月亮，终于盼来了花芽破土而出。但时隔数周，鞘叶包裹的花芽，再无起色。以为夭折了，掐下来一看，花芽好端端的，只是因为生长缓慢，我就急不可待地掐下来看究竟，结果耽误了一株好花的灿烂。

吸取教训后，对每一个花芽，我都有足够的耐心。一盆极品蕙兰，历经六个多月的花芽分蘖期，终于开花了，我欣喜至极。在别人看来，只是花开枝头的刹那，而我，见证她从一个花芽涅槃为一茎花束，历经那么漫长的孕蕾期，在我看来，每一朵花开，都是一次修行。

初养兰花时，总是养不好。内行人笑外行人养兰花：第一年看花，第二年看草，第三年看盆。我更有过之，第一年买来盛开的兰花，基本上兰花凋谢后，植株也跟着枯萎，等不到第二年就只剩下

257

花盆了。

端着病恹恹的兰花，向内行人请教，我的话还没有说完，他就笑着打断我的话："十盆花有八盆都是被浇死的！养兰花，要有三年的浇水功夫。"他一边演示给我看，一边说，"兰花是肉根，浇水大有讲究。从四周慢慢浇下去，不能浇到叶子上。还要见干见湿，不同时节浇水间隔的时间也不同。另外，你这个花盆也有问题，太大，而且是瓷质的，透气性差。花盆看着漂亮，其实不适用，浇了水长时间蓄积在里面，影响兰根呼吸，自然就容易烂根了。"没想到，连花盆的材质大小也直接影响到兰花的生长。

家里有几个老式的砖红色旧陶盆，早已经跟不上潮流，被弃置在角落里，差一点就被扔掉了。朋友看见这几个等同于废品的陶盆，问我为什么不用这些盆养兰花，透气性好，又显古拙清淡，何乐而不为？我居然从来没有把这些盆和兰花联系到一起来。

初养兰花时，总希望用最好的配置，似乎只有精致美观的大瓷花盆，才能配得上清雅恬淡的兰花。结果被行家一针见血地指出了弊端——瓷盆透气性不好，花盆一味求大、求深，反而影响兰根的呼吸，很容易导致烂根。养花久了，也发现花盆未必就是要高大上才好，适合的才是最好的。

家里养了一盆君子兰，五年都不曾开过一次花，我都怀疑买了一株公花。后来在网上查找原因，发现君子兰也是要浅盆栽植。养君子兰，有一句俗语：根不顶盆花不壮。君子兰也是气生根，根系顶盆后，会撑开一定空隙，更有利于呼吸和生长，花才能开得旺，开得艳。

而我，一味图虚名，给它一个大花盆，反成了羁绊，君子兰能勉强活下来，就非常不容易了，哪有多余的气力来开花？于是，换了浅花盆，又敷以花肥，当年四月就开了一大束娇妍的花。

很多年来，我一直误入窠臼，以为花盆越大越好，大花盆能够提供充足的养分，能够让根系纵横捭阖，还能够以花盆之美，提高花的颜值。没想到，竟被"大花盆"意识坑了这么多花。

自从悟出这个道理后，我就"痛改前非"，把家里的超级大花盆都换成了轻盈合适的小花盆，需要通风晒太阳的品种，挪移也方便多了。花势果然越发旺盛，君子兰、春兰都次第开了花。

很小就学过买椟还珠的成语，还笑故事中的人物。没承想，自己也成了故事中的角色，把养花曲解成"养盆"，结果反为"盆"所累！

孤　雁

前段时间，读了一篇文章：一个人去异地开会，下飞机时，发现手机没有带。手机里存储了开会住宿的宾馆名，没有手机，他不知道开会的地点。最可怕的是，平时电话号码都保存在手机里，离开手机，他不记得任何人的电话号码，无法从别的渠道得知开会的处所，无可奈何，只得悻悻而返。读此文时，我还淡然一笑，毕竟说的是别人的事，只当作笑话一笑了之。

昨日手机升级时，错误操作，导致手机重新恢复出厂设置。可是小米手机是需要激活码的，手机是从移动公司购买的，我不知道手机的账号和密码，也就无从激活。手机因此瘫痪，我的生活也彻底被颠覆了。

下午好几个快递到了，可惜我的手机无法打开，电话打不进来。第二天把卡放在一部旧手机里，才发现有 N 个未接电话和 N 条短信。

晚上家人聚会，先来的人都埋头看手机，我没有手机可看，只能左顾右盼。爱人问我："你手机没有带吗？"侄女接着说："她的手机现在就是一块砖……"我感觉比砖还不如，砖至少关键时刻还能自卫防身，这个无法激活的手机，就是一块空心砖，连还击坏人的分量都不够。家人们在群里抢红包，相互分享幽默的段子和有趣的图片，我傻子一样，不知道他们在笑什么，也无从分享他们手机里的快乐。现在，热闹是他们的，我什么都没有……

平日里手机微信里、QQ 上联系的朋友，彻底从我视线里消失了。约好几位姐妹小聚的，因为特殊情况不能参加，可是现在连联系对方的方式都没有，只能转弯抹角，通过电脑 QQ 找到另一位参加聚会的朋友，委托她代为转告。

早晨醒来，往昔第一件事就是打开手机，查看微信或 QQ，签到、评价、点赞、投票，成了每日必备的流程。今天就不行了，家人打开手机的时候，我只能打开电脑，查看昨日给朋友的信息有无回复。大家开手机时，我开电脑，有点不合时宜。我在家人的笑声里，蹩手蹩脚地打开电脑。此时，电脑是我能与外界主动联系的唯一通道。

在这世界上，我除了 110、120 比较熟悉，能记住的也只有爱人和哥哥的电话号码，因为这些号码都使用超过十年了。就连母亲和儿子的电话号码，我都没有记住。手机电话卡插进旧手机里，竟一片空白，一个电话号码也没有留存。

不知道从什么时候开始，手机成了生活的必备品，有人总结，现代人出门三样不能少：手机、身份证和钥匙。钱包逐渐被排除在必备品之外了。可是，我现在少了一个重量级的武器——手机，如同飞鸟折翼，无法平衡了。以前购物，刷卡或者微信支付，很少现金支付。但最近手机有恙，无法淘宝，无法支付，感觉十分不方便。

手机，作为现代通信手段，空间距离就不再是问题了。纵使宅居，也可以宛如置身大庭广众之下，晒一条信息，大洋彼岸的人都会知道你此时此刻的所作所为。可是我的手机无法激活，阻止我与社会正常接轨，无法得到最新信息，无法正常与亲朋好友及时联系。

> 几行归塞尽，念尔独何之。
> 暮雨相呼失，寒塘欲下迟。
> 渚云低暗度，关月冷相随。
> 未必逢矰缴，孤飞自可疑。

我就是那只落单的孤雁，被整个世界抛弃了。

261

柳 叶 茶

春打柳梢头，城市里的第一抹春色跃然枝头，可以说，河边柳是春的前沿，春风需吹绿了柳枝，方能越过界限，吹暖整座城市。早春如线，稀稀疏疏的柳条在煦暖的和风中婆娑飘转，如临水照影。眼帘开合处，风也是淡绿色的了。

编柳条帽、做柳球是童年的最爱。父亲在门前的池塘边插了一排柳枝，入冬，伐了今年的新枝做柴火，隔了年的老茎越发粗壮，来年柳条抽得更欢，正好护住塘埂，以免风浪侵袭，一点点蛀蚀了堤岸。

众树中，总以为柳树最无用。木质疏松，又喜生虫，稍稍有些年成的，都蛀得中空，只配做烧锅料。父亲却能变废为宝，除了折了柳条，给我们编制帽子，剥了树皮，捋成绒球外，他还有一桩独门绝技——做柳叶茶。

做柳叶茶是有讲究的，适时采摘最为关键。柳叶初萌芽，两片嫩叶夹着嫩喙，宛同雀舌。又如绽放的兰花，无论形状还是滋味都甚好。倘使嫩了，柳叶滋味不足，茶汤寡淡无味。也不能太老，否则苦涩味难除掉，不爽口。

推门就是柳树，随便采摘两三株就有一筲箕柳芽了。清水洗净，放入沸水中焯一下，迅速捞起，过冷水后沥干备用。过清水是为了使茶叶保持原来的青绿色。洗净的铁锅烧热后，浇入清水，可以除去铁锅中的油腻，反复两次，焙炒出的茶叶味道更为纯正。

柳芽倒入锅中，文火炒出茶香味，这是个杀青的过程。经过杀青的柳叶茶滋味更为浓醇，也可以长久保存。杀青后的茶坯可以继续微火烘干，也可以晾晒风干。父亲每次都不取后者，微火烘干要麻烦得多，但茶汤色淡绿，有熟板栗的茶香味。

茶树深居山中，有隐士的飘逸；柳叶茶临水伫立，最为洁净，茶性温和。每次等不及柳叶茶焙烤干，就提前撮一小把，一尝新鲜。新制柳叶茶，色泽深绿，纯净的开水冲泡后，茶气氤氲，柳芽在水中翩跹翻飞，沉降如婀娜的飞天女，令人赏心悦目。茶色如碧泉，茶香清淡，喝一口，唇齿生香，五脏六腑都感到熨帖。

自古以来，诗文常以杨柳为写春的主要题材，春天因此得名"杨柳春"。陌上杨柳，万条垂下的绿丝绦，以她的妖娆姿态调和着自然春光。柳叶的药理作用也是不可小视的，它能降压、抗血栓、抗动脉硬化，对心血管系统有极佳的功效。除此之外，还有消肿散结、消热解毒、祛风利湿的作用。柳叶的这些药用价值在古代的《中华医学宝典》与《外治秘药》中均有记载。柳芽还含有丰富的蛋白质，长期饮用柳叶茶还能防病治病，凉拌柳芽也是一道不错的佳肴。父亲第一次做这道菜时，担心我不愿意品尝，还故意隐瞒我是柳芽。

又是一年春好时，可惜父亲猝然离去。门前的绿柳业已成荫了吧，我想去采摘柳芽，做一抔柳叶新茶。泡上一杯柳叶茶，静静地重温一下父爱的味道！

错　　位

突然想打点一下头发。吃过午饭就匆忙寻找一家理发店，推门进去，一张笑盈盈的面孔，似曾相识。

"老师！"还没有开口，对方已经亲切地呼唤，原来是曾经的学生。

寒暄一两句，就直奔主题，"我想烫发，热烫，多少钱？"我觉得先小人后君子，比先君子后小人值得。对方满脸堆笑，"还能给老师贵吗？"他很巧妙地避而不答，一边做手势把我让到座位上，我没有了退路。站在旁边的一位漂亮的长发女孩，顺势用宽大的围布把我包裹起来。一切就算开始了，价钱还没有谈。

男孩非常热忱地向女孩介绍："她是我们初中语文老师！我上学时，个子很小，老师就把我调到前排……"女孩似乎对男孩的过去更感兴趣，"他以前上学时，肯定很笨吧？"这么年轻能在这么大的店铺独当一面的，肯定笨不起来。尽管记得曾经教过他，却忘记了他的姓名。时光给我们的宽度是很有限的，在前行的过程中，我们不断更新着记忆，也逐渐淡忘了一些故人。

印象中，他不是勤奋的学生，至少对学习是这样的。但在他妻子面前，我绝对不能不识时务。……大脑如同塞满文件的电脑，我努力快速扫描出所需信息。

有一句无一句地应答着，偶尔冷场时，我也找个话题，譬如问他工作多久了，为什么不去外地，外地工资待遇更高。这一下就打

264

开了他的话匣子，他从当初的创业艰难，说到现在店面费用的不菲，还有用具的昂贵，最后点题——现在的生意真难做。说得我心里拔凉拔凉的。

记得一则笑话，交警逮到一个违章的驾驶员，发现原来是当年的语文教师。想起当年课文背不出来，被老师罚抄了五遍。如今虽然时过境迁，但旧恨绵绵无绝期，今天终于逮着了报仇雪恨的机会。于是让老师背交通规则，老师自然背不出来。交警清了清嗓子："那就把交规抄五百遍吧！"不记得当年我有没有罚他抄过课文，越想心里越没有底。

这年代，谈感情就伤钱，我明白这道理。他越是说我曾经的好，我就越觉得玄乎。毕竟，头发烫了一半，价钱还只字未提。眼下，人为刀俎，我为鱼肉，挨宰之心早就备下了。闭上眼横竖就一刀，权当是赈灾。更何况，我连以前学生的名字都忘记了，就冲这一点，被宰一刀，也是应该的。想到这里，我心释然。

这个下午特别漫长，有受刑的感觉。好不容易熬到结束，发型效果也令人满意。该是掏腰包的时候了，我暗自告诫自己，无论他说什么价钱，我都不还一分钱；要手不抖、心不颤，心平气和地把钱付给他。

我直了直腰板，绝对不能在气场上输给学生。笑着问他："多少钱？"

"一百块！"我瞬间石化了。要知道我这样的发型，至少需要二三百元钱。他给的价位，是我无论如何都没有想到的。

"怎么能让你吃亏呢？该多少是多少！"说这句话，我是有诚意的。我从来不想因占人小便宜，落下话柄。

"就是一百块钱，不亏本不就行了吗？您是我老师啊！"掂量不出他话里有几分诚意。想了想，从钱夹里多抽了一张，他只收下一张，把另一张塞进我包里，很坚决地说："您多给，我也不会收的！"

刹那，我觉得自己矮了一大截，整个下午的种种设想，都在此刻错位。我提着包，落荒而逃……

老物件

院子角落摆放的杂物里，有一只广口菜坛，上了釉，古旧有味，我非常喜欢，就向母亲讨要去装菜籽油。"你拿去吧，反正也没有用了，你爸爸在时还腌腌菜，现在派不上用场了……"家里的坛坛罐罐，都烙印着父亲的痕迹。

反复清洗很多遍，坛子里的腌菜味都难去除，索性用清水浸泡。儿子见了这坛子，也十分好奇："古董吗？"

哥哥说黄叔叔家儿子回老家，把家里的老式架子床、床榻，还有各种老家具都搬到城里去了。

母亲揶揄道："要不要家里的架子床？"架子床的确有些年头，但没有保留的价值了。

本来床上雕刻了很多人物、鸟兽，古色古香，可惜"文革"时人物和鸟兽都被母亲挖掉了。

母亲说，怕破四旧的红卫兵把架子床拉出去当四旧破除了，这是当时家里唯一的一张床，破除了就无处安身了。为求保全，只好自己动手，剜掉了人物和鸟兽。好好的物件缺损了，加之时间久远，色彩尽失，又与时代脱轨，几乎无用武之地了。

村东头原来有一尊形似类人猿、红褐色的石像，老人们说那是土地庙里的物件，"文革"时土地庙拆除了，庙里庙外的石尊也沦落四野。这尊石像就是从神龛前走下来，沦落成拴系牲畜的石桩。小时候，隐约听闻老人们的议论，对它还是心怀敬意，牛索可以套在

266

石像的脖子上，但小孩子不能蹲坐在上面，否则晚上会发烧的。是不是神灵的作用，不得而知，似乎没人敢对它有不敬，它离开了神庙，已经是人们心中的禁忌。

光阴翻着筋斗似的往前赶，等我意识到那尊佛像的价值时，问及父母，回答是："早就没有了……"至于什么时候丢失的，无人能答得上来，它们原本就不起眼，有它不多，无它不少。

偶然一次机会，我在电视里看到一档节目，都是收藏的文物，其中有一尊石像，和村头的那尊一模一样……

村头的大路边，还有一个青石齿碌、一个红赭石的圆碌。都是如今弃置不用的老物件。儿时的记忆中，收获季节，大雨过后，第一要务就是碾场基。先撒上灶膛里掏出来的柴草的青灰，然后就是牛拉着圆碌，把场地碾平实，以供收获之用。齿碌和圆碌是有区别的，虽然都是一头大一头小，但圆碌就是一段表面光滑的整石，用来压实场地的；齿碌表面有沟回，凸出部分如齿，用于打稻打麦，有齿有沟，既能压下靶子上的稻麦，又不至于碾碎庄稼。

如今，收获的稻麦菜籽都不在场地上晾晒了，石碌早已完成了时代的使命，退役成路边一块闲石。闲石闲着闲着就成了一堆废物，以至于什么时候丢失，都无人发觉。

我家祖上留传下来的那方青石碓窝，因为不需要在碓窝里舂米磨面，改建房子时，父亲把它倒扣在墙基里，和碎石一起筑成了房基。

时代日新月异，物件也新旧更迭，不是若干年后，就是现在，问起当地的孩子，他们都不知道什么是碓窝，石碌又有什么作用。有没有必要保留一些记忆，让孩子们知道我们曾经的生活？

把日子过成鲜花和诗行

我不关注网红，等我知道李子柒这个名字时，她已经红遍了全球。

不可否认，我也喜欢李子柒，她是立于百花园中，最灿烂的一朵。一身传统服饰，衣袂飘飘，时而长发飘飘，时而两个麻花辫子，时而盘起头发，无论何时，骨子里的那股倔强，举手投足持重端庄，勤勉却不做作，恬静又不乏坚毅。比起那些卖弄风骚的网红，李子柒是天仙，无人可比。

小瓦平房、竹篱小院里的李子柒，有林下之风。喜欢她那种田园牧歌式的生活，很多年前，我也向往着有个庭院：可以莳花植草，蓄几缸红莲，莲下养几尾鱼，葡萄架下乘凉，夏夜里数星星。原来所想，就是李子柒式的成人童话世界。

视频里记录下她和奶奶在山林间的日常生活，轻松写意，悠然自得。她的每一段视频，都自带光芒。

最让我感动的，是她那双手。有人说，手是女人第二张脸，唯独李子柒的手和她的脸不相称。有网友点评，说李子柒的手像她外婆的手。这是一双粗糙的手，青筋明显，有时还会受伤流血。有一期视频，李子染剪竹子，她将竹子分为六瓣，手指夹在竹子的中间，侧面还有被竹子划破的伤口。还有做石墨的那一期，做完后手上沾满黝黑的污渍，但是她并没有在意这些。

不过，正是这双巧手，司农事、搭凉棚、做凉床、弹棉絮、酿

268

果酒、缝衣裳、制靛蓝、染裙褥……每一个动作都是那么麻利顺畅，一看，就是行家里手。不常干活儿的人，模仿不出来这样的效果。李子柒的手与她那种俊秀的脸又是相配的。手是粗糙了点，却瑕不掩瑜，那是一双灵巧的、充满创造力的手：种番茄、包粽子、酿米酒、熏腊肠、花馔美食……凡事亲力亲为，李子柒凭借着这双手，成为红遍全球的美食博主。

视频里的李子柒像仙女，她会自己缝制衣裙，再用葡萄皮的汁水把裙子染成淡紫色。她更像武侠小说中的女侠，隐逸山林、砍柴、拉锯、垒石头……无所不能，过着与世无争的日子，自给自足，丰衣足食。

有人质疑她做假，还有人说，没有滤镜，她的院子非常平常；没有滤镜，李子柒什么都不是。他们忽视了一点，李子柒是自带滤镜的。

网络上，哪怕再完美的事物，也总会有人挑出毛病来。李子柒也不例外，总有一些人会说三道四。但这些并没有影响到她，她只管埋头做自己的事，不争不辩。还让助手也不要理会那些负面评论。有一次，助理没忍住，为了维护李子柒，一大早就与"粉丝"怼起来，李子柒知道这件事后，竟觉得助理有时间"扯皮"，是太闲了，就"惩罚"她去割一背篓鸭草，丝毫没有把别人对自己的评价看得太重。

有一段精彩的视频，是李子柒背着背篓，跳跃行走在山林草莽之间。一个箭步弹跳就从山坡下跳跃至山坡上，如同轻功了得的女侠。其实，这段视频的真实情况，竟是李子柒背着背篓，不小心从山坡摔下来的视频，倒放时产生意想不到的视觉效果。要知道，当时摔下来的李子柒，倘使没有背篓护着头，可能会造成极重的伤害。生活中一个小小的败笔，经她一补笔，就成了女侠林中飞跃。一只旧坛子，被她打造成天然古朴的花瓶，野花、麦穗信手拈来，就是一盆极富情调的插花；即便摘了棉花的花托，也可以制成古拙的插花。

惊叹于李子柒超凡的想象力，不仅是视频本身，更是她那颗向上、向美的心。每一个平常的日子，经过她的调色板，处处是鲜花，处处成诗行。

或许，每一个浪漫的女人心里都住着一个李子柒，但未必人人都能把日子过成鲜花和诗行。成功与否，就看你是否自带滤镜。

生活中，有的人埋头做自己，有的人眼睛只会盯着别人。埋头做自己事情的人，少了很多飞短流长。譬如玫瑰，有花也有刺，如果你的眼里有玫瑰，心里就有芳香；倘使你的眼里只有刺，就会错过玫瑰的芬芳和艳丽；缺少滤镜的过滤，你只能遭遇满身是刺的玫瑰。

日子在精彩与平凡之间切换，左右你的，只有你的心。不在乎别人怎么看、怎么想，只要你心中有滤镜，纵使是柴米油盐酱醋茶的寻常生活，你也可以过成鲜花和诗行！

第八辑

且行且珍惜

恕　己

柳宗元的散文《小石潭记》中，文末点明同游者："吴武陵，龚古，余弟宗玄。隶而从者，崔氏二小生，曰恕己，曰奉壹。"我想，作者大约也和我一样，对这二小生的取名甚感兴趣，否则，无须费笔墨，赘述隶从之人了。

"奉壹"，有"尊奉专一"之意，是个能体现命名者修养的称呼。但我更喜欢"恕己"一名。《楚辞·离骚》中"羌内恕己以量人兮，各兴心而嫉妒"，这里的"恕己"解释为"宽宥自己"。恕己，其实也是一种情怀。

一熟人因长年积郁，终于一朝爆发。众人纷纷反思，平日里对自己不能太过苛刻，评了副高，还想晋级正高；孩子上了一本大学还觉得没有达到要求，下一步还要再接再厉；日进斗金还觉得不够分量，把下月的营业额一提再提……当今社会，人们探讨得更多的是宽容待人，却超常规地严以律己，致使自己永远跳不出深渊。

一位算得上比较成功的友人，与我言谈中，常常流露对他人的艳羡、对自己的苛责。原先他在一家大公司任职，恰恰在公司股票准备上市的时候，他跳槽到别的单位，痛失了公司给中层领导配股的机会。岁月弄人，几年后，他又回到原先的公司，当年与他平起平坐的故人，都因为原始股票飞涨，而个个身价千万。他常常陷于"一条长凳能坐四个人，唯独他不是千万富翁"的尴尬。这样的遗憾，人人会遇到，或许你守候了一夜，圣诞老人没有来，就在你打

273

昄的片刻，圣诞礼物已被人抢夺一空。可以想象到他的懊恼，但我并不以为然。只想跟他说："饶了自己吧！"

还有一位朋友向我倾诉，说她曾经一位极好的朋友，不知道为什么，突然就不联系了。偶然邂逅，是极为难堪的冷场，她只好匆匆逃离。她反复追问同一句话："我一直在想，到底哪里得罪她了呢？我实在搞不明白……"我知道问题不在于她，是她那位朋友容不下她的出色。小小的嫉妒，让闺蜜也能成陌路。如果换成我，我恐怕不会如此纠结，毕竟错不在我。

相对来说，我喜欢放自己一马。生活已如此冷峻，还有什么理由不善待自己？栽花种草，能不能每株都有繁花硕果，那是草木的事，我只管浇好水施好肥；征文写好后，投寄给评委，能不能获奖，那是评委的事，我只负责竭尽所能写好文章；教书育人，能不能人人都成才，还要看学生的造化，我只管尽职尽责做好老师的角色。凡事，我只负责认真做好能掌控的那部分，真诚待人，无愧己心。那些超出我掌控范围的事，就交给命运去裁决吧。

我不喜欢妄度别人的内心，也不会因为善意的表扬而欣喜若狂，更不会因别人恶意的批评抓狂。时间和精力如此精贵，都应该放在美好的事情上才对得起自己：给美妙的文章点赞，欣赏别人，并不会让自己因此掉价；停下来听鸟儿动听的歌喉，美好的生活中，需要快乐的音符作为标点符号；不论花朵是插在高档的花瓶里，还是滋生在窄窄的田埂上，只要你喜欢，花就没有高低贵贱的区别；去参加公益活动，不管众多人群中，有没有人在意过你的存在。做最好的自己就够了，不必让事事都尽善尽美。

"恕己以安人"，在网络上，我没有找到准确的文字解释，但我想，凡事只有走出自己的纠结，方可释然于事、宽容于人！

打开网络，偶遇一则广告，"你只负责美好，剩下的交给我们"，此语正合我意，只是我想稍作修改，送给你，也送我自己——我只负责美好，剩下的交给你们！

习书却暑

晨起，习抄《心经》，虽然只有二百六十多字，从画线布局到一笔一画地精耕细作，却也耗费了三个多小时。好在，全神贯注于文墨之间，时间如过隙白驹，在不经意中流去。

仲夏气温飙升，纵使清晨，日光熏蒸，暑气亦袭人。就算啥事不做，也常会汗流浃背。书房的写字台被儿子霸占，只好挪到客厅的大餐桌上。写毛笔字不比其他，总得先铺开阵势。笔墨纸砚，镇尺宣纸，一字排开。先生见桌子上摆满我的道具，揶揄我："不会做鞋，一簸箕样子。"……

没有开空调，怕风扇吹乱纸张字帖，索性也关了。就着客厅习习的穿堂凉风抄写经书，居然没有感觉燥热难耐。不知是否全身心投入其中，无暇感受酷暑，还是果真应了"心静自然凉"这句古话。

曾经在办公室练字时，一位关系不错的同事态度中肯地提醒我："你这个年纪才学书法，要成名恐怕有点难！"他不明白我习书的本意。虽说四十不惑，但生活和工作上的困惑，还是时时来袭。于我而言，习书犹如医心的灵丹妙药——让人养心静气，温性怡情。

以前以为写毛笔字是个力气活儿，其实，写毛笔字犹如太极，是动静结合、刚中有柔的。一次在合肥的逍遥津公园，偶遇一位书法爱好者。他用小铁桶从河中汲水，一把自制的、拖把似的大笔，饱蘸清水，在花岗岩的地面泼墨挥毫。其中三个字让我记忆犹新——精气神！字要有精气神，必须写字的人有精气神。

难怪自古以来，书法界就不乏老寿星：汉时钟繇、晋代王羲之、南北朝的陶弘景，都超过古稀之年；大唐盛世，大书法家横空出世，虞世南、欧阳询、柳公权都活到耄耋之年；元朝的黄缙、王馨也是高龄寿星；明清两代书法家长寿者更是比比皆是，明代的董其昌、文嘉、沈周都享年八十三岁，文徵明享寿九十岁，清代的朱耷八十二岁寿终、刘墉八十六岁辞世，怡性老人阮元更是寿星中的寿星，活到一百零三岁。古人言"人到七十古来稀"，这些书法家简直就是创造了生命的奇迹。现代书法家，高寿之人也是层出不穷——赵朴初、董寿平、于安澜、启功均享年九十岁以上。

看来，长期习写书法，果真能延年益寿。习字大有妙处，不仅可以养生、养性，还可以养气、养神。人生不同阶段，习书的好处也相得益彰：幼时习书如驯兽，青年习书如交友，中年习书如避暑，老来习书如进补。我自中年始学书法，正好应验"中年如避暑"的比喻。

心情不好时，写写毛笔字，心神凝聚在点墨之间，久而久之，便忘记了先前的烦忧，内心纯净得宛如白纸一张。心情畅快时，也喜欢舞文弄墨；闲暇时，习书更是消磨时间的趣事。白纸黑字，最为简省朴厚，浸浴其中，心性也被漂洗得清纯单一。何乔的《心术篇》中也有记述："书者，抒也，散也，抒胸中气，散心中郁也。故书法家每得以无疾而寿。"对我而言，习书，无异于中年"避暑"。

室外阳光刺眼，整座城市像架在蒸笼上一样。我在室内习字，气定神闲，身性自安。黑白分明的世界，极易让人沉醉其中。自古，书家习书法谋禅定，宋代欧阳修就以学书为乐。融入其中，就能发现前所未有的快意，体验无禅自定的闲适。

或许，书法本身就是一种禅！

陪伴，最长情的告白

因为《朗读者》这一节目，我眼里的董卿，变得越发美丽、有深度。《朗读者》第二辑是《陪伴》，乔榛老师和他夫人共同朗读《我愿意是急流》时，我就对"陪伴"这个词着了迷。

翻一翻QQ空间和微信，大伙晒出的周末活动，多为参加朋友聚会，或是社团户外活动，只有不到三分之一的人，是与家人一起旅游、聚餐或游戏。曾经阅读过一则教育论文，说家长每天陪伴孩子半小时以上的家庭，是温馨的，孩子的成长基本没有问题。很多缺少陪伴的孩子，后来也成了问题少年。那些家长不知道，陪伴，是最好的教育。

随着年龄的增长，我好像患有"陪伴"依赖症，总想着多陪陪我的亲人。

我想多陪陪母亲。父亲在世时，总以为和父亲之间，还有好多时间，从来没有考虑过他会离开我们。在我的心中，父亲如同一棵不死的草，无论多难，他都能克服。

记得那次我们在山脚的地里挖山芋时，我跟父亲说："等我退休了，就回来陪您一起住，您给我说村庄和村里人的往事，我就开始写小说……"父亲听了我的话，什么都没有说，只是淡然一笑。遗憾的是，第二年元宵节，父亲因为脑梗猝然辞世，我错过了太多陪伴的机会。从此，我的心就缺失了一半。

网络上流行一句话："妈妈在，这里是老家；妈妈不在了，这里只是故乡。"每逢节假日，我都早早查询日历，计算着回家的日子。即便不能回家的日子里，电话，也是我与母亲的另一种陪伴。和母亲的对话，就是一篇没有主题的长篇散文，从张家长、李家短，到单位的趣事、孩子的学习、村里的变化……我陪伴了母亲，也享受到母亲的关爱。

我也想多陪陪爱人。我们曾经两地分居数十载。如今，虽然在同一座城市上班，每天早晨，他往北走，我往南行。自从孩子上大学以后，我们俩都在各自单位吃午饭，晚上下班回家，买菜、做饭、打扫卫生。一切安定下来也很晚了。真正能静下来交流的时间，也不过两小时左右。其实，就算这两小时，也是有水分的，有时我们各自外出开会学习，还有一些晚间应酬，除去这些额外时间，我们每天能交流的时间，可能只有一小时。这个发现让人震惊，时间并不是大把大把的，可以任由我们去挥霍。从前我晚间的日程都排得满满的，除了必要的应酬，一般就是去学书法，学绘画，要不就是在书房里写文章。

别人都害怕年岁增长，我却感激又添了一岁，岁月催老了花草，也成熟了我的思想。我如同一鼎热情过了分的沸水，骤然冷却下来，冷静地思考生活。与爱人一起散步、畅游，或许比完成一幅作品，意义更大。

我也想多陪陪儿子。儿子上高三时，做家长的也如同陀螺，让人疲惫不堪。小儿有时还顽逆，有时不免恼怒。爱人劝我：跟儿子相处的时间，也就剩这一年了，明年儿子上了大学，想让他烦你都没机会了。经他指点，我幡然醒悟，我是得赶紧怜取眼前人了！

儿子放寒假前，我就日日盼望、夜夜思，视频时儿子笑着说："等我回来了，你又要嫌我烦了！"我怎么会厌烦？四年以后，他或许就要参加工作，然后结婚生子，到那时，他就不再属于我了。想到这些，不免后怕，吃饭的时候，我会盯着他看，看他狼吞虎咽的样子；每天早晨我会在他的床边坐一会儿，哪怕什么都不说，就是安静地坐一会儿。也不知道，是我在陪他，还是他在陪我？

陪伴，其实是最低廉的情感投资，却又最奢华无价。多一份陪伴，让此生不落遗憾！

每个人心里都有一座花园

放假前，给学生布置了一道特殊的暑假作业：每人种三盆花！花，无所谓贵贱，凡花皆可；盆，不必奢华，破坛裂罐都行。担心学生拖拉，不能完成任务。没想到放假才几天，学生们就陆续晒作业了，有的拍了照直接发给我。花草种类各异，光吊兰就有好几个品种。

决定让孩子们利用暑期养花，是因为一句话："家里再穷，不可无花。"我针对的不仅仅是物质上的贫穷，更多的是精神上的匮乏。养花，可以培养学生的耐心、爱心和责任心。

养花，也是养性情。花一天天长大，心性也逐渐收敛。等一朵花盛开，是需要足够的耐心和爱心的——种一盆花，就是种下希望。浇水、施肥，芽儿破土，叶片滋生，花蕾含苞，花朵绽放。花开花落，与时间相随，与自己相守。每一片新叶，都让人欣喜不已；等花开时，总不嫌时月漫长，尽管花开短暂，但这丝毫不影响等待的热切。时节交替，此花开后是彼花，凋落的花瓣如同撕下的一页页日历……

栽花人的眼里，无花不美！能够善待一朵花、一株草的人，心中必有大爱。种一盆花，就是植下了悲悯心。心境随着花盛花疏，时紧时松。花是有生命的，懂得她的疼痛和欢愉的人，是能彻头彻尾地解读人生的。

在日本新富町，有位叫木敏幸的老人，三十年前他妻子靖子因

280

为糖尿病失明、抑郁、消沉，使她失去了活下去的信心。为了让靖子振作起来，老先生放下经营的畜牧业，在院子里栽芝樱——一种花型如樱花的矮小草本。花开时，如同樱花匍匐。妻子虽然看不见，但能闻到芝樱的花香。为了大面积种植芝樱，他将三百棵杉树连根拔起，又把山坡推成缓坡。其中艰辛，可以想见。如今，老人种植的芝樱花面积已有两千多平方米了，开花时节，庭前院后，绚烂如霞，游人若织，庭院永远是热闹的。靖子的脸上终于露出了笑容，她笑着对木敏幸说："能听到很多人的声音，很幸福！"一直都很羡慕这位靖子老人，丈夫伴了她六十年，还为她种了三十年的芝樱。

还有一位朋友，起初认识她，是因为她喜欢晒她栽种的花花草草，还晒美食、晒旅游，算得上与我志同道合。她从来不与别人谈她的过往，后来听熟人说，她的婚姻非常不幸，心中骤生怜悯；但另一厢，又觉得她有点虚伪，把不幸隐藏得太深，总是以幸福满满的一面示人。

与她相处，从没见过她苦大仇深的样子，更没见过她有祥林嫂式的幽怨——逢人必说"阿毛"。她总是激情澎湃，丝毫看不出是个受过伤害的女人。后来，她的一番话彻底改变了我对她的看法：人生这么长，谁都会碰到一两个渣人，或者是工作上的，或者是婚姻里的，没必要总把心思浪费在渣人身上，成天哭哭啼啼。要知道这个世界上，美好的东西很多，鲜花、美食，还有父母、孩子和我自己……还没说完，她又爽朗地笑了。

她的话语总会让人心扉洞开，随着时间的推移，我对她简直就是崇拜。每次遇到不开心的事，就会想起她那句话："不要让渣人挡住了快乐！"

每一个人心里都有一座花园。如果你不是幸运的靖子，生命中没有遇到木敏幸，那就自己在花园里栽花、栽草、栽心情吧，做一个灵魂有芳香的人，让所有与你擦肩而过的人，都能闻见花园的流芳！

281

且行且珍惜

　　最近的一些小变故，改变了我对旧物件原先的看法。以前大扫除，总是这也舍不得扔，那个觉得也有用，拾掇拾掇塞进柜子，等着猴年马月再派上用场。今年打扫卫生时，我感觉自己特别喜欢扔，一些暂时用不上的旧物件，都能果断扔掉。生命并没有原初设想的那么绵长，珍藏的实质就是另一种形式的废弃，它们永久地搁置在储物柜中。

　　某日，先生转发给我一篇非常感人的美文，读之让人心动落泪。开头一句话就夺人心魄，"妻子是丈夫生命中的最后一位观众，丈夫是妻子人生中的最后一张存折"，所谓"最后一位观众"，指的是"妻子是丈夫最后的守候者"；"存折"呢？是指丈夫是妻子最终的依托和陪伴。因为这篇文章，先生从此多了一个昵称"存折"，他不仅是我物质上的存折，更是精神上的依靠和爱的依托。这么多年来，我零星存蓄进去的爱，逐渐利本相加，成为一座取之不尽、用之不竭的银行。称他存折，是再合适不过了。而我，就成了他的"观众"。

　　有一天，"存折"生病了，把"观众"吓坏了。等待病理化验报告需要一周的时间，这个漫长的等待，改变了我们很多。

　　以前，"存折"永远在忙，忙工作，忙赚钱，忙得神龙见首不见尾，即便是在家吃饭的时候，也常常被客户的电话打扰，但他乐此不疲。

　　而我呢，也有自己的圈，我这个观众，永远活跃在圈圈里。从一个圈圈，跳到另一个圈圈，宛如水波上一只殷勤的蛤蟆。

从来没有觉得"存折"和我相处的时间太少，只有在危机似乎就要降临时，才有突然的紧迫感。在等待结果的这段时间里，我们日日相守，缱绻在彼此的视线里。

那天途经保险公司，"存折"突然停下来，说客服经理打电话给他，年底回馈老客户，有礼相送。我想，所谓好礼，大概也就是一幅挂历吧，懒得上去，让他独自去了。久等不来，上去一看，"存折"居然又被客服经理套住了，气不打一处来。见了我，他指着一项保险小声征询："这个不错，买吧？"都什么时候了，还有心思想着赚钱？"存折"见我黑着脸，赶紧解释："我就是想给你们娘儿俩多留条后路……"

好在命运对我只是耍了一下小脾气，我们没有必要留太多的后手。"存折"的病理结果出来，是良性的管状腺瘤，没有大碍。本来要他在第一时间给所有的亲友发短信报平安，但我临时改变主意，要他一一打电话，以示郑重和感激。

得知"存折"的病情，一位长者对我说，健康是1，金钱、权势……都是1后面的0，没有前面的1，后面再多的0，都等于0。说实话，这句话以前看过N遍，只是从来没有入眼，更不必说入心，总觉说的是别人，与我无关。而今再次听到，却是字字入耳，句句惊心。

街上的人越来越多了，新年的气息越来越浓烈了，空气中弥漫着年味儿。守在病床前，"存折"在打吊针，我用手机记录下思想的点滴。

新的一年，我和"存折"重新定位生活的方向，一切以健康为目标，向健康出发，且行且珍惜！

刹那光阴

读书是好事，就怕读着读着，把偶像读倒掉了，如同雷峰塔，轰然倒塌。所不同的是，塔倒掉可以重修，偶像倒了，就再也树不起来了。恨自己读书太过偏门，眼睛总是吃着书里的，望着书外的。仿佛写书法，笔力过猛，墨迹印染了纸背。免不了掩卷叹气，还是希望如前，十分阅读，取与舍，三七开分吧！不过问她的过往，只读她的纸上文字。

对于三毛，初中开始读她的书，从那时起，我的心就长了翅膀，穿过台湾海峡，飞到了撒哈拉。我是读她的书长大的，读到中年，竟将她和我之间隔山隔水的那层纸读破了，从内心揣度，到后来，从他人文字中得到印证。对于她的死，我只能说，还是死了的好，要不，那些沙漠上黄沙点染的爱情，就被西域的情歌冲淡了。

上课时发现一女生偷看小说，原来是《三毛传》，算是同道之人，便不再罚她。为了惩戒她不听课，索性问她，你喜欢三毛？她居然回答："不喜欢！"我很好奇，追究原因，她嘿嘿一笑，一字一顿地说："我觉得她有一点神经质……"

三毛在她翻译的作品《刹那时光》前言中，如此感慨："这一场又一场人生之旅，有时驻留好几个月或者更长的几年；又有时，又可能在短如叹息的刹那，一闪而逝。"三毛生命中出现了这些不期而遇的特殊时刻时，是否早就在她的预感之中？

佛教经典《仁王经》中提到："一弹指六十刹那，一刹那九百生灭。"意思是说，手指一弹便是六十个"刹那"，"一刹那"就有九百次的生灭。准确地说，"刹那"等于1/75秒，就是13.33毫秒。如果我们用"一眨眼"的工夫，来形容时间之短，精确到数值，是短到0.12~0.2秒。相比之下，"刹那"要比"一眨眼"快十倍了，也就是说，你眨一下眼睛，就有十个"刹那"从你眼前飘过。

从生活的诸多细节，就能看出很多人不解"刹那"，不仅读音有误，更重要的是，他们不珍惜自己时间也就罢了，还把别人的时间不当回事，拼着命地把自己的思想强加给别人，结果枉然。

刘半农的《作揖主义》中的一段话，十分切合我心意："我屏息静气听完了，也是照例向他作了个揖，说：'老先生的话，很对很对。领教了，再会罢。'……如此东也一个揖，西也一个揖，把这一班老伯、大叔、仁兄、大人之类送完了，我仍旧做我的我：要办事，还是办我的事；要有主张，还仍旧是我的主张。"读罢，忍俊不禁，想那老先生左一揖，右一揖，这一天的时光也就所剩无几了，还得赶紧掏掏耳蜗里充塞的一堆废话，再去做他的事，怕是夕阳在山了。

时光很长，刹那很短。众生，其实只在刹那！

小 寻 常

随着年龄的增长，我喜好的词语也在悄然发生改变，曾经喜欢"葳蕤"，喜欢"荼蘼"，还喜欢"霓裳"……但如今，脑海里频繁出现的却是"寻常""简单"之类有点老态龙钟的词语！

前几天在公园里，遇见一对老年人，手牵着手散步。我一直盯着他们看，目送他们消失在公园的幽径上。朋友问我："看什么?"我用目光引领她去瞧那对蹒跚远去的背影，哪知她不以为然地反问："这有什么好看的，不就是老头老太手牵着手吗?"唉，她不懂，但我喜欢，喜欢那些寻常的一点不起眼的小风景。

有时候，对着教学楼前的那棵树发呆，其实，什么都不去想，脑袋里干干净净，也是一种享受。鹅掌枫树下是纷纷扬扬的橙红色落叶，这株树在我来学校的二十年时间里，似乎没有什么太大的变化——没有变粗，也没有长高。或许有变化，只是没有精确测量，微小的变化难以用目测来衡量。

好树种都是这样的，善于保养，千年之后，还是英姿飒爽。它们不随随便便地为了贪恋更大的阴凉，恣意繁茂。鹅掌枫很珍惜时光，它把年轮一圈一圈、扎扎实实地刻在木质里。每一分每一毫的成长，都金贵无比。不像对面那棵黝黑的老榆树，一直在疯长，疏松的树质连自己的丫枝都固定不住，总有枯枝无由地坠落。这些年，我目睹了它的速成，像喝了滋补汤似的。但最终，还是把自己膨胀成一堆废物，只配做柴火。

春天的时候，站在教学楼上，伸手就可以摸到鹅掌枫的嫩枝。深紫色的嫩芽，被暖风浸浴，逐渐酥软、延伸，颜色变淡，淡成一簇绿，春天就来了。它成了我测量春深几度的度量衡。初冬，叶子落了一地，地被染红了。我拿着手机从高楼上俯拍，拍到它不同角度的美。发到微信里，学生都慨叹，原来我们的校园这么美！可惜，也因为这些照片，毁坏了原景图——学校领导很快找来清理工，把落叶扫净，只留下光秃秃的地砖。

做这样让我懊悔的事不止一次。去年春天，看见草地上有一株半米多高、粗壮旺盛的大蓟，发了好多花头，一大蓬紫罗兰色带刺的花朵，在和煦的阳光下尽情地绽放。野花也能开得这么有气质、有尊严，让我欢喜得不得了。拿出手机，左拍，右拍，结果给站在远处的领导发现了，在他的眼里，大蓟是杂草，必须除恶务尽。中午再经过草地时，发现大蓟已被连根刨起，枝叶都蔫了。突然感觉好对不住她，在他们看来，一株开花的野草，一地凌乱的落叶，寻常到完全可以熟视无睹。偏偏我这个好事者，将这些寻常物，提高到他们的视线范围内，才导致它们被无情地扼杀！

自此，我不敢张扬，不动声色地偷偷探访那些寻常物。夏天，踩着露水，去人迹罕至的角落，看草尖上积攒成珍珠样的露珠；六月天，顶着烈日，独自一人去山坡旁的空地上，看堪察加飞蓬开成一层白云，我说，那是我的花海；秋天，悄悄潜到校园的角落里，探望那簇侥幸保存下来的"一枝黄花"；冬天，踏着严寒，到背阴的院墙边探看青草上结晶的霜片……

我暗自陶醉在那些小寻常里！

此景可待此情人

　　倘使不是这场小雪，我还把季节定格在深秋——窗外秋意阑珊，枫叶如火燃烧，银杏叶金灿灿的，我的思绪还沉浸在暖色的秋语里。也许，深秋和初冬，就是一张日历的正反两面，翻过秋页，冬也随之启开！

　　好在月夜如初。漫漫秋雨后，阳光格外灿烂，月亮也越发稀罕了。隔着窗棂，西边半空中一轮孤高清冷的月，与人若即若离。月影周围清朗明润，月如浸润在清泓中的一块碧玉。忍不住将手探出窗外，心底涌起一个梦幻般的魔念——抓一把清灵灵的月光。

　　把玩月色，自古不乏高手。李白"举杯邀明月，对影成三人"；赵嘏独上江楼愁思悄然，"月光如水水如天"；东坡不仅把酒问青天，"明月几时有？"还曾与张怀民共游月下承天寺。

　　某年某月的某一晚，苏仙解衣欲睡时，月色皎洁，悄然入户，十分美好。于是，欣然步入户外，欣赏月下美景。月光照在院中，如水一般清明澄澈，竹子和松柏的影子，就像水中交错的藻、荇。良辰美景，谁来与我分享？"念无与为乐者，遂至承天寺寻张怀民"，为何偏要去寻怀民？这曾经是我心中的结。

　　历经"乌台诗案"，苏轼被贬为黄州团练副使，不得签书公事，这等有职无权的闲差，与流放又有什么差别呢？好在有人做伴！谁？张怀民！

　　怀民也是被贬之人，同是天涯沦落人。张怀民虽屈居主簿之类小官，但心胸坦然，绝不挂碍于迁谪之事，公务之暇，以山水怡情悦性，处逆境而无悲戚之容，是位有过人自制力和品格清高超逸的人。

心境相似，有共同爱好，又都有贬谪中自适自乐的精神认识，自此，人生中多了一位坦然自适的共情友人。

东晋永和九年（353），农历三月三，王羲之邀请四十二位文人雅士，雅集兰亭。曲水流觞，遂成诗行，汇集成册《兰亭集》。首推主人作序，书圣趁着酒兴，挥动鼠须笔，在蚕茧纸上一气呵成天下第一行书《兰亭集序》。今人推崇《兰亭集序》，兰亭曲水也成为众多游客向往之地。

不止一次听游人慨叹：水沟宽不到半米，左右各置几个蒲垫，实在没什么好看的！殊不知，兰亭雅趣，感受的是书卷气、人文场。倘若游客沿曲水盘坐，闭目凝神，任雅风醍醐灌顶，便可有墨香盈鼻。顾盼左右，有如雅集之人宛在，谈笑风生。同心情，共此趣，胜地览境之趣自然心生！

所以说，山不在高，有仙则名；水不在深，有龙则灵。胜境此景，还需此情人。这就是我们常说的文学的共鸣。文学的共鸣，是思想观念的相通，是情感经历的契合，文学是共鸣的基石。文学作品只有通过文学的共鸣，方能彰显它的价值和美。

因为文学，我们的生活更加丰富多彩。

因为文学，我们的思想有如不系之舟。

因为文学，我们可以看山是山，看水是水；也可以看山不是山，看水不是水。只有在文学的基础上，我们才能与此景共此情！

致 青 春

不记得从哪天起，忽然间，就不喜欢逛街了。日常的生活物件，大多都是从网上淘来。网店解决不了的，不得已才去实体店，速去速回。不再像当初那样，呼朋引伴，从早晨逛到日落，查岗似的逐一"盘查"每家店铺，一件接一件地试穿衣服，乐此不疲。母亲常笑我："是不是把街买下来了？"

而今，逛街对我来说，是一种拖累，没时间，更没心情。岁月的杀猪刀，不仅能在美人的额前刻下一道道皱纹，还能像割阑尾一样，一刀切除掉时不时阵痛的青春激情！……我想，我真的老了！

昨晚去体育场看演出，云集数万人，绝大多数人都如我一般，意在那位特邀明星费翔。节目才进行一半，身边一位头发斑白的老妇人不耐烦地嘟哝着："什么时候能看见费翔啊？"诧异，上下打量着她；回过神来想想自己，又不惊奇了——我和她，只不过是五十步和一百步的差距！

最后的压轴戏，今晚的主角终于隆重登场了，全场沸腾——身着一袭黑色带闪光西装、神采奕奕的费翔在保安和武警的簇拥下，翩然出现在众人面前。

手机夜晚拍摄的效果不好，于是挤到前排武警身边拍摄，年轻的武警看了看我，居然没阻止我靠近。他似乎很能体谅我，这把年纪还追星，实属不易！

费翔走下舞台，循着四边的护栏与热情的观众亲切握手。多年不见，这片"故乡的云"依旧是当年的模样，帅气得逼你的眼。从1987年春晚到现在，将近三十年。三十年的岁月快刀，似乎对这位歌坛美男心慈手软了，丝毫没奈何了他。他的容颜，他的歌声，还有他舞台上的一颦一笑，都是当年的模样……

一直以来，以为自己已经老去，老了容颜，老了心境。但在沸腾的舞台下，在众人的欢呼声中，我青春的活力又被唤醒。《故乡的云》《冬天里的一把火》，还有《橄榄树》，都是我耳熟能详的过往。费翔在台上表演，我随着众人，热烈地呼应着，他唱"你就像那冬天里的——"观众齐声接唱："一把火！"

同行的朋友兴高采烈地告诉我："我刚才和费翔握了手！他的手冰凉的！……"她也如此兴奋，现场的人都像打了鸡血，狂热！回家已是深夜，我的兴奋依然停留在最高点上，先生很是纳闷："都什么年龄了，还追星？"

青春离我们而去，或许你我的心田，还埋藏着青春的种子，遇到适宜的温度，有阳光，有雨水，它依旧会生根发芽！费翔就是冬天里的一把火，是我们那个激情四射年代的标志。我们的青春，享受春晚，享受每周一歌，享受《上海滩》……与现在挑剔的少年相比，享受青春或许比挑剔的青春更值得留念！

青春到底是什么？是影片《夏洛特烦恼》里梦中夏洛的肆无忌惮，还是《港囧》里那个未完成的吻，还是刚擦出了火花就各奔东西的大学初恋？青春岁月里的那本印花的诗集里，有汪国真，也有勃朗宁夫人，还有一片褪了色的银杏叶书签，密密麻麻写满我青春的心迹……

大学室友发来她们系二十年聚会的合影，二十年没见过面，很多人甚至不曾联系过，面对照片，一直以为记忆衰退的我，居然能一一说出她们的名字，还记得她们当年的性格。青春年华，大概就是雪藏在心底，某一天在某一个地方邂逅，还能一口说出彼此的名字！抑或是在演唱会的现场，能忘情地跟随节奏，豪情放歌……

人到中年，我想，在我的心底，依旧有熊熊燃烧的火焰。只是紧锁的眉头，一层一层包裹着滚烫的心，摸不到青春燃烧的余温，让我误以为中年，只有凉透了的心。是谁点燃了青春这把火，摸一摸胸口，无意中触碰到了青春的火焰！

图书在版编目(CIP)数据

风会记住花的香 / 李冬梅著. -- 北京：中国文史
出版社，2024.2

（跨度新美文书系）

ISBN 978-7-5205-4351-4

Ⅰ．①风⋯ Ⅱ．①李⋯ Ⅲ．①散文集-中国-当代

Ⅳ．①I267

中国国家版本馆 CIP 数据核字(2023)第 186635 号

责任编辑：薛媛媛

选题策划：仲利民

出版发行：**中国文史出版社**

社　　址：北京市海淀区西八里庄路 69 号院　邮编：100142

电　　话：010-81136606　81136602　81136603（发行部）

传　　真：010-81136655

印　　装：北京新华印刷有限公司

经　　销：全国新华书店

开　　本：720×1020　1/16

印　　张：19　　　　字数：226 千字

版　　次：2024 年 2 月第 1 版

印　　次：2024 年 2 月第 1 次印刷

定　　价：59.80 元